세네카 비극 전집 2

나남
nanam

한국연구재단 학술명저번역총서
서양편 436

세네카 비극 전집 2

2023년 9월 15일 발행
2024년 9월 15일 2쇄

지은이   루키우스 안나이우스 세네카
옮긴이   강대진
발행자   趙相浩
발행처   (주) 나남
주소   10881 경기도 파주시 회동길 193
전화   (031) 955-4601 (代)
FAX   (031) 955-4555
등록   제 1-71호 (1979. 5. 12)
홈페이지   http://www.nanam.net
전자우편   post@nanam.net

ISBN 978-89-300-4130-0
ISBN 978-89-300-8215-0 (세트)

책값은 뒤표지에 있습니다.

2019년 대한민국 교육부와 한국연구재단이 우리 시대 기초학문의 부흥을 위해
펼치는 학술명저번역사업의 지원을 받아 펴낸 책입니다(2019S1A5A7069253).

세네카 비극 전집 2

루키우스 안나이우스 세네카 지음

강대진 옮김

나남
nanam

L. Annaei Senecae Tragoediae

by

Lucius Annaeus Seneca

일러두기

1. 츠비어라인(O. Zwierlein)이 편집한 옥스퍼드 판(*L. Annaei Senecae Tragoediae*, 1986)을 번역의 저본으로 삼았다.
2. 작품 순서는 옥스퍼드 텍스트(Oxford Classical Texts)의 수록된 순서를 따랐다. 이는 사본들이 전해지는 전통적 순서와도 일치한다.
3. 고유명사 표기는 학자들 사이에서도, 어떤 방식을 취해도 일관되게 만들 수 없는 것으로 인정된다. 이 번역에서는 인물의 이름은 희랍 비극과의 비교를 위해 대체로 희랍어식으로 적었다.
4. 익숙하게 쓰는 일부 인명(예를 들면 '아킬레우스' 아닌 '아킬레스', '오뒷세우스' 아닌 '울릭세스')과 지명, 신의 명칭(윱피테르, 유노 등)은 라틴어식으로 적었다. 희랍어 이름의 접미사 '-오스'를 라틴어식으로 '-우스'로 적은 것은 그대로 두었다.
5. 본문에서 〔 〕 표시는 사본에 전해지지만 원문편집자(츠비어라인)가 삭제하자고 제안하는 부분이고, 〈 〉 표시는 사본에 없지만 원문편집자가 보충하자고 제안하는 부분이다.
6. 본문의 각주는 모두 옮긴이가 첨가한 주이다.
7. 극 진행 중 한 행을 두 명 이상의 인물이 나눠서 말하는 경우(*antilabe*) 의도적으로 앞에 여백을 두고 뒷사람의 대사가 시작되도록 편집했다.

세네카 비극 전집 2

차례

〈3권〉
튀에스테스
오이테산의 헤라클레스
옥타비아

◆ 고대 희랍 지도

마케도니아

올림포스산 ▲

텟살리아

옷사산 ▲

오이칼리아 ★

펠리온산 ▲

오이테산 ▲   트라키스 ●

이타케섬

칼뤼돈 ●   델포이 ●

보이오티아

에우보이아섬

테바이 ★

아테나이 ★

펠로폰네소스반도

코린토스 ★

앗티케

뮈케나이 ★

아르카디아   아르고스 ★

이 오 니 아 해

스파르타 ●

오이칼리아	〈오이테산의 헤라클레스〉의 배경 (현재 위치는 학자들이 추정한 것이다)
테바이	〈헤라클레스〉, 〈포이니케 여인들〉, 〈오이디푸스〉의 배경
아테나이	〈파이드라〉의 배경
코린토스	〈메데이아〉의 배경
뮈케나이	〈아가멤논〉의 배경
아르고스	〈아가멤논〉, 〈튀에스테스〉의 배경
트로이아	〈트로이아 여인들〉의 배경

메데이아

Medea

등장인물

메데이아 (이아손의 아내)
유모
크레온 (코린토스 왕)
이아손 (메데이아의 남편)
전령
합창단 (코린토스인들)

배경

코린토스 아이손의 집 안뜰

메데이아 결혼의 신들이여, 그리고 그대, 혼인침대의 수호자,

　　　루키나여, 또 바다를 제압할 새로운 배를

　　　통제하도록 티퓌스를 가르쳤던 여신2이여,

　　　그리고 그대, 깊은 바다의 냉혹한 지배자3여,

　　　또 세상 위에 밝은 낮을 나누시는 티탄4이여,　　　　　　　　5

　　　비밀스런 제의를 속속들이 알게끔 달빛을 보내시는

　　　세 가지 모습의 헤카테5시여, 그리고 이아손이 내게 맹세할 때

　　　보증자로 삼았던 신들이여, 또한 메데이아가 더 크게

　　　기원을 드리는 게 합당한 신들이여, ─ 영원한 밤의 카오스여,

　　　신들과 동떨어진 왕국이여, 신성과는 거리가 먼 혼령들이여,　　10

　　　음울한 왕국의 지배자6여, 좀 더 나은 신실함으로써

　　　납치된 여왕7이여, 상서롭지 못한 목소리로 탄원합니다.

　　　이제, 이제 함께하소서, 범죄를 보복하시는 여신들8이여,

　　　풀어헤친 뱀 머리카락으로 끔찍한 이들이여,

　　　피 흐르는 손에 연기 뿜는 횃불을 들고　　　　　　　　　　　15

────────

1　대개는 빛(*lux*)과 연결되어 출산의 여신으로 여겨진다.
2　아테네(미네르바).
3　포세이돈(넵투누스).
4　태양.
5　헤카테는 하늘, 땅, 바다를 모두 지배한다 하여, 세 여신이 서로 등을 대고 붙은 듯한 모
　습으로 자주 그려진다. 달과 삼거리, 마법, 저승과 관련된 여신이다. 때로는 아르테미스
　(디아나), 때로는 페르세포네(프로세르피나)와 동일시된다.
6　하데스.
7　페르세포네는 하데스에게 납치되었으나 그의 부인으로서 지위를 위협받지 않았다.
8　복수의 여신 에리뉘스의 복수형 에리뉘에스(푸리아이).

함께하소서, 예전에 나의 결혼식에 무시무시한 모습으로
서 있었던 것처럼. 새로운 신부에게 죽음을,
그리고 새 장인과 왕의 가계 전체에 죽음을 내리소서.

　신랑을 위해 기원할 더 나쁜 무엇이 남아 있을까?
—그가 살아남기를! 낯선 도시들을 궁핍한 채로 떠돌기를,　　　　　20
망명자가 되어, 두려워 떨며, 보기 싫은 자로서, 거처도 없이.
이제 익숙한 탄원자로서, 남의 문턱을 찾아다니며,
아내인 나를 그리워하기를. —그리고 이보다 더한 것은
기원할 수 없으리라— 자식들이 아비와 비슷하고,
어미와 비슷하기를. 이미 태어났도다, 복수는 이미 태어나 있도다.　　25
나는 자식들을 낳았다! 하지만 공허한 불평과 말들만 엮을 것인가?
적들에게로 달려가지 않을 것인가? 나는 그들의 손에서 횃불을,
하늘로부터는 빛을 빼앗으리라. 우리 종족의 조상이신 태양신9께서는
이것을 내려다보시는 걸까? 우러름을 받으며, 마차에 앉아
빛나는 하늘의 익숙한 주로를 따라 달리시는 것일까?　　　　　　30
왜 그분은 올라오던 곳으로 돌아서고, 날을 거꾸로 측정하지 않으실까?
허락하소서, 허락하소서, 제가 아버지의 마차에 실려 허공을 달리도록!
마구들을 넘겨주소서, 조상이시여, 타오르는 고삐로써
불 나르는 말들을 통제하도록 권한을 주소서.
한 쌍의 해안으로 배들을 지체시키던10 코린토스로 하여금,　　　　35

9　메데이아의 아버지 아이에테스는 태양신의 아들이다.
10　코린토스 양쪽에 깊숙한 만이 들어와 있지만, 그 사이에 육지가 있어서 결국 배들은 멀리

불길에 재가 되어 두 바다를 하나로 합치게 만드소서.

　이 길 하나만이 남아 있다. 내가 직접 결혼의 솔가지 횃불을
신방으로 가져가서, 희생제 기도가 끝난 뒤에
축성된 제단에서 그들을 희생물로 쳐 죽이는 것이다.
바로 제물 내장들 사이에서 복수의 길을 찾아라,　　　　　　　　　40
영혼이여, 혹시 네가 살아 있다면, 혹시 네게 옛날 힘이
남아 있다면. 여자에게 속한 두려움은 떨쳐버리고,
정신을 손님에게 적대적인 카우카수스11로 옷 입혀라.
폰투스12나 파시스13가 보았던 그 어떤 범행이든
이스트모스14가 보게 되리라. 잔혹한, 전대미문의, 소름 끼치는,　　　45
하늘과 땅이 함께 떨게 될 악행을
나의 마음이 깊은 데서 꾸미고 있노라, 상해와 살인과 사지로
돌아다니는 죽음을. 아니, 너무 가벼운 것들을 떠올렸구나.
이런 건 이미 처녀 때 했었다. 나의 고통으로 하여금 더 강렬히
솟게 하라.
　이제 아이도 낳았으니 더 큰 죄악이 내게 어울린다.　　　　　　50
너를 분노로 묶어 세워라, 온전한 광기로써

펠로폰네소스 반도를 돌아야 다른 쪽 만에 닿을 수 있다. 그래서 코린토스는 '배들을 지
체시키던' 것이다.
11　흑해 동쪽의 높은 산, 또는 그 산이 속한 산맥.
12　흑해.
13　흑해 동쪽 콜키스(메데이아의 고향) 옆으로 흐르는 강.
14　코린토스 지협.

파괴를 준비케 하라. 너의 결별이 결혼과 대등하게

이야기되게 하라. 15 어떤 방식으로 남편을 떠날 것인가?

네가 그를 따라나섰던 방식으로다. 느려 터진 지체를 깨부숴라.

범죄로 생겨난 집안은 범죄를 통해 버려져야 한다.　　　　　　　　55

합창단 왕들의 결혼 침실에 호의적인 능력으로써,

하늘을 다스리시는 높은 신들과 바다를 다스리시는 분들이

임재하소서, 백성들이 제의로써 축하하는 가운데.

먼저 왕홀을 들고 천둥 치시는 분16께 하얀 등의

황소가 높이 치켜세운 목을 바치게 하라.　　　　　　　　　　60

루키나를, 눈처럼 하얀, 멍에 멘 적 없는

암소가 달래게 하라. 그리고 거친 마르스의

피 묻은 손을 제어하시는 분,

전쟁 즐기는 민족들에게 평화를 주시며

풍요의 뿔로써 풍성함을 지켜주시는 분, 17　　　　　　　　　　65

온화한 여신께는 부드러운 제물이 바쳐지게 하라.

그리고 그대, 합법적인 결혼에 함께하시는 이18는

상서로운 오른손으로 밤을 떨쳐내시고,

15　이아손과의 결합을 위해 저질렀던 끔찍한 짓 못지않은 행동을 하고서 헤어지겠노라는 뜻
이다. 메데이아는 이아손을 따라나서는 길에 자기 동생 압쉬르토스를 토막살해하고 시
신을 바다에 뿌렸다.

16　제우스(윱피테르).

17　평화의 여신 팍스.

18　결혼의 신 휘멘.

이리로 오소서, 취한 걸음으로 비틀대며,

그대 이마를 장미화관으로 두르고서.　　　　　　　　　70

또한 그대, 어스름한 시간의 길라잡이별이여,

연인들에게는 언제나 너무 늦게 돌아오는 이여,

그대를 어머니들이, 그대를 신부들이 열렬히 기다리노라,

그대가 어서 속히 찬란한 빛을 흩뿌리기를.

　　우리의 처녀는 케크롭스 자손들19의 신부보다　　　　75

그 아름다움이 월등히 앞서도다,

또한 타위게토스산20의 등성이에서

청년들과 같은 방식으로, 성벽 없는

도시21가 훈련시킨 여자들보다도,

또 아오니아22 강물과 신성한 알페오스23가　　　　　　80

씻어준 여자들보다도.

　　혹시 외모로 판정받기를 원한다면, 그들은 모두

아이손의 아드님, 우리 지도자24께 굴복하리라,

사정없는 벼락의 아들,

19　케크롭스는 아테나이 초기 왕 중 하나.

20　스파르타 옆에 있는 산.

21　스파르타.

22　보이오티아의 별칭.

23　엘리스 곁으로 흐르는 강. 제우스의 성지인 올륌피아에서 멀지 않다. 여기 언급된 네 지
　　역은 코린토스를 기준으로 대체로 동(아테나이)-남(스파르타)-북(보이오티아)-서(엘
　　리스)의 순서로 나왔다.

24　아이손의 아들 이아손.

호랑이에게 멍에를 얹은 이25도,   85

세발솥을 움직이시는 이, 26

사나운 처녀신27의 오라비께서도.

굴복하리라, 자기 형제 카스토르와 동행하는,

권투장갑에 더 적합한 폴룩스28도.

    그만큼, 그만큼, 하늘에 사시는 신들이여, 기원하건대   90

이 신부가 다른 아내들을 앞지르게 하소서,

이 신랑이 다른 남편들을 훨씬 능가하게 하소서.

그녀가 여인들의 무리 속에 서 있을 때면,

그녀 하나의 미모가 모든 이를 앞서 빛나네.

태양이 나타나면 별들의 광채가 스러지듯,   95

또, 포이베29가 제 것 아닌 빛으로 빛나며30

둥글어진 뿔로써 온전한 원을 이을 때에, 31

플레이아데스32의 촘촘한 무리가 모습을 숨기듯, 33

---

25 디오뉘소스. 세멜레와 제우스 사이에 생겨난 그는 어머니가 제우스의 벼락에 타죽은 뒤,
아버지의 허벅지에 심겼다가 거기서 태어났다. 그는 동방을 제압하고 맹수들이 이끄는
수레를 타고 돌아왔다.

26 아폴론. 그의 성지인 델포이에서 여사제가 세발솥 위에 앉아 신탁을 주었다.

27 아르테미스.

28 제우스의 쌍둥이 카스토르와 폴뤼데우케스(폴룩스).

29 달의 여신 아르테미스의 별칭. 여기서는 '달' 대신 사용된 표현(환유법)이다.

30 햇빛을 반사하여.

31 보름달이 떴을 때.

32 황소자리 오른쪽에 있는 성단.

33 신부의 아름다움 앞에 다른 사람의 미모는 빛을 잃는다는 내용이 나오다가 갑자기 흰색

마치 눈처럼 흰 양털이 자줏빛 염료에

담겨지자 붉게 물들듯, 마치 새벽녘 목동이   100

이슬에 젖은 채 찬란한 햇살을 바라볼 때처럼.

    끔찍한 파시스의 침실로부터 구조된 이여,

통제되지 않는 아내의 가슴을 내키지 않는 손으로

두려워하며 쓰다듬어 온 이여,

이제 기쁘게 아이올로스의 후손 처녀를 맞이하라,   105

이제야 처음으로, 신랑이여, 장인 장모께서 동의하시니. **34**

    젊은이들이여, 허락된 욕설로 즐기라,

젊은이들이여, 이쪽저쪽 노래로 화답하라.

높으신 분들을 정당하게 희롱할 기회는 흔치 않으니.

    튀르소스를 든 뤼아이우스의, 고귀하고 빛나는 아들**35**이여,   110

이제 가지 많은 소나무 횃불에 불붙일 시간이니,

날렵한 손길로 결혼의식의 횃불을 흔드시라.

신랄한 페스켄니아**36**식 언사가 축제의 조롱을 쏟아내게 하라,

대중은 우스개를 마음껏 풀어놓게 하라. 하지만 혹시 누가 이방 남자와

도망쳐 결혼하려거든, 그녀는 고요한 어둠과 함께 사라지게 하라.   115

이 붉게 변하는 것을 예로 들고 있어서, 문맥 연결이 조금 어색하다. 레오 같은 학자는
이 부분에 뭔가 사라진 구절이 있다고 보고서, 98행 다음에 '그렇게 아름다운 신부를 젊
은 신랑이 바라볼 때, 그녀의 얼굴이 붉어진다'는 내용을 채워 넣자고 제안한다.

34 메데이아는 자기 아버지의 뜻에 반하여 이아손을 택하고 고향을 떠났다.

35 뤼아이우스는 디오뉘소스(박쿠스)의 다른 이름. 결혼의 신 휘멘은 박쿠스와 베누스 사
이에 태어난 신이다.

36 에트루리아의 마을. 솔직하고 통렬한 발언으로 이름난 곳.

메데이아   우리는 끝장났구나, 결혼식 축가가 내 귀를 때리는구나.

그토록 큰 재앙은 나 자신도 거의, 아직도 거의 믿을 수 없구나.

이아손이 이런 짓을 할 수 있단 말인가? 내게서 아버지와

조국과 왕권을 빼앗고서, 낯선 땅에 홀로 버려둘 수

있단 말인가? 잔인한 인간! 그가 나의 공을 무시한단 말인가,   120

나의 범죄로 인해 불길과 바다가 제압된 것을[37] 보았던 자가?

그는 이제 나의 모든 끔찍한 힘이 소진되었다고 믿는 것일까?

혼란되고 얼이 빠져, 거의 성치 않은 정신으로, 나는 온 사방으로

방황하는구나. 내가 어디에서 복수의 길을 찾으랴?

그에게 형제가 있었더라면![38] 그에겐 새 아내가 있지. 그녀에게   125

칼을 박자. 이것으로 나의 고통에 충분한 것일까?

혹시 무엇이든 펠라스기인들의 도시[39]가, 혹시 무엇이든 이방 도시가,

너의 손이 알지 못했던 악행을 알고 있다면,

이제 그것을 마련해야 한다. 너의 예전 죄악들이 너를 격려하게 하라,

그것들이 모두 돌아오게 하라. 왕국의 이름난 보물[40]은   130

도난당하고, 끔찍한 처녀의 어린 동행[41]은

---

37 메데이아는 아버지의 뜻을 어기고서, 이아손이 불 뿜는 황소와 싸우도록 도와주고, 무사
히 바다를 건너 돌아오게 해주었다.

38 자기가 이아손을 위해 자기 동생 압쉬르토스를 죽였으니, 그 대가로 상대의 형제를 죽일
수 있다면 얼마나 좋을까 하는 한탄이다.

39 펠라스고이(펠라스기)는 아테나이의 선(先)주민. 여기서는 '희랍의'라는 뜻으로 쓰인다
(제유법).

40 황금양털가죽.

41 메데이아를 따라나섰던 동생 압쉬르토스.

칼날에 토막 나고, 그 악행은 아버지 눈앞에 던져지고,

시신이 바다에 흩뿌려졌지. 그리고 펠리아스 노인의

사지는 청동 솥 안에서 삶아졌지.**42** 불경스런 죽음의 피를

나는 얼마나 자주 뿌렸던가! 게다가 그 어떤 범죄도　　　　　　　　135

분노해서 저지른 게 아니었다. 불행한 사랑이 나를 움직였을 뿐.

　　하지만 이아손은 달리 무엇을 할 수 있었을까, 타인의 법과

자의에 종속되었으니? 그는 칼에 맞서 가슴을

내밀었어야 했어. 아, 분노에 찬 고뇌여, 더 나은 것을,

더 나은 것을 말하라. 할 수 있다면, 나의 사랑 이아손이 살기를,　　140

이전에 그랬던 것처럼! 그게 안 된다면, 그래도 살기를,

나를 기억하면서 나의 선물**43**을 잘 지키기를!

잘못은 전적으로 크레온에게 있다. 그는 절제 없이 권력을 휘둘러

남의 결혼을 깨버렸고, 그는 자식을 어미에게서

떼어내 끌어가고, 굳은 맹세로 묶인 서약을　　　　　　　　　　145

박살냈지. 그를 공격하라, 그가 빚진 죗값을 혼자서

갚도록 하라. 나는 그의 집을 높직한 잿더미로 쌓아 놓으리라.

그것의 꼭대기가 불길에 싸여 검게 그을린 것을 말레아곶**44**이

보게 되리라, 바다로 튀어나와 배들에게 긴 지체를 주는 곳이.

---

42 메데이아는 펠리아스를 젊게 만들어 주겠노라고 그의 딸들을 유혹한다. 딸들은 왕의 사지를 절단하여 약초와 함께 청동 솥에 삶았으나, 메데이아가 필요한 약초를 다 주지 않아서 펠리아스는 다시 살아나지 못했다.

43 메데이아가 보존해 준 생명.

44 펠로폰네소스반도 동남쪽 모서리에 튀어나온 곳.

유모 간청이니, 조용히 하세요. 당신의 숨은 불만은 비밀스런 고통에   150

　　　맡기세요. 누구든 크나큰 타격을,

　　　인내하며 평온한 마음으로, 말없이 견딘 사람은

　　　그걸 되갚아줄 수 있었지요. 분노는 숨겨져야 해를 줄 수 있어요.

　　　공개된 분노는 복수의 기회를 잃는 법이죠.

메데이아 계획을 세우고도 모습을 숨길 수 있는 고통이라면,   155

　　　그것은 가벼운 것이어요. 크나큰 상처는 숨을 수가 없죠.

　　　맞서서 분노하는 것이 즐거워요.

유모 　　　　　　　　　　　　노여움의 폭발을 멈추세요,

　　　딸이여. 말없는 평온조차도 당신을 보호하기 어려우니까요.

메데이아 불운은 용감한 자를 두려워하고, 비겁한 자는 깔아뭉개는 법입니다.

유모 혹시 용기에게 자리가 주어졌다면 당신 말이 찬성을 얻겠죠.   160

메데이아 용기에게 자리가 주어지지 않는 건 결코 가능치 않아요.

유모 어떠한 희망도 우리의 파탄에 길을 보여주지 않아요.

메데이아 아무것도 희망할 수 없는 자는 아무것에도 절망하지 않을 거예요.

유모 콜키스인들은 떨어져 나갔고, 남편에게는 아무 신의도 남아 있지 않아요.

　　　그리고 그 많던 재산 중 당신에게 남은 것은 전혀 없어요.   165

메데이아 메데이아가 남았어요. 거기서 당신은 보고 있어요, 바다와 땅과

　　　칼과 불과 신들과 벼락을.

유모 왕은 가공할 존재예요.

메데이아 　　　　　　　　　　내 아버지도 왕이었죠.

유모 당신은 무구가 두렵지 않나요?

메데이아 　　　　　　　　　　그것들이 땅에서 솟아난다 해도 **45**

마찬가지예요.

유모 당신은 죽게 될 거예요.

메데이아   바라는 바예요.

유모   도주하세요.

메데이아   나는 전에

도주한 것도 후회하고 있어요.   170

유모 메데이아여!

메데이아   나는 바로 그녀가 될 거예요. 46

유모   당신은 엄마예요.

메데이아   누구 때문인지

아시잖아요.

유모 도주를 지체할 건가요?

메데이아   도주하기 전에 먼저 복수할 거예요.

유모 보복할 자가 뒤쫓을 텐데요.

메데이아   아마 나는 그를 지체시킬 길을 찾아낼 거예요.

유모 말을 삼가세요. 이제 위협을 아껴두세요, 정신 나간 이여.

그리고 격정을 억누르세요. 시절에 맞춰 행동하는 게 좋아요.   175

메데이아 불운이 재산은 빼앗을 수 있지만, 기백을 빼앗진 못하죠.

한데 누가 두드리기에 왕궁 문돌쩌귀가 삐걱거리죠?

---

45 아이에테스가 땅에 뿌린 용 이빨에서 전사들이 솟아났지만, 메데이아의 도움을 받은 이
    아손이 물리친 적이 있다.
46 910행과 더불어, 지금 이 메데이아가 신화와 문학상의 다른 메데이아를 자신의 모델로
    삼고 있음을 드러내는 구절로 꼽힌다.

그 자신이 왔군요, 펠라스기인들의 권력으로 한껏 부푼 크레온이.

(크레온 등장. 메데이아는 무대 한쪽으로 물러선다.)

크레온 메데이아가, 콜키스 왕 아이에테스의 해로운 자손이

나의 왕국 밖으로 발길을 옮기지 않았단 말인가?   180

무엇인가 계획하고 있군. 그녀의 속임수는 익히 알려져 있지,

그녀의 능력도.

그녀가 누구를 살려두겠는가, 누구를 걱정 없이 내버려 두겠는가?

나는 사실 이 최악의 질병을 칼로써 신속하게

소멸시키려 준비해 왔노라. 하지만 사위의 간청이 이겼지.

그녀의 목숨은 양보했노라. 그저 이 땅을 두려움에서 풀려나게 하라, 185

그리고 온전히 떠나라.

　　　　　　　　　　(메데이아가 다가오는 것을 보고서) 사나운

걸음으로 마주 오는구나.

위협적으로 내게 다가들어 대거리하려는구나.

막아라, 하인들아, 멀리서 접촉도 접근도 못 하게!

조용히 하라고 일러라. 이제는 왕의 권력에 굴복하는 법을

배우게 하라. (메데이아에게) 속히 도망쳐 떠나라.   190

당장 그 괴물 같고 포악하고 공포스러운 너 자신을 데려가 버려라!

메데이아 이 추방으로써 어떤 범죄가, 혹은 어떤 잘못이 징계되는 건가요?

크레온 어떤 이유로 추방하는지는 결백한 여자나 묻는 것이다.

메데이아 만일 판단을 내리시려거든, 들어보세요. 왕 노릇하려거든

명령하시고요.

크레온　공정하건 불공정하건 왕의 명령에는 복종해야 한다.　　　　　　195

메데이아　불공정한 통치는 결코 오래 지속되지 않는 법입니다.

크레온　떠나라, 불평은 콜키스인들에게나 해라.

메데이아　　　　　　　　　　　　　　　　돌아가겠어요.

　　데려온 사람이 데려가라 하세요.

크레온　그 목소리는 너무 늦게, 이미 명령이 굳어진 다음에 도착했다.

메데이아　다른 편의 말을 들어보지 않고 뭔가 결정한 사람은

　　　　공정한 결정을 내렸을지는 몰라도, 공정치 못한 자입니다.　　200

크레온　펠리아스가 징벌받기 전에, 너는 그의 말을 들어주었더냐?

　　　　하지만 말하라, 너의 특출한 송사에 기회가 주어지게 하라.

메데이아　이미 격앙된 마음을 분노로부터 돌려세우는 것이

　　　　얼마나 어려운지, 그리고 누구든 자부심 넘치는 손으로

　　　　홀을 휘두르는 사람은 처음에 시작했던 대로 나아가는 것을　　205

　　　　얼마나 왕다운 행동으로 여기는지 이미 고향 왕궁에서 배웠습니다.

　　　　제가 지금은 가공할 불운에 압도되어,

　　　　추방자, 탄원자로서 외로이 버려지고, 사방에서

　　　　공격을 당하고 있지만, 한때는 고귀한 아버지로 인해 빛났고,

　　　　할아버지인 태양신으로부터 찬란한 혈통을 이어받았으니까요.　　210

　　　　파시스가 조용히 굽이치는 흐름으로 물을 대주는 그 어디든,

　　　　또 어디든 스퀴티아 쪽 흑해가 등 뒤로 돌아보는 땅,

　　　　바다가 진흙 섞인 물로써 달콤해지는 곳,

　　　　남편 없는 군대47가 초승달 방패로 무장하고서

테르모돈 강둑으로 감싸인 채 무엇이건 위협하는 곳,   215

이 모든 곳을 내 아버지는 권력으로 통치하시죠.

혈통 좋고 축복받은, 아름다운, 왕가의 권력을 지닌 자로

저는 빛났어요. 그때는 구혼자들이 저와 결혼하고자 애를 썼죠,

지금은 제가 그들에게 청하겠지만요. 한데 빠르고도 경박한 운수가

곤두박질쳐 와서는 왕녀 지위를 빼앗고, 저를 망명자로 내몰았죠.   220

　권력을 믿으세요, 가벼운 우연이 거대한 재산을

이리저리 데려가는데도! 왕들이 가진, 그 어떤 시간도

채어갈 수 없는 크고 영광스런 특권은 바로 이것이죠.

불쌍한 사람들을 돕는 것, 가문의 수호신에게 충실하여 탄원자를

보호하는 것 말이어요. 제가 콜키스의 왕국에서 가져온 것은   225

이것 하나뿐이어요, 즉 희랍의 저 크나큰 영광이자 명성 높은 꽃을,

아키비족의 수호자와 신들의 자손[48]을

제가 구해냈다는 점이죠. 오르페우스는 저의 선물입니다,

노래로 바위를 부드럽게 하고 숲들을 움직이는 그 사람이요.

쌍둥이인 카스토르와 폴룩스도 저의 선물이며,   230

보레아스의 아들들[49]도, 쏘아보는 눈길로

폰투스 너머 멀리 떨어진 것까지 볼 수 있는 륑케우스[50]도,

47　아마존.

48　아르고호 영웅들. '아키비'는 '아카이아인들'. 이 명칭은 〈일리아스〉 등에서 희랍인 전체
　　를 가리키는 말로 쓰인다.

49　날개 달린 칼라이스와 제테스. 이들은 눈먼 예언자 퓌네우스를 위해 괴조 하르퓌이아를
　　퇴치하고, 부딪치는 바위를 통과할 방법을 얻어낸다.

모든 미뉘아이51도 그렇지요. 이 지도자들의 지도자52에 대해서는
말하지 않겠어요.

그 사람에 대해 당신들은 아무 빚도 없어요. 그에 대해 누구에게도
책임 묻지 않아요.

다른 사람들을 데려온 것은 당신들을 위해서였지만, 이 한 사람만은
저를 위해 데려왔으니까요.   235

  자, 이제 가까이 다가와, 모든 수치스런 행동을 들이미세요.
제가 다 인정할게요. 하지만 이 한 가지 죄만 고발될 수 있을 거예요,
아르고호의 귀환 말이어요. 그 처녀53가 부끄러움을 선택할 수도 있었겠죠,
그의 아버지를 선택할 수도 있었고요. 하지만 그랬더라면
펠라스기족의 온 땅이
지도자들과 함께 파멸했을 거예요. 제일 먼저 당신의 이 사위가   240
사나운 황소의 불 뿜는 입에 쓰러졌을 거고요.
〔원하는 어떤 운명이든 다가와서 제 송사에 압박을 가하라 하세요.
저는, 그 많은 고귀한 왕들을 구해 낸 것이 후회스럽지 않아요.〕
저의 모든 잘못에 대해 그 어떤 대가를 받든
그건 당신께 달렸어요. 원하신다면, 저를 피고로 고발하세요.   245
하지만 저의 죄54를 돌려주세요. 저는 유죄예요, 인정합니다,

---

50 아르고호 영웅 중 한 사람. 천리안을 가진 존재.
51 아르고호 영웅 중에는 미뉘아스의 후손들이 많아서, 이들 전체를 보통 '미뉘아이'(미뉘아
    스의 자손들)라고 부른다.
52 이아손.
53 메데이아.

크레온이여.

　제가 그런 여자인 줄 알고 계셨잖아요, 제가 탄원자로서 당신의
무릎을 잡고, 보호의 손길에 충실하길 청했을 때 말이죠.

　다시금 저의 불행을 피할 한 귀퉁이, 숨을 곳을 청합니다,

　허름한 은신처를. 저를 도시에서 쫓아내고자 하신다면,　　　　　250

　당신 왕국의 어느 먼 구석이라도 허락해 주세요.

크레온　내가 왕홀을 사납게 휘두르는 사람이 아니란 것,

　그리고 불운한 자들을 오만한 발로 짓밟는 자도 아니란 것은

　적잖이 분명하게 입증된 것 같소.

　망명자를, 그것도 몰락하여 큰 두려움에 떨고 있는 사람을　　　　255

　사위로 선택한 것에 의해서 말이오. 사실 그는 텟살리아 왕국을

　지배하고 있는 아카스투스[55]가 처벌하고 죽이기 위하여 요구하던 이였지.

　그는 무기력한 노령으로 몸을 떨며 세월에 굼떠진

　자기 아버지가 살해된 것과 피살된 노인의 사지가

　토막 난 것에 분개하고 있소. 당신의 속임수에 사로잡힌　　　　　260

　효성스런 누이들이, 말할 수 없는 불효의 죄를 감행했으니 말이오.

　당신이 당신의 송사를 따로 분리한다면, 이아손은 자기 송사를

　방어할 수 있소. 어떤 유혈도 그의 결백함을

　더럽히지 않았소. 그의 손은 칼과는 동떨어져 있었고,

　당신과 얽히지 않고 깨끗하게 멀찍이 서 있었소.　　　　　265

54　이아손.

55　펠리아스의 아들. 대개는 아르고호의 모험에 동참했던 것으로 알려져 있다.

당신이, 당신이 끔찍한 악행의 기획자요.

여자들 특유의 온갖 대담한 짓을 향한 방자함과

남자 같은 완력을 지닌 자, 평판에 대해서는 아무 고려도 없는 여자!

꺼지시오, 이 나라를 깨끗케 하시오. 당신과 함께 죽음을 가져오는

약초들도 가져가시오. 시민들을 두려움에서 풀어놓으시오.   270

다른 땅에 자리 잡고 신들을 뒤흔드시오. 56

메데이아 망명을 강요하시나요? 그러면 도망자에게 배57를 돌려주세요,

혹은, 동료58를 돌려주세요. 왜 혼자 떠나라고 명하시나요?

혼자서는 가지 않겠어요. 전란59을 겪을까 봐 두렵다면,

우리 둘 다를 당신 왕국에서 쫓아내세요. 왜 두 죄인을   275

차별하시나요? 저를 위해서가 아니라, 그를 위해서 펠리아스가 쓰러졌어요.

거기에 도주, 절도를 더하세요, 아버지를 저버린 것,

동생을 절단한 것, 그리고 저 남편이 지금 새로운 배우자들에게

가르치고 있는 무엇이든지. 이것들은 저의 짓이 아니어요.

그토록 여러 번 저는 죄인이 되었지만, 결코 저 자신을 위해서가

아니었어요.   280

크레온 이미 떠났어야만 했소. 왜 말로써 지체를 엮어내는 것이오?

메데이아 떠나면서 탄원자로서 이것을 마지막으로 간청합니다.

어미의 잘못이 무고한 자식들을 끌어내리지 않게 해주세요.

---

56 메데이아는 예를 들면 달도 마음대로 끌어내렸다고 한다.

57 아르고호.

58 이아손.

59 아카스토스(아카스투스)와의 전쟁.

크레온　가시오. 그들은 내가 아버지처럼 자애롭게 품에 받아주겠소.

메데이아　저는, 왕가의 상서로운 결혼침상에 걸고,　　　　　　　　　　285

　　　미래에 대한 희망에 걸고, 왕실의 지위에 걸고,

　　　— 한데 그것은 변덕스런 운수가 변화무쌍한 번갈음으로 뒤흔들지요. —

　　　간청합니다, 추방자에게 짧은 지체를 허락해 주십사고요.

　　　어미가 아이들에게 마지막으로 입 맞출 동안만요,

　　　아마도 죽게 될 어미가.

크레온　　　　　　　　　　　당신은 계략을 꾸밀 시간을 청하는 것이오.　290

메데이아　그렇게 짧은 시간에 무슨 두려워할 계략이 가능하겠어요?

크레온　악인들에게는 얼마의 시간이라도 해를 입히기에 부족치 않소.

메데이아　불쌍한 어미가 눈물 흘릴 잠깐의 시간조차도 거절하시나요?

크레온　깊이 뿌리박힌 나의 두려움은 그 청을 거절하라 하지만,

　　　망명을 준비하도록 딱 하루가 주어질 것이오.　　　　　　　　295

메데이아　충분한 것 이상이어요. 거기서 조금 덜어내도 됩니다.

　　　저도 서두를 게요.

크레온　　　　　　　　　목숨으로써 죗값을 갚게 될 거요,

　　　포이부스가 찬란한 날을 가져다주기 전에

　　　그대가 이스트무스60를 떠나지 않는다면. 한데 결혼의 의식이

　　나를 부르는구나,

　　　축제의 날이 휘멘에게 기원하라고 부르는구나.　　　　　　　　300

─────

60　코린토스 지협.

(크레온 퇴장)

합창단 너무나도 대담했도다, 신뢰할 수 없는 바다를

그토록 연약한 배에 의지하여 처음 갈랐던 그 사람은,

그리고 익숙한 육지를 등 뒤로 돌아보면서

변덕스런 바람에 목숨을 맡기고

불확실한 길을 따라 평평한 바다에 선을 그으며   305

얇은 널판에 의지할 수 있었던 그 사람은.

그는 삶과 죽음 사이의 너무도

가느다란 경계선을 따라갔도다.

그때는 아직 누구도 별자리를 몰랐네,

그리고 창공에 그림 그려 넣는 별들을   310

이용할 줄도 몰랐네, 아직은 빗물 머금은

휘아데스61를 배들이 피할 수도 없었네.

올레네 염소62의 광채도,

소몰이꾼63이 느릿하게 뒤따르며

---

61   황소자리 으뜸별 알데바란 곁에 있는 휘아데스 성단이 보이게 되면, 계절이 겨울로 접어 들어 곧 비가 내린다.

62   마차부자리의 으뜸별 카펠라. '올레네의'(Olenia)라는 수식어는 '오른팔의'라는 뜻으로, 이 별이 마차부의 오른팔에 해당된다고 해서 붙은 것이다. 원래 이 별이 '염소'로 불리게 된 것은 아기 제우스가 크레테의 이데산 염소(또는 요정) 아말테이아의 젖을 먹고 자랐다는 이야기 때문이다. 한데 그 주변의 별들이 마차부자리로 불리면서, 카펠라는 '염소'면서도 동시에 '오른팔'에 해당되게 된 것이다. 여기서 '마차부'는 땅에서 태어나서 다리가 뱀이었다는 에릭토니오스(그는 하체를 가리기 위해 마차를 발명했다고 한다), 또는 오이노마오스의 마부였던 뮈르틸로스(그는 펠롭스가 마차경주에서 이기게 해주었다고 한다)이다.

방향을 돌리는 앗티카 마차64도,   315

아직은 보레아스65도, 아직은 제퓌루스66도

이름을 얻지 못했었네.

　티퓌스67가 광대한 바다 위로

돛폭을 펼치고 바람을 위해

새로운 법을 제정할 용기를 내었네.   320

어떤 때는 아마포 돛을 한껏 부풀려

펼치고, 어떤 때는 발을 뻗어

옆으로 지나치는 바람을 잡으며, 어떤 때는 활대를

안전하게 돛대 중간에 걸리게 하고,

어떤 때는 돛대 꼭대기에 활대를 묶었네,   325

이제는 너무도 욕심낸 선원이

바람이 한껏 불기를 기원하고, 붉은 윗돛이

높직한 품으로 떨릴 때에.

　우리 아버지들이 보았던 그 시대는

순수했네. 속임수는 멀찍이 떨어져 있었네.   330

사람들은 저마다 야심 없이 자신의 해안을 붙들고,

조상들의 농토에서 노인이 되었으며,

63　목동자리.
64　큰곰자리(북두칠성과 그 주변 별들).
65　북풍.
66　서풍.
67　아르고호의 키잡이.

적은 것으로도 부유하다 여겼네. 자기가 태어난 땅이

가져다준 것들 밖의 다른 부에 대해서는 알지 못했네.

　　자연적인 법에 따라 잘 나뉘었던 세상을　　　　　　　　335

텟살리아의 소나무 배68가 끌어당겨 하나로 만들고,

바다에겐 매질69을 견디라고 명했네.

그리하여 우리 두려움의 한 부분이 되었네,

이전엔 외떨어졌던 바다가.

　　그 당돌한 배는 무거운 대가를 치렀네,　　　　　　　　340

그토록 긴 두려움 속으로 이끌려 가면서.

그때에 두 개의 산70이, 대양의 빗장이

이쪽저쪽에서 갑작스레 돌진하며

마치 천상의 뇌성처럼 울부짖었네.

산봉우리와 심지어 구름에까지 물을 흩뿌렸네, 71　　　　　345

그 사이에서 압착된 바다는.

담대하던 티퓌스도 새하얗게 질리고, 떨리는 손에서

배의 고삐들을 모조리 놓쳤다네.

오르페우스는 뤼라가 굳어버려 침묵했고,

68　아르고호.

69　노의 타격.

70　쉼플레가데스(부딪치는 바위). 마르마라해에서 흑해로 들어가는 입구 양쪽에 있었다는
　　거대한 한 쌍의 바위. 무엇이건 지나가려 하면 양쪽에서 달려와 으깨버렸다고 한다.

71　츠비어라인의 운율 분석을 따랐다. 이 부분부터 몇 군데에, 행수 표시는 5행 간격으로 되
　　어 있지만 그 사이에 6행이 인쇄된 경우들이 나온다. 역자나 편집자의 실수가 아니니 이
　　해하시기 바란다.

아르고호 자체도 목소리72를 잃었다네.

또 어떠했던가, 시칠리아 펠로루스의 처녀73가   350

허리를 광란하는 개들로 두르고,

그것들은 모두가 하나같이 입을 벌리고 있었을 때는?

누군들 온몸을 떨지 않았으랴,

단 하나의 괴물이 그토록 많은 입으로 짖어댔을 때?

또 어떠했던가, 끔찍한 역병74들이 아우소니아 바다를   355

노래하는 목소리로 잔잔하게 만들 때는?

그때 피에리아75의 키타라를 맞서 울리며

트라키아의 오르페우스가,

노래로써 배들을 잡아두는 데 익숙한 시렌 그녀를

거의 뒤따라오도록 강제하였네.   360

이러한 노정에 대한 상은 무엇이었던가?

황금양털가죽과

바다보다 더 큰 고통, 메데이아였다네.

이는 첫 번째 용골에 걸맞은 소득이었네.

　　이제 바다는 굴복하여 모든 법에

---

72 도도네의 제우스 신탁소에 있던 말하는 참나무를 베어다가 아르고호의 용골을 만들었기
　 때문에, 또는 그 참나무 가지를 뱃머리에 붙였기 때문에 아르고호는 인간의 목소리로 말
　 을 할 수 있었다고 한다.

73 스퀼라. 펠로로스(펠로루스)는 시칠리아 동북쪽의 곶.

74 세이렌(시렌)들. 아우소니아는 이탈리아의 별칭.

75 피에리아는 올륌포스산의 북쪽 기슭. 무사여신들의 영역이다. 오르페우스는 무사여신의
　 아들이어서 그의 뤼라도 이 지역 출신인 것으로 그렸다.

복종한다네.   365

팔라스76의 손에 의해 만들어지고,

왕자들이 젓는 노를 장착한, 이름 높은

아르고호는 요구되지 않는다네.

그 어떤 조각배든 깊은 바다를 헤집고 다닌다네.

모든 경계는 제거되었고, 도시들은

새로운 땅에 성벽을 세웠네.   370

세상은 어디든지 갈 수 있게 되었고,

아무것도 원래 있던 자리에 남겨두지 않았네.

인도인은 차가운 아락세스77 강물을 들이키고,

페르시아인들은 알비스78 강물과 레누스79 강물을 마시네.

먼 후일 이러한 시대가 오리라,   375

오케아누스80가 사물들의 결박을

풀어헤치고, 광대한 대지가 열리며,

테튀스81가 새로운 세계를 열어젖히며,

툴레82가 세상의 끝이 아니게 될 날이.

---

76 아테네의 별칭. 기술의 여신 아테네가 아르고호를 만드는 것을 도와주었다고 한다.

77 아르메니아를 동서로 관통하여 카스피해로 들어가는 강.

78 엘베강. 체코에서 시작해서 북쪽으로 흘러 독일을 관통하고 북해로 흘러든다.

79 라인강.

80 땅을 두루 도는 강.

81 Thetis. 원초적인 바다의 여신.

82 Thule. 영국 북쪽에 있는 세계의 최북단이라고 믿어지던 땅. 대개 아이슬란드나 노르웨이를 가리키는 것이 아닌가 생각된다.

(유모가, 메데이아가 집을 나서는 걸 본다.)

유모 아기씨, 집을 떠나 어디로 그리 빨리 발길을 옮기시나요?   380
멈추세요, 분노를 억제하고 격정을 억누르세요.

(메데이아가 듣지 않고 가버린다.)

마치 마이나데스가 신에 들려 정신이 나갔을 때,
눈 덮인 핀두스의 봉우리나 뉘사의 등성이로
광기에 빠진 채 휘청이는 발걸음을 옮기듯,
저이는 이리저리 격렬한 움직임으로 내달리는구나,   385
얼굴에는 미친 광기의 표징을 드러내면서.
타오르는 듯한 표정으로 한숨을 깊은 데서 끌어내네,
소리를 지르네, 굵은 눈물로 눈을 적시네,
그러다 웃음을 터뜨리네. 온갖 감정의 본을 보이네.
머뭇거리네, 위협하네, 속을 끓이네, 투덜대네, 신음하네.   390
분노의 무게를 어디로 기울일지, 위협을 어디로 겨눌지.
저 물마루는 어디서 부서질 것인가? 광기가 둑 넘어 쏟아지구나.
저이가 마음속에 궁리하는 것은 단순하거나 그저 그런 범죄가 아니야.
저이는 자신을 이기고야 말 거야. 옛적 분노의 표지를 알아보겠구나.
뭔가 큰 게 닥쳐온다, 미쳐 날뛰는, 엄청난, 불경스러운 것이.   395
광기의 표정을 알아보겠구나. 신들이시여, 두려움을
몰아내 주소서!

메데이아 (혼잣말로) 불행한 여인이여, 네가 만일 미움에

어떤 한도를 부여할지 찾는다면,

　　사랑을 본받으라. 내가 왕가의 결혼식을 복수도 없이

　　견뎌낼 수 있겠는가? 이 하루가 무기력하게 지나갈 것인가,

　　그토록 애써서 구했던 날이, 그렇게 얻어낸 날이?　　　　　　400

　　한가운데 놓인 땅이 하늘을 균형 잡아 유지하는 한,

　　빛나는 우주가 확실한 질서에 따라 회전하는 한,

　　모래알이 숫자를 잃고, 낮이 태양을,

　　별들이 밤을 수행하는 한, 큰곰자리 작은곰자리가 물 젖지 않은 채

　　하늘 축을 도는 한, 강들이 바다로 흘러드는 한,　　　　　　405

　　나의 분노는 복수를 향한 노력을 그치지 않으리라,

　　끝없이 자라나리라. 야수들의 어떤 광포함이,

　　어떤 스퀼라가, 아우소니아와 시칠리아의 바다를

　　빨아들이는 어떤 카륍디스83가, 혹은 불 뿜는 티탄84을 짓누르는

　　그 어떤 아이트나가 그만큼의 위협으로 들끓겠는가?　　　　　410

　　격하게 흐르는 강물도, 폭풍 치는 바다도,

　　북서풍에 사나워진 폰투스나, 강풍의 지원을 받은

　　불길조차도 나의 분노와 기세를

　　흉내 내지 못하리라. 나는 모든 것을 뒤엎고 흩어버리리라.

83　이탈리아 반도와 시칠리아 사이 해협에 있었다는 거대한 소용돌이.

84　시칠리아의 아이트나 화산 밑에는 제우스에게 패배한 거인 엥켈라도스, 또는 튀폰이 묻
　　혀 있다고 한다. 그가 일어서려고 몸부림을 치면 지진이 일어나고 화산이 폭발한다는 것
　　이다. '티탄'은 대개 크로노스의 자손을 가리키지만, 여기서는 넓은 의미로 사용했다.

그 사람은 크레온을, 또 텟살리아 군주와의 전쟁을

두려워했던 걸까? 415

　　참된 사랑이라면 누구도 겁내지 않을 수 있어.

　　물론 그가 압박을 받아서 물러서고 굴복했을 수는 있지.

　　하지만 확실히 그는 나를 찾아와, 아내와 마지막 대화라도

　　나눌 수 있었어. 그자는 이것도 두려웠던 거야, 잔인한 인간!

　　분명 왕의 사위라면 무자비한 추방의 시기를 420

　　늦춰줄 수 있었어. 한데 단 하루가 주어지다니,

　　두 아이를 위해! 시간이 짧은 것을 불평하지 말자,

　　그것은 길게 늘어날 거야. 이 하루가 이루리라, 이루리라,

　　그 어느 날도 침묵하고 넘어가지 못할 일을. 나는 신들에게로 들이닥치고,

　　우주를 뒤흔들어 놓으리라.

유모 　　　　　　　　재난에 뒤흔들린 마음을 거두어들이세요, 425

　　아씨, 가슴을 진정시키세요.

메데이아 　　　　　　　평화는 그때에야 있을 거예요,

　　나와 함께 온 세상이 폐허로 무너져 내린 것을 내가 보았을 때요.

　　나와 함께 온 세상이 꺼져버리길! 그대가 망할 때,

　　남도 끌고 가는 건 즐겁죠.

　　(메데이아 퇴장)

유모 　당신이 고집 부리면 얼마나 무서운 일이 많이 생길지, 잘 보세요.

　　누구도 권력자들을 공격하고 무사할 수는 없어요. 430

(이아손 등장)

이아손 아, 언제나 험난한 운명이여, 쓰라린 운수여!
그 여자가 미쳐 날뛰든, 분노를 아끼든 똑같이 불행하구나!
신은 얼마나 자주 우리를 위해 위험보다 더 나쁜
처방을 찾아주던가. 내가 아내의 기여에 맞춰
신의를 앞세우려 했다면, 내 머리를 죽음에게   435
내주어야만 했으리라. 반면에 내가 죽기를 피하자면, 불행한 나로서는
신의를 저버릴 수밖에 없었노라. 신의를 이긴 건 두려움이 아니라,
걱정에 몸 떠는 부성애로다. 틀림없이 아이들이 부모님의 죽음을
뒤따랐을 터이니. 신성한 정의여, 그대가 만일 하늘에
거주하신다면, 나는 당신의 신성을 소환하여 증인으로 삼노라,   440
아들들이 아비를 이겼노라고. 그 여자 자신도,
비록 마음이 잔인하고 멍에를 견디지 못하지만,
아마도 결혼의 권리보다는 아이들을 더 많이 생각하리라.
내 마음은 결정되었노라, 분노한 그녀를 간청으로써 공격하기로.

(메데이아 등장)

한데 보라, 내 모습에 펄쩍 뛰어오르는구나, 광란하는구나,   445
나를 향해 증오를 실어오는구나. 표정에 온통 고통이 담겼구나.
메데이아 이아손이여, 나는 쫓겨나요, 쫓겨나요. 이것은, 우리가
거처를 옮기는 건, 새로운 일도 아니죠. 떠나는 이유가 새로울 뿐.

나는 늘 당신을 위해 도주하곤 했어요. 나는 떠나요, 멀리 가요,

당신이 나로 하여금 당신 가문에서 추방되도록 떠밀었기에.　　　　450

한데 어디로 나를 돌려보내는 거죠? 파시스와 콜키스인들을 찾아갈까요?

아버지의 왕국을, 내 오라비의 피가 흩뿌려진

들판을? 어떤 땅을 찾아가라 명하는 건가요?

어떤 바다를 제시하나요? 폰투스 바다의 목구멍인가요?

그곳을 통해 내가 왕자들의 고귀한 무리를 귀환시켰죠,　　　　455

쉼플레가데스를 통해서, 간통자인 당신을 따르려고!

초라한 이올코스,85 아니면 텟살리아의 템페 계곡86으로 갈까요?

내가 당신을 위해 열어주었던 길들은 모조리, 내겐 막혀 있어요.

어디로 나를 돌려보내나요? 당신은 추방자에게 또 추방을 부과하면서,

갈 곳은 주지 않네요. 떠나게 해줘요. 왕의 사위께서 명했노라,　　　　460

나로선 불복하지 않죠. 끔찍한 징벌을 얹으세요,

나는 받아 마땅하니. 국왕의 분노로 하여금 잔인한 형벌을 동원하여

당신 첩실을 짓뭉개라 하세요. 손목은 무거운 사슬로 묶고,

영원한 밤의 동굴에 가둬 묻어버리라 하세요.

그래도 나는 마땅한 것보다 적게 겪는 셈이겠죠.

— 감사할 줄 모르는 인간아!　　　　465

마음속으로 되짚어 보라, 황소의 불 뿜는 숨결을,

85　펠리아스와 그 뒤를 이어 아카스토스가 다스리는 지역. 이아손의 고향이고, 아르고호의
　　출발지이다.

86　희랍 중동부, 북쪽의 올륌포스산과 남쪽의 옷사산 사이 계곡, 페네오스강이 그곳으로 흘
　　러 동쪽에 있는 에게해로 들어간다.

그리고 제압되지 않는 종족의 사나운 공포를 두른,

무구를 낳는 밭 가운데 아이에테스의 타오르는 무리를,

그리고 갑작스레 나타난 적들의 창날을. 87 그때 나의 명령에 따라88

땅에서 태어난 전사들이 서로를 죽이고 쓰러졌지.   470

거기에 보태라, 그토록 바라던 프릭소스의 양털가죽 전리품을,

그리고 이전에 몰랐던 잠에게 눈들을 넘기라고 명받았던

잠 없는 괴물89을, 죽음에 넘겨진 오라비와

하나의 범죄지만 그저 한 번에 끝나지 않은 그 범죄90를,

나의 속임수에 넘어가서, 다시 살아나지 못할 노인의   475

사지를 절단했던 대담한 딸들을. 91

〔나는 낯선 왕국을 찾아가려고, 내 조국을 버렸지. 〕92

당신의 아이들에 대한 희망과 확고한 가문에 걸고,

---

87 이아손은 메데이아에게서 받은 약을 몸에 바르고 불 뿜는 황소를 제압한 다음, 그 소에 멍에를 지워 밭을 갈고 용 이빨을 땅에 뿌린다. 그러자 거기서 무장한 전사들이 솟아났다.

88 메데이아의 조언대로 이아손이 전사들 가운데 돌을 던졌더니 서로 싸워 모두 죽었다는 판본도 있고, 땅에서 솟아나고 있던 전사들에게 이아손이 달려들어 모두 처죽였다는 판본도 있다.

89 메데이아는 황금양털가죽을 지키던 용을 잠재우고, 이아손이 털가죽을 얻도록 도와준다.

90 메데이아는 동생 압쉬르토스를 죽이고 그 시신을 토막 내어 바다에 던졌다. 시신이 여러 조각으로 나뉜 만큼 여러 차례 실행된 범죄인 셈이다.

91 펠리아스의 딸들은 아버지를 약초와 함께 삶아서 다시 젊게 만들어 준다는 메데이아의 말에 속아서 아버지를 토막 내어 죽였다.

92 메데이아가 이아손에게, 자신이 남편을 위해 했던 일들을 꼽는 도중에 나와서, 문맥이 어긋나고 있다. 어떤 학자는 이 행을 482행 다음으로 옮기기를 제안하지만, 여기서는 츠비어라인의 제안대로 한 행을 삭제했다. 〔 〕 표시는 문헌학 관행에서, 그 행을 삭제하자는 의미로 쓰인다.

제압된 괴물들에 걸고, 당신을 위해 결코 아낀 적 없는

이 손들에 걸고, 함께 겪었던 위험들에 걸고,   480

내 결혼의 증인인 하늘과 바다에 걸고서, 부탁해요,

불쌍히 여겨주세요, 행복한 자로서 탄원자에게 제 몫을 돌려주세요.

저 보물들, 스퀴티아인들이 멀리서, 심지어 얼굴 그을린

인디아 사람들에게서까지 빼앗아 온 것들,

그것을 우리는, 보물창고가 그득하여 거의 보관할 수 없기에,   485

그 금으로 숲을 장식하고 있는데, 그중 아무것도 나는 떠나며

가져오지 않았죠,

동생의 몸 외에는. 그리고 그마저도 당신을 위해 써버렸어요,

당신을 위해 조국을 포기했어요, 당신을 위해 아버지를, 형제를,

수치심을.

이것을 지참금 삼아 결혼했죠. 이제 추방된 여자에게 그녀 것을

돌려주세요.

이아손 적대적인 크레온이 당신을 없애버리려 했지만,   490

나의 눈물에 굴복하여 추방형을 내린 것이오.

메데이아 나는 그걸 형벌로 여겼었는데, 이제 보니 추방은 선물이네요.

이아손 떠나는 게 허용된 동안 길을 떠나서, 자신을 이 땅에서 구해내시오.

왕들의 분노는 늘 격렬하다오.

메데이아   이것을 내게 설득하면서,

당신은 크레우사를 대변하는 거죠? 당신은 보기 싫은 첩을

몰아내려는 거예요.   495

이아손 메데이아가 내게 사랑이란 죄를 덮어씌운다?

메데이아   그리고 살인과 기만도요.

이아손 대체 당신은 어떤 죄로 나를 고발할 수 있소?

메데이아 내가 행한 모든 일이요.

이아손   내 죄는 이것 하나만 남아 있소,

즉 당신의 범죄들에 대해 나도 책임이 있다는 점 말이오.

메데이아 그것들은 바로 당신 짓이어요, 당신 짓. 범죄로 이득 본 사람이라면 500

그가 그 짓을 저질렀다고요. 모두가 아내를 불명예스럽게 떠든다 해도,

당신 하나만은 그녀를 지키고, 당신만은 그녀가 죄 없다 해야죠.

당신을 위해 유죄가 된 사람이라면, 당신에게는 무죄여야죠.

이아손 얻어서 부끄러운 목숨은 달갑지 않소.

메데이아 얻어서 부끄러운 목숨이라면 이어가지 말아야죠.   505

이아손 분노에 촉발되어 일어선 가슴을 길들이시오,

아이들을 위해 잠잠하시오.

메데이아   거절, 거부, 부정하겠어요.

크레우사가 내 아이들에게 형제 될 아이를 낳을 건가요?

이아손 왕녀가 추방자의 아이들을 위해, 권력자가 파산자에게 낳아주는 거요.

메데이아 그렇게 흉측한 날은 불쌍한 아이들에게 결코 오지 않길!   510

그날은 사악한 자손을 빛나는 자손과 섞고,

포이부스의 자식들93을 시쉬푸스의 자식들94과 섞는 날이어요.

---

93 메데이아의 아버지 아이에테스는 태양신의 아들이다. 따라서 메데이아의 자식들은 태양
    신의 증손자인데, 넓은 의미로 '자식들'이라고 했다. 원래 태양신은 헬리오스로 아폴론과
    구별되는 존재였지만, 후대에 점차로 아폴론(포이보스)과 동일시되었다.
94 신들까지도 속였다는 전설적인 악당 시쉬포스(시쉬푸스)는 코린토스 건립자로서 현재

이아손 불행한 여인이여, 왜 나와 그대를 모두 파멸로 끌어들이오?

  떠나시오, 부탁이오.

메데이아   크레온은 저의 탄원을 들어주었어요.

이아손 내가 뭘 해줄 수 있겠소, 말해보시오.

메데이아   나를 위해서요?

  죄라도 지어주시든지.   515

이아손 이쪽에도 저쪽에도 왕이 있소!**95**

메데이아   여기는 저들보다도

  훨씬 더 무서운 존재,

    메데이아가 있어요. 새 신랑이여, **96** 우리가 싸우도록 놓아두세요.

    그 상(賞)은 이아손이고요.

이아손   나는 포기하겠소, 불행에 지쳤소.

  하지만 조심하시오, 당신은 벌써 너무 자주 운수를 시험했소.

메데이아 모든 운수는 늘 내 밑에 서 있었어요.   520

이아손 아카스투스가 바짝 따라잡았소.

메데이아   더 가까이 있는 원수는 크레온이어요.

  그들 둘 다를 피해요. 메데이아는 당신에게, 장인을 향해 손을

  무장시키라고도, 친족의 피로 자신을 더럽히라고도**97**

  코린토스 왕가의 조상이다.

95 의미가 불분명한데, 자기가 죄를 지으면 그것을 응징할 왕들이 도처에 있다는 뜻인 듯하다.

96 이곳에 텍스트가 훼손된 것으로 보인다. 여러 제안이 있지만 어느 것도 다른 학자들을 충분히 설득하지 못했다. 이 번역에서는 츠비어라인이 원문비평주(apparatus criticus)에 제안한 것을 따랐다.

강요하지 않아요. 무해한 존재로 나와 함께 떠나요.

이아손 하지만 만일 한 쌍의 전쟁이 덮쳐온다면, 누가 저항할 수 있겠소, 525
　　　만일 크레온과 아카스투스가 자신들의 군대를 합친다면 말이오?

메데이아 거기에 콜키스인들까지 더하세요. 아이에테스를 지도자로 더하고,
　　　스퀴티아인들을 펠라스기인들에게 연합시켜요. 모조리
　　가라앉혀 버릴 테니까.

이아손 나는 높은 왕홀들이 정말 두렵소.

메데이아 　　　　　　　　　　당신이 그것을 갈망하는 건 아닌지
　　돌아보세요.

이아손 의혹을 사지 않게끔, 긴 얘기를 짧게 줄이시오.　　　　　　　　530

메데이아 가장 높으신 읍피테르여, 이제 온 하늘에서 천둥 치소서,
　　　오른손을 뻗으소서, 복수하는 불길을 준비하소서,
　　　구름을 찢고 온 세상을 뒤흔드소서.
　　　저도 이 사람도 선택하지 않는 공평한 손으로
　　　무기를 균형 잡으소서. 우리 중에 누구든 쓰러지는 자가　　　　　535
　　　유죄인 자로서 소멸될 것입니다. 우리를 향하신 당신의 벼락은
　　　실수할 리 없으니까요.

이아손 　　　　　　　　이성적으로 생각하려 해보시오,
　　　그리고 평온하게 말을 하시오. 혹시 뭔가 장인 집의 위로물품이
　　　당신의 추방을 가볍게 만들어 줄 수 있다면, 청하시오.

---

97 아카스토스의 아버지 펠리아스는 이아손의 아버지 아이손과 형제이고, 따라서 이아손과
　　아카스토스는 사촌지간이다.

메데이아　당신도 알다시피, 나의 영혼은 왕들의 부유함을　　　　540

　　비웃을 수 있고, 또 그래왔어요. 나는 그저 아이들을 망명의

　　동반자로 삼아 데려가고, 그들의 품 안에서 눈물을

　　쏟을 수 있기를 바랄 뿐이어요. 당신은 새로운 아이들이

　기다리니까요.

이아손　내가 당신의 간청에 따르고 싶다는 것을 인정하겠소.

　　하지만 부성애가 그걸 막으오. 내가 그걸 감수할 수 있노라 하면,　545

　　설사 왕이자 장인인 그분도 나를 강제할 수는 없기에 하는 말이오.

　　이들은 내 삶의 이유이고, 이들은 걱정으로 탈진한

　　내 가슴의 위안이오. 그들 없이 사느니보다 차라리 호흡 없이,

　　사지 없이, 빛 없이 살겠소.

메데이아　　　　　　　　　　(혼잣말로) 이 인간이 아이들을

　그토록 사랑한다고?

　　좋아. 그는 내게 잡혔어. 상처를 입힐 곳이 노출되었어.　　　　550

　　(이아손에게) 최소한 제가 떠나가면서 마지막 당부는 전할 수

　　있었으면 해요, 끝으로 포옹해 줄 수 있었으면 해요.

　　그러면 고맙겠어요. 이제 마지막으로 청할게요,

　　저의 혼란된 슬픔이 쏟아낸 그 어떤 말도

　　당신 마음에 머물지 않게 해주세요. 저의 더 나은 모습이 당신　　555

　　기억에 남게 해주세요. 분노에서 나온 그 말들은

　　잊히게 해주세요.

이아손　　　　　　　나는 모든 얘기를 진심에서 한 것이오.

　　그리고 나도 당신께 청하오, 들끓는 마음을 제어하고

평온한 태도를 취하라고. 평정심은 불행을 누그러뜨리는 법이오.

(이아손 퇴장)

메데이아 그자는 가버렸다. 그래도 되는 걸까? 그대는 나 자신과

  그 많은 나의 악행들을   560

    잊고서 가고 있군. 나는 당신 기억에서 떨어져 나간 걸까?

    나는 결코 기억에서 떨어지지 않으리라. (혼잣말로) 이것을 행하라,

  너의 모든 힘과

    재주를 불러올려라. 네 범죄의 열매를

    전혀 범죄로 여기지 않아야 한다. 계략의 여지가 거의 없구나,

    나는 두려움의 대상이 되었어. 누구도 결코 두려워할 수 없는   565

    그곳을 공략해야 해. 이제 서둘러라, 용기를 내라, 시작해라,

    메데이아가 할 수 있는 무엇이든, 또 할 수 없는 무엇이든.

     (유모에게) 신실한 유모여, 나의 비애와 변화 많은 운명의

    동행이여, 그대는 나의 불행한 계획을 도와주세요.

    내게 의상이 하나 있어요, 하늘의 선물이고, 우리 집안과 국가의   570

    영광이며, 태양신으로부터 아이에테스에게 주어진

    혈통의 보증이죠. 또 금으로 짜서 만든

    반짝이는 목걸이와 보석들의 광채가 그것을 돋보이게 해주는

    황금 물건이 있어요, 머리카락을 묶어주곤 하는 것이죠.

    아이들을 시켜서, 이것들을 내가 신부에게 보내는 선물로

  전하게 하세요.   575

하지만 그 전에 그걸 무서운 기술의 독으로 칠하고 스미게 하세요.

헤카테를 부르도록 하세요. 죽음을 가져오는 의식을 준비하세요.

제단들이 세워지게 하세요. 이제 궁 안에서 불길이 소리를 울리게 하세요.

합창단 그 어떤 불길의 힘도, 부풀어 오른 바람의 힘도,

곡선을 그리며 날아가는 창의 힘도, 그토록 겁나진 않도다,   580

결혼의 솔가지 횃불을 빼앗긴 아내가

타오르며 증오할 때만큼은.

그만 못하도다, 구름 가득한 남풍이 겨울비를

데려오고, 히스테르강98이 격류로

내달리며, 다리들이 연결된 것을 방해하고   585

이리저리 떠돌아다닐 때조차도.

그만 못하도다, 로다누스강99이 깊은 바다를 밀쳐낼 때도,

혹은 이미 중반에 다다른 봄날, 강렬해진 해 아래,

눈들을 녹여 하이무스산100이 강들로

물을 쏟아낼 때조차도.   590

분노에 부추겨진 사랑의 불길은 눈이 멀었도다,

그것은 다스림받을 생각이 없고, 재갈을 견디지 않는도다,

죽음도 두려워하지 않도다. 칼날을 향하여

마주 달려가기를 갈망하도다.

---

98   이스트로스강. 도나우(다뉴브, 고대에 상류 쪽 이름은 다누비우스) 강 하류를 가리킨다.

99   론강.

100 트라키아의 산.

오, 신들이시여, 구해주소서, 은총을 기원합니다,　　　　　595
바다를 길들인 저 사람이 안전하게 살아남기를!
하지만 바다의 지배자101께서 두 번째 영역102이
제압된 것에 노하셨도다.
불멸의 마차를 감히 몰았던
젊은이103는 아버지의 목표를 기억하지 못하고,　　　　　600
자신이 하늘에 흩뿌렸던 불길을
스스로 받고 말았네.
잘 알려진 길은 누구에게도 큰 짐이 되지 않네.
앞서간 사람들에게 안전했던 길로 갈지어다,
깨뜨리지 말지라, 난폭한 자여, 세계의　　　　　605
지극 신성한 계약을.
　　누구든 저 대담한 용골104의 이름 높은 노에
손을 댔던 자, 그리고 펠리온105의 신성한 숲에서
빽빽한 그늘을 벗겨낸 자,
또 누구든 떠도는 바위들106 사이로 들어갔던 자,　　　　　610
대양의 그토록 큰 노역을 다 치러내고

101　포세이돈(넵투누스).
102　제우스가 관장하는 하늘, 포세이돈의 바다, 하데스의 저승을 세 개의 영역으로 지칭했다.
103　태양신의 아들 파에톤. 아버지의 태양 마차를 몰다가 온 세상에 불을 내고 제우스의 벼
　　락에 죽었다.
104　아르고호를 가리킨다(제유법).
105　이올코스 근처의 산. 이 산의 나무로 아르고호가 만들어졌다.
106　쉼플레가데스.

야만의 해안에 밧줄을 묶었던 자는,

이방의 황금을 약탈하여 돌아가려 했던 자는,

끔찍한 최후로써 바다의 율법을 어긴 것에 대해

값을 치렀도다.   615

　　도전받은 바다는 죗값을 요구하도다.

바다를 길들였던 티퓌스107가 제일 먼저

배운 바 없는 키잡이에게 방향타를 남겼도다.

이방의 해변에서, 조상의 땅에서

먼 곳에 쓰러졌고, 허름한 무덤에   620

덮인 채, 알지 못하는 혼령들 사이에 누워 있도다.

이 때문에, 아울리스는 떠나간 왕을 기억하여,

잔잔한 항구 안에 배들을 붙잡아 두네,

머물러 있는 것을 불평하는 배들을. 108

　　목소리 아름다운 카메나109의 저 유명한 아들110은,   625

그의 술대가 현들을 고를 때에

격류도 정지하고, 바람은 소리를 죽였으며,

107　아르고호의 첫 번째 키잡이. 그는 콜키스에 닿기 전에 중간기착지에서 멧돼지의 공격을 받아 죽는다.

108　아르고호의 모험으로부터 한 세대 뒤에 트로이아 원정을 위해 배들이 이곳에 모였다가 바람이 불지 않아 한동안 잡혀 있게 된다. 하지만 극중 인물인 합창단이 이 시점에 이런 사건을 알고 있는 것은 시대착오이다. 티퓌스가 아울리스 왕이라는 설정도 이곳에만 나오는 것이다.

109　무사(뮤즈)의 로마식 이름.

110　오르페우스.

50

새들은 자기들 노래를 떠나

다가오고, 온 숲이 함께했었지만,

트라키아의 벌판에 흩어진 채 누웠도다,   630

그의 머리는 슬퍼하는 헤브루스강에 떠서 흘렀도다. 111

그는 이미 알고 있던 스튁스와 타르타로스에 이르렀네,

이제는 돌아오지 못할 자로서. 112

   알케우스의 자손113은 아퀼로의 아들들114을 쓰러뜨렸네,

그는 또 아버지 넵투누스에게서 난 아들을 죽였네,   635

헤아릴 수 없는 모습을 취하는 데 익숙한 이를. 115

그 자신은 땅과 바다에 평화를 가져온 후에,

엄혹한 디스116의 왕국을 열어젖힌 후에,

불타는 오이타산에 산 채로 누워

자신의 사지를 사나운 불길에 넘겨주었네,   640

---

111 오르페우스는 박쿠스 여신도들에게 찢겨 죽었고, 그의 머리는 강을 따라 흘러갔다고 한다.
112 스튁스는 저승의 강, 타르타로스는 저승의 별칭. 오르페우스는 죽은 아내를 되찾기 위해
    이전에 저승을 방문한 적이 있다. 하지만 이번에는 지상으로 다시 돌아갈 방법이 없다.
113 알케우스는 암퓌트리온의 아버지. 암퓌트리온의 아내 알크메네가 헤라클레스를 낳았기
    때문에 헤라클레스는 '알케우스의 자손'으로 불린다.
114 아퀼로(희랍식 이름은 보레아스)는 북풍 신. 그의 아들들은 아르고호 영웅에 속하는,
    날개 달린 칼라이스와 제테스. 이들은 눈먼 예언자 피네우스를 위해 괴조 하르퓌이아들
    을 쫓아준다.
115 페리클뤼메노스. 물의 신들은 대개 모습을 바꿀 수 있는데, 이런 신의 자식들도 이따금
    그런 능력을 물려받는다.
116 저승 신 하데스의 로마식 이름. 희랍어로 '부(富)를 주는 자'를 뜻하는 '플루톤'(*plouton*)
    을 라틴어로 번역한 것이다. 때로는 저승이란 뜻으로도 사용된다.

아내의 선물인 이중의 피117에

오염되어 기진한 채로,

앙카이우스118를 쓰러뜨렸네, 난폭하게 돌진하는 짐승,

털 부스스한 멧돼지가. 멜레아게르119여, 그대는 경건치 못하게

어머니의 형제를 살해하고, 죽는구나, 분노한 어머니의   645

오른손에. 이들 모두는 그 고발을 받기에 마땅한 죄를 지었네,

그에 대해 부드러운 소년120은 죽음으로 갚았네,

위대한 헤라클레스조차도 되찾지 못한 소년은.

아, 그는 잔잔한 물속으로 납치되었네.

가라, 이제, 너희 용감한 자들아, 바다를 경작하라,   650

그 흐름은 너희가 두려워해 마땅한 것이지만!

　이드몬은 운명을 잘 알고 있었지만,

117　헤라클레스의 마지막 아내인 데이아네이라는 남편의 사랑을 잃어버릴까 두려워서, 반
　　인반마 넷소스의 피를 속옷에 적셔 남편에게 전한다. 그 옷을 입고 불 앞에 서자 독이
　　헤라클레스에게 퍼지고, 옷을 벗으려 하자 피부까지 찢어진다. 헤라클레스는 고통을
　　이기지 못해 스스로 불타는 장작더미에 몸을 던져 타 죽는다. 넷소스는 머리 여럿 달린
　　물뱀 휘드라의 쓸개즙이 묻은 화살에 죽었기 때문에, 그의 피에도 독이 포함되게 되었
　　다. 그래서 '이중의 피'라고 한 것이다.

118　티퓌스가 죽은 후, 아르고호의 키를 조종했던 영웅. 그는 칼뤼돈 멧돼지 사냥에서 죽은
　　것으로 알려져 있다.

119　칼뤼돈 왕 오이네우스의 아들. 그가 외삼촌을 죽이자, 그의 어머니 알타이아가 분노하
　　여 아들의 목숨이 달려 있는 장작을 불에 던졌고, 그것이 다 타는 순간 멜레아그로스
　　(멜레아게르)도 죽었다고 한다.

120　미소년 휠라스는 헤라클레스의 애인이었는데, 아르고호 원정의 중간기착지에서 물 길
　　러 갔다가 물의 요정들에게 납치되었다. 헤라클레스는 그를 찾다가 배를 놓친다. 갑자
　　기 좋은 바람이 불자, 영웅들이 일행을 다 확인하지 않고 출발했기 때문이다.

리뷔아의 사막에서 독사에게 스러졌네. 121

모두에게 진실했지만, 자기 한 사람에게만은 거짓되었던

몹수스122는 쓰러져서 테바이를 잃었네.   655

만일 그가 미래를 진실하게 노래한 것이라면,

테티스의 남편123은 망명자가 되어 떠돌게 되리라.   657

오일레우스의 아들124은 벼락과 파도에 죽어, 125   661

 *   *   * 아비의 죄126에127   660a

---

121 아르고호 영웅들의 행적을 가장 잘 전해주는 아폴로니오스 로디오스의 〈아르고호 이야
    기〉에서 예언자 이드몬은 콜키스로 가는 길에 비튀니아의 마리안뒤노이인들의 땅에서
    멧돼지에게 죽는 것으로 나와 있고, 다른 예언자 몹소스는 콜키스에서 돌아오는 길에
    리뷔아 사막에서 독사에게 죽는 것으로 되어 있다. 세네카는 둘의 죽는 장소가 뒤바뀐
    판본을 전하고 있다.

122 예언자 몹소스는 대개 텟살리아 출신으로 알려져 있는데, 여기서는 보이오티아의 테바
    이 출신인 것으로 소개하고 있다.

123 펠레우스. 그는 바다의 여신 테티스와 결혼하여 이미 아킬레우스를 낳은 상태에서 아르
    고호에 승선했다. 후에 그는 형제를 죽이고 망명하게 된다.

124 오일레우스의 아들 작은 아이아스는 트로이아에서 돌아오던 중, 풍랑을 만나 배가 파선
    되지만 간신히 육지에 상륙한다. 그러나 그는 자신이 신들의 뜻을 이기고 살아남았다고
    외치다가 결국 벼락을 맞았다고 한다. 대개 작은 아이아스가 비명횡사하게 된 이유로
    꼽히는 것은 캇산드라 겁탈사건이다. 그는 트로이아 함락 당시 여사제 캇산드라가 아테
    네 신상을 붙잡고 있는데도 그녀를 끌어내어 겁탈했던 것이다.

125 츠비어라인의 제안에 따라 두 행을 앞으로 옮기고 순서도 바꾸었다. 원래 전해지는 사
    본에 661행의 주어는 '오일레우스'로 되어 있어서, 아들 이름(작은 아이아스) 대신 아
    버지 이름을 사용한 수사법(환유법)으로들 해석하는데, 츠비어라인은 하인시우스
    (Heinsius)의 제안에 따라 원래 주격(Oileus)이 아니라 소유격(Oilei)이 적혔으리라고
    추정하였다. 즉, '오일레우스의 (아들)'로 본 것이다.

126 아르고호에 올라 항해했던 죄.

127 여기 둘로 나누어 놓은 660행은 전해지는 사본에 한 행으로 적혀 있다. 하지만 츠비어

값을 치르게 되리라. 600b

거짓된 불빛으로 아르고스인들에게 해를 끼치려다가 658

나우플리우스128는 바다로 곤두박질쳐 떨어지리라. 659

페라이 군주의 죽음을 그의 아내가 662

막아주면서, 자기 목숨을 남편 대신 내어주리라. 129

첫 번째 배로써 황금의 노획물을 약탈하여

가져오라고 명했던 바로 그 사람, 665

〔펠리아스는 뜨거운 청동 솥 안에서 끓여져〕130

좁은 물속에서 떠돌다 익어버렸도다.

신들이시여, 당신들은 이제 바다를 위해 충분히 복수하셨으니,

명령을 받았던 사람131은 아껴주소서.

유모 (혼잣말로) 나의 마음은 떨리는구나, 무섭구나, 큰 재난이 닥쳤구나. 670

그녀의 고통은 거대하게 자라나서, 스스로

라인은 운율분석상 이들이 원래 두 행이었으며, 이 부분에서 몇 단어가 사라졌다고 본다. 많은 학자들이 이 사라진 구절을 '아버지 대신 아들'이라는 내용으로 추정한다(그렇지만 행을 옮길 것인지에 대해서는 의견이 일치하지 않는다).

128 나우플리오스(나우플리우스)는 트로이아 전쟁에 참여했던 자기 아들 팔라메데스가 오뒷세우스의 계략에 걸려서 죽자, 귀환하는 배들을 밤중에 횃불로 유인해서 암초에 부딪혀 파선되게 만든다.

129 페라이 왕 아드메토스는 운명의 신으로부터 누군가 대신 죽을 사람을 구해 오면 자신이 죽지 않아도 된다는 허락을 받아두었고, 결국 그의 아내 알케스티스가 그 대신 죽는다. 그 후 헤라클레스가 그녀를 죽음의 신으로부터 구해냈다는 판본이 가장 유명하지만, 저승 신들이 그녀의 사랑에 감동해서 그녀를 다시 지상으로 돌려보냈다는 판본도 있다.

130 츠비어라인은 이 구절을 삭제하자고 제안한다.

131 이아손.

자신을 불붙이고 이전의 힘을 재정비하는구나.

나는 자주 보았지, 그녀가 광란하며 신들132을 공격하고

하늘을 끌어내리는 것을. 하지만 그보다 더 큰 것을, 더 크게

괴기스런 일을 메데이아는 준비하고 있어. 그녀는 천둥 치는 걸음걸이로 675

밖으로 나와, 집 안 깊은 곳 죽음의 제단으로 다가갔고,

거기 값진 것을 모조리 쏟아붓고는, 오랫동안 자신도

두려워했던 것들을 내어보내며, 온갖 불행의 엄청난 무리를

풀어놓았으니까, 숨겨지고 감춰지고 묻혀있던 것들.

그러고는 음울한 왼손으로 의식을 준비하면서, 680

온갖 종류의 역병들을 부르고 있어, 불타는 리뷔아의

모래들이 낳은 모든 것들, 영원한 눈에 덮인

타우루스133가 북극의 추위로 얼려 묶은 것들,

그리고 모든 괴물들을. 그녀의 마법적인 노래에 이끌려

비늘 덮인 생물 무리가 자기들의 거처를 버리고 다가왔지. 685

이쪽에는 무서운 뱀이 거대한 몸을 미끄러뜨리면서

세 갈래 혀를 내뻗고, 누구에게 죽음을 가져오는 독을

보낼지 탐색하고 있네. 노래를 듣고는 놀라서

부푼 몸뚱이를 꼬아 고리 더미로 만들고

똬리를 이루었지. 그녀는 말했어. "소소한 해악들이고, 690

---

132 해와 달.

133 터키의 아나톨리아 반도 남부에 동서로 길쭉하게 뻗은 산맥, 동쪽으로는 아르메니아에
     이르며, 옛날 사람들은 그것이 힌두쿠시 산맥까지 이어진다고 믿었다.

싸구려 무기일 뿐이야, 깊은 땅이 만들어 낸 것이라 해도.
나는 하늘에서 독들을 구하리라. 이제, 이제 때가 왔다,
흔해빠진 계략보다 훨씬 깊은 무엇인가를 작동시킬 때가.
저 장대하고 격하게 흐르는 강 같은 모양새로 뻗어 있는 뱀134을
이리로 내려오게 하라, 그것의 거대한 굴곡들을   695
크고 작은 두 마리 야수들135이 느끼는 것을.
(큰 것은 펠라스기인들이, 작은 것은 시돈인들이 이용하지.) 136
그리고 뱀주인137으로 하여금 움켜쥐었던 손들을 이제 늦추고,
독들을 쏟아내게 하라. 나의 노래에 호응하여,
감히 한 쌍의 신성138에게 도전했던 퓌톤이 오게 하라.   700
휘드라139와 헤라클레스의 손이 베었던 모든 뱀들이
오게 하라, 파멸의 능력을 회복하게 하라.
잠들지 않는 뱀아, 콜키스인들을 버려두고 너도 오라,
나의 노래로 처음 잠에 이끌렸던 뱀아. ”
　　온갖 종류의 뱀들을 불러낸 다음,   705
그녀는 식물에서 끌어온 불길한 해악들을 한군데로 모았지.
무엇이건 길도 없는 에뤽스140가 바위 벼랑에서 길러낸 것들,

134　용자리. 큰곰자리와 작은곰자리 사이에 S자 모양으로 펼쳐진 별자리.
135　큰곰과 작은곰.
136　항해의 지침으로 삼는다는 의미다.
137　뱀주인자리 (땅꾼자리) .
138　아폴론과 아르테미스. 델포이를 차지하고 있던 거대한 뱀 퓌톤은 아폴론의 화살에 죽었다.
139　헤라클레스가 죽인 거대한 물뱀. 머리가 여럿이고, 하나를 베면 두 개가 돋아났다고 한
　　다. 머리 숫자는 작가마다 달리 전하는데, 도기 그림에는 9개와 12개가 보통이다.

영원한 겨울로 덮인 등성이에서 카우카수스141가

프로메테우스의 피로 흩뿌려진 채 키워낸 것들,

그리고 그것으로, 부유한 아라비아인들이, 그리고 화살통을 멘 호전적인 710

메데이아인들도, 가볍게 무장한 파르티아인들도 화살에 문지르는 것을,

혹은 차가운 극 아래 휘르카니아142 숲에서, 고귀한

수에비족143 여인들이 모으는 즙을,

또 무엇이든 새들이 둥지 짓는 봄에 땅이 낳은 것,

혹은 얼어붙는 겨울이 숲에서 장식들을 다   715

떨구고, 모든 것을 눈서리가 감싸버렸을 때의 것도,

또 무엇이건 죽음을 가져오는 꽃을 피우는 풀들도,

무엇이건 비틀린 뿌리에서 해악의 근원이 될

수액을 낳는 것들을, 그녀는 손으로 뒤적이고 있네.

하이모니아144의 아토스가 저 역병들을 제공했고,   720

이것들은 거대한 핀두스145가. 저것들은 팡가이아146의 등성이에서

부드러운 잎들을 피 묻은 낫으로 베어냈지.

---

140 시칠리아 서부에 있는 산.

141 흑해 동쪽에서 카스피해까지 뻗은 산맥. 프로메테우스가 이 산의 바위 벼랑에 묶여서
     독수리에게 간을 파먹혔다고 한다.

142 카스피해 동남쪽 지역.

143 현재의 스위스 지역에 살던 부족. 서유럽에 사는 여인들이 흑해 동쪽에 가서 약물을 구
     한다는 것이 조금 이상한데, 세네카 시대의 민족이동을 반영한 것일 수도 있고, 지금
     발언하고 있는 유모가 지리를 잘 몰라서 이렇게 말한 것일 수도 있다.

144 텟살리아의 옛 이름. 아토스는 칼키디케 동쪽 곶에 있는 산.

145 희랍 중서부의 산맥.

146 마케도니아와 트라키아에 걸쳐 펼쳐진 산맥.

이것들은 깊은 골짜기를 누르며 흐르는 티그리스가 길렀고,

저것들은 다누비우스가, 이것들은 목마른 영역을 가로질러

미지근한 물로써, 보석을 실은 채 달려가는 휘다스페스[147]가,   725

그리고 그 땅에 자기 이름을 부여한 바이티스[148]가

헤스페리아 바다[149]를 느릿한 흐름으로 밀치며 길렀지.

이것들은 칼날을 겪었지, 포이부스가 낮을 준비하는 동안.

저것의 싹들은 한밤중에 베였고.

또 이것의 열매는 주문을 수반한 손톱에 잘렸지.   730

　그녀는 죽음을 가져오는 약초를 취하고, 뱀들의

썩은 피를 짜내어, 거기에 불결한 새들을 섞네,

구슬프게 우는 부엉이의 심장과 목소리 거친 올빼미에게서

산 채로 뽑아낸 내장을. 이것들을 끔찍한 일의 기술자인 그녀는

따로따로 나누네. 이쪽에는 움켜잡는 불의 힘이,   735

저쪽에는 몸을 느리게 하는 냉기의 얼음 같은 싸늘함이 들어 있지.

그녀는 독에다 언어를 더하네, 저것들보다 덜 무섭지

않은 것을. 보라, 그녀가 광란하는 걸음으로 발소리를 내었다,

노래를 부르는구나. 첫 목소리에 벌써 세계가 떠는구나.

메데이아 침묵하는 무리에게 나는 기원하노라, 또 그대들, 죽음을

관장하는 신들이여,   740

---

147 인도 서부의 강. 현재 이름은 젤룸(Jhelum).
148 스페인 남서부의 강. 현재 이름은 과달키비르.
149 대서양.

암흑의 카오스여, 그늘진 디스의 어둑한 집이여,

타르타로스의 강둑으로 둘린, 더께 앉은 죽음의 심연이여!

혼령들아, 형벌은 내버려 두고 새로운 신방으로 달려가라.

그의 몸을 돌리던 바퀴는 멎게 하고, 익시온150으로 하여금 땅에 서게 하라.

탄탈루스151로 하여금 걱정 없이 피레네 샘의 물을 들이키게 하라.　　745

〔단 한 사람, 내 남편의 장인에게만 더 무거운 벌이 내려앉기를!〕

미끄러운 돌덩이가 시쉬푸스152를 바위산 아래로 다시 풀어주게 하라. 153

그리고 그대들도, 구멍 뚫린 항아리로 헛된 노역이 조롱하는

다나오스의 딸들154이여, 함께 오라. 이날은 너희 손을 필요로 하노라.

이제 나의 의식에 부름 받아, 밤의 천체여, 155 오시라,　　750

가장 불길한 표정을 취하고서, 하나가 아닌 모습으로 위협하며.

150　감히 헤라를 넘본 죄로 영원히 회전하는 수레바퀴에 묶였다는 인물.
151　자식을 잡아서 신들에게 먹인 죄로 저승에서 음식이 앞에 있어도 먹지 못하고, 물이 있
　　어도 마시지 못하는 벌을 받았다는 인물. 여기서는 그의 혼령도 코린토스로 찾아와서
　　그곳에 있는 피레네 샘물을 마시라고 말하는 것이다.
152　신들을 속인 죄로 영원히 되풀이해서 바위를 언덕 위로 굴려 올리는 벌을 받았다.
153　전해지는 사본에 '다시 굴리게 하라(*volvat*)'로 되어 있지만, 그로노비우스와 츠비어라
　　인의 수정에 따라 *solvat*로 읽었다. 하지만 나로서는, 746행을 삭제하지 않고, 747행도
　　*volvat*로 그대로 두어도 의미가 통한다고 생각한다. 즉, "코린토스 왕가만큼은 계속 벌
　　을 받게 하라, 시쉬포스를 산 아래로 계속 굴러 떨어지게 하라".
154　다나오스의 50명의 딸들은 아이귑토스의 50명의 아들들과 강제결혼을 당하게 되자, 첫
　　날밤에 각자 자기 남편을 죽이기로 한다. 그중 하나, 휘페름네스트라만 자기 짝인 륑케
　　우스를 살려주었다. 나머지 처녀들은 모두 저승에서 밑 빠진 독에 물을 채우는(혹은 구
　　멍 뚫린 물항아리로 물을 퍼 나르는) 형벌을 받게 된다.
155　달의 여신 헤카테. 그녀는 세 가지 모습을 하고 있기에 '하나가 아닌 모습'이다.

저는 그댈 위해, 우리 종족의 관행대로 머리칼에서 띠를 풀고서,

벗은 발로 비밀스런 숲을 돌아다니며,

마른 구름으로부터 비를 불렀고,

바다를 심연으로 밀어 넣었습니다. 조류가 방향을 잃어,　　　　　755

오케아누스는 내륙 깊숙이, 묵직한 바닷물을 쏟아 보냈습니다.

마찬가지로, 천상의 법칙이 혼란되어, 세계는

해도 별들도 함께 보았고, 곰들이여, 156 너희는

금지된 바다에 접촉했도다. 계절의 교대를 나는 굴절시켰노라,

나의 노래에 여름 땅이 꽃을 피웠고,　　　　　760

나에게 떠밀린 케레스157는 겨울 수확을 보았도다.

세차게 흐르던 파시스강은 그 원천으로 흐름을 돌렸고,

그토록 많은 하구로 분지되는 히스테르강은 도도한

물살을 제어하고서, 모든 물길에서 느려졌도다.

파도는 으르렁대고, 바다는 광란하여 부풀었도다,　　　　　765

바람이 잠잠한데도. 태곳적 숲의 본향은

그림자를 잃었도다, 내 목소리의 명에 따라

낮이 물러갔을 때. 포이부스158는 중천에 멈춰 섰고,

휘아데스159는 나의 노래에 흔들려 미끄러지노라.

포이베160여, 이제 당신의 제의가 행해질 시간입니다.　　　　　770

156　바다로 지지 않는 큰곰자리와 작은곰자리.

157　곡식의 여신(데메테르).

158　태양.

159　312행 주석 참고.

(메데이아가 헤카테에게 제의를 바친다.)

당신을 위해 이 화관들을 피 묻은 손으로 만들었습니다,

각각이 아홉 마리 뱀으로 엮인 것을.

당신께 이 살 조각을 바칩니다, 반역하는 튀포에우스161가 지녔던 것을,

그는 윱피테르의 왕국을 뒤흔들었지요.

여기에는 신의 없는 짐꾼의 피가 들었습니다,   775

넷수스162가 숨을 거두면 남긴 것이죠.

이 재는 오이타산의 장작이 무너진 것입니다,

헤라클레스의 독을 빨아들인 것이죠.

여기에, 당신은 충실했던 누이이자 불충실했던 어머니,

복수하는 알타이아163의 장작을 보십니다.   780

이 깃털들을 보이지 않는 동굴에 남겼습니다,

하르퓌이아164가, 제테스에게서 도망치면서.

여기에 더하소서, 스튐팔로스 호수의 새 날개깃을,

레르나의 화살을 겪어 부상당한 새의 것을. 165

---

160 달의 여신의 별칭.

161 제우스에게 도전했던 존재. 달리 퓌톤이라고도 한다. 머리는 하늘까지 닿고, 어깨에는
뱀이 돋아나 있으며, 눈에서는 불이 번쩍였다고 한다.

162 641행 주석 참고.

163 멜레아그로스의 어머니. 644행 주석 참고.

164 눈먼 예언자 피네우스를 괴롭히며 그의 음식을 빼앗고, 남은 것에 배설물을 떨어뜨려서
악취가 나게 만들었다는 괴조. 대개 여러 마리로 되어 있는데, 여기서는 단수로 소개되
었다. 231행 주석 참고.

제단들이여, 너희가 소리를 내었구나. 나의 세발솥들이   785
여신의 호의에 흔들리는 것이 보이는구나.

　　나는 보노라, 트리비아166의 날랜 수레를,
꽉 찬 얼굴로 빛나며 밤새 몰아갈 때의
모습이 아니라,
슬픈 표정으로 희미하게,   790
텟살리아 마녀의 주문167에 괴롭힘받아
고삐를 바투 잡고, 하늘 가로지를 때의 모습인 것을.
그러니 그대는 창백한 횃불로 음울한 빛을
허공에 뿌리라,
새로운 공포로 사람들을 떨게 하라,
딕튄나168여, 그래서 코린토스인들로 하여금   795
그대를 돕기 위해 값진 청동을 울리게 하라. 169
나는 그대에게, 피 젖은 잔디 제단170에서

---

165 헤라클레스의 열두 가지 위업 중 하나로 스튐팔로스 호수의 새 떼 퇴치가 있다. 그때 헤
　　라클레스가 레르나 휘드라의 쓸개즙을 묻힌 화살을 사용했기 때문에, 그 새들의 깃털에
　　도 독이 여전히 남아 있다는 뜻이다.
166 헤카테 여신의 별칭. '삼거리의 여신'이란 뜻이다.
167 달을 끌어내리는 주문.
168 원래 '그물을 치는 자'란 뜻으로 사냥의 여신으로서 아르테미스의 별칭인데, 여기서는 아
　　르테미스가 달의 여신으로 헤카테와 동일시되고 있기 때문에 이 호칭을 사용한 것이다.
169 월식이 일어나면 사람들이 달의 힘을 북돋기 위해 청동 기물을 두드리며 응원하는 관행
　　이 있었다.
170 고대에서도 아주 옛날에는 잔디 뗏장을 쌓아서 제단을 만드는 관행이 있었다.

엄숙한 제의를 바치노라,

그대를 위해 화장(火葬) 장작더미 한가운데서 빼내온

횃불이 밤새 불빛을 비췄도다,   800

그대에게 목을 젖혀 머리를 흔들며

주문을 외쳤노라,

그대를 위해 장례 때처럼 머리카락

늘어뜨리고 띠 장식을 묶었노라,

그대를 위해 스튁스 강가에서 가져온

음울한 가지를 흔드노라,   805

그대를 위해 마이나데스171처럼 가슴을 드러내고

신성한 칼로써 나의 팔을 베노라.

나의 피가 제단 위로 듣게 하라,

익숙하여지라, 나의 손들아, 칼을 뽑기에,

그리고 사랑하는 이들의 피를 견딜 수 있도록.   810

— 나는 스스로를 베어

신성한 액체를 바쳤노라.

하지만 혹시 그대가 너무 자주 나의 기도로

불리어 오는 것을 불평하신다면, 비노니, 용서하시라.

그대의 활을 너무 자주 부르는 이유는,

페르세스의 따님이시여,   815

늘 하나의 같은 대상, 이아손 때문입니다.

---

171 디오뉘소스를 섬기는 여신도들.

그대는 이제 크레우사의 의상을 독으로 물들이시라,

그녀가 그것을 걸치자마자, 깊숙한 골수로

불길이 기어들어 태우게 하시라.

불은 누런 금 깊은 데에 담기어   820

어두컴컴하게 숨었노라. 그 불을 내게 주었노라,

하늘 재산 훔친 죄를 자라나는 간으로

갚고 있는 이, 프로메테우스172가. 그리고 가르쳤노라,

그 힘을 기술로써 감추는 법을. 또한 물키베르173가 주었노라,

부드러운 유황 속에 숨겨진 불들을.   825

또 나는 친족인174 파에톤에게서 가져왔노라,

살아 있는 불을 품은 벼락을.

나는 가지고 있노라, 키마이라의 가운데 부분의 선물을. 175

가지고 있노라, 황소176의 그을린 목구멍에서

잡아챈 불길을. 나는 그것을 메두사177의 담즙과   830

잘 섞어서, 해악을 침묵 속에 보존하도록

---

172 불(하늘의 재산)을 훔쳐서 인간에게 전해 준 죄로, 바위 벼랑에 묶인 채 독수리에게 간
    을 파먹히는 벌을 받았다. 그 간은 밤사이에 다시 자라난다.

173 대장장이 신 헤파이스토스(불카누스)의 별칭.

174 파에톤은 태양신의 아들이기 때문에, 태양신의 손녀인 메데이아와 친척이다.

175 키마이라는 사자, 염소, 뱀이 복합된 괴물. 가운데 부분인 염소 입으로 불을 뿜었다고
    한다.

176 이아손이 멍에를 지웠던, 콜키스의 불 뿜는 황소.

177 페르세우스가 죽인 괴물. 머리카락이 뱀으로 되어 있어서 그것의 담즙도 독액이라고 본
    것이다.

명하였노라.

　독에 날카로움을 더하소서, 헤카테여,
나의 선물에 숨겨진 불의 씨앗을
보존시켜 주소서. 그것들로 하여금 눈길을 속이고,　　　　835
손길들을 견디게 하소서. 그녀 가슴과 혈관 속으로
열기가 파고들게 하소서. 그녀의 사지가 녹아버리고,
뼈는 연기가 되게 하소서, 새 신부가 타오르는 머리칼로
자신의 결혼횃불을 이기게 하소서.
　　― 나의 기원은 받아들여졌도다. 과감한 헤카테께서　　　　840
개 짖는 소리178를 세 번 보내셨도다. 불길한 빛의
횃불로써 저주의 불길을 타오르게 하셨도다.

　이제 내 모든 힘이 쏟아부어졌다. 아이들을 이리로 부르자,
그들을 통해 네가 신부에게 값진 공물을 보내게끔.

(아이들이 들어온다.)

　가거라, 가거라, 애들아, 불운한 어미의 소산들아,　　　　845
선물과 많은 애원으로 너희의 주인인, 새엄마의
마음을 누그러뜨려라. 갔다가, 걸음을 재게 디뎌
집으로 돌아오너라, 내가 마지막 포옹을 누릴 수 있도록.

178　헤카테 여신은 개들을 동반하고 나타난다고 알려져 있다.

(아이들이 떠난다. 메데이아는 반대 방향으로 나간다.)

합창단 저 피 묻은 마이나스[179]는 사나운 사랑에 휩쓸리어

　　　대체 어디로 황급히　　　　　　　　　　　　　　850

　　　달려가는 것일까? 제어할 수 없는 광기로

　　　대체 어떤 악행을 준비하는 걸까?

　　　표정은 분노에 격앙되어

　　　굳어지고, 치켜든 머리를

　　　격렬한 동작으로 흔들며　　　　　　　　　　855

　　　왕까지도 위협하는구나.

　　　그녀가 추방자라고 그 누가 믿으리오?

　　　　그녀의 뺨은 붉게 타오르는구나,

　　　창백함이 붉은 기운을 몰아내는구나,

　　　표정이 거듭 변해 그 어떤　　　　　　　　860

　　　색깔도 오래 지니지 못하는구나.

　　　발길이 이리로, 또 저리로 향하는구나,

　　　마치 새끼를 빼앗긴 암호랑이가

　　　강게스[180]의 수풀을

　　　광포하게 치달려 휘젓듯이.　　　　　　　865

　　　　메데이아는 통제할 줄 모르는구나,

179　디오뉘소스의 광적인 여신도.
180　갠지스강.

분노를, 그리고 또 사랑을.

이제 분노와 사랑이 대의를

합쳤으니, 대체 어떤 결과가 뒤따를 것인가!

대체 언제, 저 언급하기 어려운 콜키스 여인이　　　　　　　870

펠라스기인들의 땅 밖으로 발길을

옮겨서, 두려움으로부터 풀어줄 것인가,

이 나라를, 또 그와 함께 우리 왕들을?

이제 포이베여, 마차가 놓여 달리게 하시라,

고삐를 조금도 당기지 마시라,　　　　　　　　　　　875

호의적인 밤이 빛을 숨기시기를!

밤의 인도자 헤스페루스[181]가

이 두려운 날을 바다 깊이 잠기게 하시길!

(전령이 달려온다.)

전령　모든 게 망가졌소! 왕국의 버팀목이 무너졌소!

딸과 아버지가 뒤섞인 재가 되어 누워 있소.　　　　880

합창단　그들은 어떤 계략에 당했나요?

전령　　　　　　　　　　　　왕들이 자주 당하는 계략,

즉, 선물에 그랬소.

합창단　　　　　　　그것들에 대체 무슨 속임수가 들어 있을 수

181　저녁에 보이는 금성('저녁별').

있었단 말이죠?

전령 나 자신도 놀라고 있소, 그 재난이 이미 일어났는데도,

그런 일이 일어날 수 있었다는 걸 거의 믿을 수 없다오.

합창단   어떤 방식의

파멸이었기에?

전령 왕궁의 모든 부분에서 불길이 탐욕스레 날뛰고 있소.   885

마치 명령이라도 받은 듯이. 이제 궁전 전체가 무너졌고,

도시까지 위험하다오.

합창단   물로써 불을 제압해야죠.

전령 이 재난에는 이런 기적까지 일어났다오,

물이 불을 오히려 키워주었던 것이오. 불을 막으려 하면 할수록

그만큼 더 크게 타오르고 있소. 그것이 방어벽 자체를 차지했단 말이오. 890

(메데이아 등장)

유모 걸음을 서둘러 펠롭스의 정착지182를 떠나세요,

메데이아여, 화급하게 어느 땅이든 찾아가세요.

메데이아 내가, 물러선다고요? 설사 내가 이전에 떠났었다 하더라도

이 일을 위해 되돌아왔을 걸요. 나는 아주 이상한 결혼식을 보고 있네요.

(자신에게) 나의 영혼아, 왜 가라앉느냐? 성공적인 공격을 이어나가라. 895

---

182 펠로폰네소스. 펠롭스는 소아시아를 떠나 희랍 남부로 와서 정착하고, 그 땅에 자기 이
름이 붙게 만들었다.

68

네가 지금 즐거워하는 것은 복수의 얼마나 작은 부분이더냐?

미친것아, 만일 이아손이 아내 잃은 것으로 네게 충분하다면,

너는 아직 그를 사랑하는 것이다. 일찍이 경험한 바 없는 종류의

징벌을 찾아내라, 그러기 위해 이제 스스로 준비하라.

모든 법도는 떠나가게 하라, 수치심은 쫓겨나 사라지게 하라.　　900

순수한 손길로 가하는 복수는 너무 가볍도다.

너의 분노에 귀를 기울이라, 약해지는 자신을 부추기라,

저 깊은 곳 가슴 밑바닥으로부터 해묵은 분노의

힘을 끌어올리라. 이제까지 행했던 일들은

차라리 경애심이었다고 지칭되리라. 자, 이제, 그들로 하여금

알게 하라,　　905

내가 저질렀던 죄라는 것들이 얼마나 가벼운 것이었는지,

얼마나 흔한 표지를 지닌 것들이었는지. 그것들에서는 그저 예비적으로

나의 슬픔이 뛰놀았을 뿐. 아직 서툰 손길이 무슨 엄청난 일을

감행할 수 있었으랴? 소녀의 광기가 무엇을 할 수 있었으랴?

이제 나는 메데이아다. 나의 재능은 악을 통해 성장했도다.　　910

　　즐겁구나, 즐겁구나, 내 오라비의 머리를 베어냈던 것이.

즐겁구나, 사지를 토막 낸 것이, 그리고 아버지의 숨겨진 성물을

훔쳐낸 것이. 즐겁구나, 노인을 끝장내도록

딸들183을 무장시킨 것이. 슬픔이여, 이제 새로운 수단을 찾으라.

그 어떤 악행을 향해서든 너는 서툴지 않은 손길을 가져가리라.　　915

183　펠리아스의 딸들.

분노여, 그러면 너는 자신을 어디로 보내느냐? 혹 어떤 무기를
그 배신적인 원수[184]에게로 겨누느냐? 내 가슴 깊은 곳의 마음이
뭔가 사나운 것에 고정되는구나. 아직은 그것을 감히 스스로 인정하지
못하는구나. 어리석었도다! 나는 너무 빨리 내달렸구나!
나의 원수가 그 첩년으로부터 아이 몇이라도   920
낳았더라면! ─ 그 인간을 통해 네가 갖고 있는 거라면 무엇이든,
그것은 크레우사가 낳은 것이야! 바로 이 방식의 징벌로 결정했어,
그에게 걸맞게 결정된 거지! 나도 알고 있어, 이 최후 악행을 위해
마음을 다잡아야 한다는 것을. ─ 한때는 내 것이었던 아이들아,
너희는 아비의 악업 때문에 값을 지불하는 거란다.   925

공포가 내 심장을 때리는구나, 사지가 냉기로 굳어지고,
가슴이 떨리는구나. 분노는 전열을 벗어났고,
쫓겨 간 아내의 자리에 어머니가 온전히 돌아왔구나.
내가 내 자식들의, 내 소산들의 피를
쏟을 수 있단 말인가? 아, 정신 나간 광기여, 그러지 말아라!   930
그 본 적 없는 악행은, 끔찍한 패륜은
내게서도 멀리 떨어지기를! 그 불쌍한 것들이 무슨 죄를 씻는단 말인가?
그들의 죄라면 아비가 이아손이라는 것, 그리고 더 큰 죄는
메데이아가 어미라는 것일 뿐. ─ 그들을 죽게 하라,
그들은 내 것이 아니다,
그들을 소멸되게 하라. ─ 개들은 내 것이야. 개들은 죄도 잘못도 없어, 935

---

184 이아손.

순결해. ─ 그래 인정하마, 내 오라비도 그랬었지.

내 영혼아, 왜 비틀거리느냐? 왜 눈물은 뺨을 적시고,

이번엔 분노가 이리로, 이번엔 사랑이 저리로 변화시켜

끌어갔는가? 두 방향의 조류가 나를 정처 없이 이끌어 가는구나.

마치 세찬 바람들이 사나운 전쟁을 일으키어,   940

불화하는 파도들이 양쪽에서 바다를 몰아가며,

대양이 지향 없이 들끓듯이, 그와 다름없이 나의 가슴은

출렁이는구나. 분노는 애정을, 애정은 분노를

쫓아내는구나. 오, 고통이여, 애정에게 굴복하라.

　이리로, 소중한 아이들아, 무너진 집안의 유일한   945

위안들아, 이리로 와서 내게 팔을 감아

포옹해 다오. 아비가 그들은 온전히 차지하도록 하라,

어미가 차지할 수도 있지만. 망명과 추방이 나를 압박하는구나,

이제, 이제 그들은 내 품에서 떼 내어져 끌려가겠지,

울면서, 신음하며, 입 맞추며. ─ 아비에게서 그들이 사라지게 하라,   950

그들은 이미 어미에게서 사라졌다. 고통이 다시금 자라나고,

미움이 끓어오르는구나. 옛적의 에리뉘스185가 내키지 않는 나의 손을

다시금 요구하는구나. 분노여, 네가 이끄는 대로, 나는 따르리라.

오만했던 탄탈루스 딸186의 자식 무리가 나의 자궁에서

185　복수의 여신 (푸리아).
186　니오베. 그녀는 아들 일곱, 딸 일곱을 자랑하다가, 아들들은 모두 아폴론의 화살에, 딸
　　들은 모두 아르테미스의 화살에 잃었다.

나왔더라면! 내가 어미로서 일곱 명씩 두 번의　　　　　　　　　955
자식들을 가졌더라면! 복수하기에 난 너무 출산력이 부족했구나.
— 오라비와 아버지에 대해 복수하기엔 충분하다, 내가 낳은
두 아이가 있으니.

　　　저항할 수 없는 푸리아의 저 무리는 어디로 향하고 있나?
누구를 찾으며, 누구를 향해 불의 타격을 준비하고 있나?
저승의 군단은 누굴 향해 피 흐르는 횃불을　　　　　　　　　960
겨누고 있나? 거대한 뱀이 똬리 튼 채 몸을 채찍처럼
휘두르며 쉿쉿 소리를 내는구나. 메가이라**187**는 불길한 지팡이로
누구를 겨냥하는가? 누구의 그림자가 사지 흩어진 채
희미하게 다가오는가? 내 오라비로구나, 죗값을 요구하는구나.
내가 갚으리라, 그것도 모조리. 내 두 눈에 횃불을 박아라,　　　965
찢고, 불태워라, 보라, 내 가슴은 푸리아들을 향해 열려 있노라.
　　　오라비여, 복수의 여신들에게는 내게서 떠나라고,
혼령들에게는 안심하고 저 깊은 곳으로 돌아가라 일러라.
나를 나 자신에게 남겨라, 오라비여, 그리고 이미 칼을 뽑은
이 손을 이용하라. (메데이아가 아들 하나를 죽인다.) 이 희생으로　970
너의 혼령을 위무하노라. — 갑작스런 저 소리는 대체 무엇인가?
저들이 무장을 갖추고서 나를 파멸시키려 하는구나.
우리 집의 높은 지붕으로 올라가겠노라,
유혈극이 시작되었으니. (남은 아들에게) 너는 나와 함께 가자.

---

187 복수의 여신 세 명 중 하나.

(죽은 아들에게) 너의 시신도 내가 함께 데려가마.   975
내 영혼아, 이제 이것을 행하라. 너의 위업은 어둠 속에
잊혀서는 안 된다. 대중을 향해 네 손의 능력을 입증하라.

(메데이아 퇴장. 이아손 등장.)

이아손 누구든 왕가의 참사에 슬퍼하는 충실한 자는
함께 달려가자, 끔찍한 악행을 저지른 그 여자를
잡기 위해. 이리로, 이리로, 전사들의 용감한 군대여,   980
무구를 옮기어라, 이 집을 기초부터 뒤엎어라.

(메데이아가 지붕 위에 나타난다.)

메데이아 이제, 이제, 나는 왕홀을 되찾았습니다, 내 형제여, 아버지여.
그리고 콜키스인들은 황금양털가죽이란 전리품을 다시 얻었습니다.
내 왕국이 되돌아오고, 약탈당했던 내 처녀성이 돌아왔습니다.
오 신들이시여, 이제는 평안하소서, 오 축제의 날이여,   985
오 결혼이여! 자, 범죄는 이제 완성되었도다.
하지만 복수는 여전히 남아 있도다. 완결 지으라, 손이 아직 움직이는 동안.
내 영혼아, 이제 무얼 망설이는가? 능력이 충분한데 왜 망설이는가?
— 이제 분노는 주저앉았구나. 내가 한 짓이 후회스럽고 부끄럽구나.
아, 불쌍한 것, 나는 무슨 짓을 한 걸까? — 불쌍해?
후회스러울 수는 있지만,   990

어쨌든 나는 해냈어. 내가 원치 않는데도 크나큰 만족감이 밀려오는구나.
그리고 보라, 점점 커지는구나. 이것 하나만이 아직 내게 부족하구나,
저 인간이 목격자가 되는 것이. 나는 아직 아무 일도 안 한 셈이야.
저 인간 없이는 내가 저지른 그 어떤 범죄도 모두 무효가 되지.

이아손 보라, 그 여자가 가파른 지붕 한쪽에서 내려다보고 있다. 995
누가 불을 이리로 가져와라, 그녀가 자신의 불로 완전히 익어서
떨어지게끔.

메데이아 이아손이여, 네 자식들을 위해 이 마지막
장작더미를 쌓으라, 그리고 무덤을 지으라.
너의 아내와 장인은 이미 죽은 자에게 적절한 것을 가지고 있다,
나에 의해 매장되어. 이 아이는 이미 자기 운명을 받았고, 1000
이 아이는 그대가 보는 가운데 똑같은 최후를 맞이할 것이다.

이아손 모든 신들께 걸고, 우리 공동의 도주와
나의 신의가 훼손한 적 없는 우리 결혼침상에 걸고 청하니,
부디 아이를 살려주시오. 혹시 무슨 죄가 있다면, 그건 나의 죄요.
내게 죽음을 주시오. 나의 죄 많은 머리를 소멸시키시오. 1005

메데이아 그대가 금하는 그 자리에, 그대가 슬퍼할 자리에 내 칼을 꽂으리라.
이제 꺼져라, 높으신 분아, 처녀들의 침실을 찾아가라,
어미들을 저버려라.

이아손 한 아이만으로도 충분한 벌이오.

메데이아 단 하나의 죽음이 이 손을 만족시킬 수 있었더라면,
이 손은 그 하나도 찾지 않았으리라. 내가 둘을 보낸다고 하더라도, 1010
나의 슬픔을 가라앉히기엔 너무 적은 숫자이리라.

혹시 내 자궁 속에 아직까지 뭔가 그대의 담보가 숨어 있다면,

나는 칼로써 내장을 뒤지고, 검으로써 그것을 끌어내리라.

이아손 이제 그대가 시작한 악행을 완성하라. 내 더는 간청하지 않겠노라,

그리고 최소한 내 고통에 휴식을 허락하라.   1015

메데이아 나의 슬픔아, 느린 복수를 한껏 즐기라, 서둘지 말라.

오늘은 나의 날이다. 나는 허락받은[188] 시간을 이용할 뿐이다.

이아손 아, 악의적인 여인이여, 나를 없애라.

메데이아   불쌍히 여기라고 명하는 것이군.

(아이를 죽인다.)

잘되었다, 이제 끝났구나. 슬픔이여, 이제 나는 더 이상,

네게 바칠 것이 없구나. 부어오른 눈을 이리 들라,   1020

은혜를 모르는 이아손이여. 그대의 아내를 알아보지 못하는가?

나는 이렇게 탈출하는 데 익숙하도다. 하늘을 향해 길이 열렸구나.

두 마리 뱀이 비늘 덮인 목을 멍에 아래

구부려 넣었구나. 아비여, 이제 자식들을 받으라,

나는 날개 달린 수레를 타고 허공을 가로질러 가노라.   1025

(메데이아가 아이들 시신을 던지고서 용이 끄는 수레를 타고 떠난다.)

이아손 깊은 허공을 가로질러 숭고한 천상을 지나쳐 가거라,

네가 실려 가는 곳마다, 신들이 존재하지 않는다는 것을 증언하여라.

---

188 크레온이 허락한 하루.

파이드라

———————————

Phaedra

등장인물

힙폴뤼토스 (아마존 여인에게서 태어난 테세우스의 아들)
파이드라 (크레테 공주, 테세우스의 아내)
유모
테세우스 (아테나이 왕)
전령
합창단 (아테나이 시민들)

배경

아테나이

힙폴뤼토스 가자꾸나, 그리고 에워싸자꾸나 그늘진 숲과

높직한 산등성이들을, 케크롭스[1]의 자손들이여!

재빠른 발로 오가며 둘러보자꾸나,

바위 많은 파르네스산[2] 밑에

엎드린 지역을,

트리아[3]의 계곡에서 강이 빠른 물살로[4]   5

내달리며 때리는 그곳을.

오르자꾸나, 언제나 하얀 언덕들을,

리파이우스 산맥[5]에서 닥쳐온 눈에 덮인 곳을.

이리로, 이리로 가라, 그대들 일부는, 숲이 높다란

오리나무로 둘러진 곳으로, 초원이 펼쳐진 곳으로.   10

그곳은 서풍이 이슬 머금은 바람결로

어루만져, 봄날의 풀들을 불러내는 곳,

드문드문한 농지 사이로 일리소스강[6]이

얕고 느리게 흐르며, 불친절한 강물로

불모의 모래밭을 스쳐 가는 곳.   15

그대들은 왼쪽 오솔길로 가라, 마라톤 평야가

---

1 고대 아테나이 왕.
2 앗티케 북쪽에 위치한 산.
3 Thria. 앗티케 서쪽 구역.
4 츠비어라인의 운율 분석에 따라 행을 나누었기 때문에 여섯 째 줄에 5행으로 표시되었
   다. 합창단의 노래를 분석하는 방식은 학자마다 다르다.
5 스퀴티아의 산맥. 현재의 우랄산맥.
6 아테나이 남쪽으로 흐르는 강.

수풀을 열어놓은 곳으로,

짐승 어미들이 새끼들의 작은 무리와 더불어

밤중에 풀 뜯으러 찾는 곳으로.

그리고 그대들은 따스한 남풍 아래   20

험준한 아카르나이 땅7이 서리를 녹이는 곳으로.

누구는 달콤한 휘멧토스산8의 벼랑을 딛고,

또 누구는 평탄한 아피드나이9를 밟게 하라.

그 지역은 오랫동안 손대지 않은 채 비어 있구나,

수니온10이 구부러진 바다 쪽으로   25

해안을 밀어낸 곳은.

만일 누군가의 마음을 숲의 영광이 건드린다면,

이는 퓔레 요정11이 부르는 것이다.

이곳에서 배회한다, 농부들의 두려움이,

이미 많은 부상을 입혀 유명해진 멧돼지가.   30

　　자, 그대들은 조용한 개들에겐 느슨하게

몸줄을 풀어주라.

7　아테나이 북쪽에 위치한 구역.

8　아테나이 동쪽의 산. 특히 벌꿀로 유명하다.

9　앗티케 북쪽 구역. '평탄한'은 *planas*로 읽은 것이다. 전해지는 사본에는 '작은'(*parvas*)
　　으로 되어 있다.

10　앗티케 동남쪽의 곶.

11　사본들에는 *flius*로 되어 있으나, 프렌젤(Frenzel)의 제안에 따라 *Phyle*로 읽었다.

반면에 사나운 몰롯소스 개들을 끈이 붙들어 두게 하라,

호전적인 크레테 개들이 털 벗겨진 목으로

튼튼한 굴레를 당기게 하라.

하지만 스파르타 개들은, 이들은 대담하고   35

사냥 욕심이 있는 종이니, 더 바짝 조인 매듭으로

주의해서 묶으라.

그 시간이 올 것이다, 우묵한 바위 벼랑이

개 짖는 소리로 메아리칠 때가.

이제 개들이 풀려나 예민한 코로써

공기를 들이키게 하라, 주둥이를 박고서 짐승 길을   40

탐색하게 하라, 날빛이 아직 분명치 않은 동안,

축축한 땅이 눌려 찍힌 발자취를

붙잡아 둔 동안.

　누군가는 서둘러 성긴 그물을

목덜미 묵직하게 없도록 하라,

누군가는 또 매끈하게 다듬은 올가미들을.   45

붉은 깃털로 색깔 넣은 끈이

공허한 두려움으로 야수들을 가두게 하라.

그대는 투창을 겨눠 던지라,

그대는 오른손과 왼손으로 동시에, 넓은 쇠날 달린

묵직한 나무창을 날려 보내라.   50

그대는 매복했다 고함쳐 짐승들이

곤두박질치게 하라.

그대는 이제 승리를 얻었을 때, 구부러진 사냥칼로

살코기를 해체하라.

그리고 당신은 친구 곁을 지키십시오, 사내 같은 여신12이여,

지상의 비밀스런 장소들이 당신의   55

왕국으로 비어 있습니다.

당신의 창들은 짐승들을 향해 확실하게 날아갑니다,

차가운 아락세스13 강물을 마시는 짐승에게도,

얼어 굳은 이스트로스강14에서 노니는 것에게도.

당신의 오른손은 가이툴리15 땅의 사자들을,   60

당신의 손은 크레테의 사슴들을 따라잡습니다.

이제 당신은 날랜 영양을 꿰뚫습니다,

남달리 가벼운 손으로.

당신께 얼룩덜룩한 호랑이들이 가슴을 대어 바칩니다.

당신께 털북숭이 들소들이 등을 바칩니다,

또한 떡 벌어진 뿔을 갖춘 야생 황소도   65

외로운 벌판에서 꼴을 먹는 무엇이든,

혹은 아랍의 부요한 숲16에 사는 이것이든,

---

12 아르테미스(디아나).

13 아르메니아의 강.

14 도나우강.

15 알제리 지역의 유목민.

혹은 가라만테스인17들이 아는 저것이든,

광막한 평원을 떠도는 사르마타이인18이 아는 것이든,   71

혹은 험준한 퓌레네 등성이가,   69

혹은 휘르카니아19 수풀이 숨긴 것이든,   70

당신의 활을 두려워합니다, 디아나 여신이여.   72

숭배자가 제물을 바치고서 당신의 은총을 지닌 채

숲으로 들어가면,

그의 그물은 짐승들을 얽어 잡습니다,   75

그 어떤 발도 올가미를 끊지 못합니다.

그의 포획물은 무거워 신음하는 수레에 실려 갑니다.

그때에 그의 개들은 홍건한 피로

주둥이 붉게 물들고,

시골의 무리는 긴 개선행렬을 지어

집으로 돌아옵니다.   80

　　이제, 여신이여, 은총을 베푸소서! 소리 맑은 개들이

전조를 주었도다. 나는 숲속으로 부름을 받았구나.

이리로, 이리로 나는 가리라, 길이 먼 거리를

짧게 줄여주는 곳으로.

16　값진 향료가 나기 때문에 부유한 지역이다.
17　북아프리카 내륙에 살던 민족.
18　사우로마타이족. 현재의 폴란드에서 볼가 강까지 걸쳐 살던 유목민족.
19　카스피해의 남동쪽 지역.

(힙폴뤼토스 퇴장)

파이드라 오, 광대한 바다를 지배하는 크레테여,　　　　　　　　　　85

헤아릴 수 없는 너의 배들이 온 해안을 따라

바다를 차지했구나, 어디든지, 심지어 앗쉬리아 땅에

이르기까지, 네레우스[20]가 뱃머리를 위해 길을 내며 가르는 곳이면.

한데 왜 너는 나를 적대적인 집안에 볼모로 내어주고

원수의 아내가 되어 비참한 눈물 속에　　　　　　　　　　　　　90

세월을 흘려보내도록 강제하는가? 보라, 남편은 떠나가 부재중이고,

결혼에 대한 신의는 테세우스가 늘 그랬던 만큼만[21] 내보이는구나.

그는 대담한 구혼자의 용감한 병사가 되어

되돌아올 길 없는 호수의 깊은 어둠을 건너가는구나,

저승 왕의 보좌로부터 아내를 빼앗아 데려오려고.[22]　　　　　　95

그는 광기의 동료가 되어 달려가네, 두려움도 부끄럼도

그를 붙잡지 못했네. 깊은 아케론[23]에서

폭력과 불법적인 결혼을 추구하고 있네, 힙폴뤼토스의 아비는.

　　하지만 이 슬픈 여자에게 더 큰 다른 고통이 드리워 있구나.

---

20 바다의 신.

21 테세우스가 미노타우로스를 죽일 때 자신을 도왔던 아리아드네를 버린 일, 아마존 여전
사인 아내 안티오페를 버린 일 등을 암시한다.

22 극중 테세우스는 지금 절친한 친구 페이리토오스(피리토우스)를 위해 저승 여왕 페르세
포네를 납치하러 갔다.

23 저승의 강. 때로는 저승 자체를 가리키기도 한다.

밤의 휴식도 나를 근심으로부터 풀어주지 못하고,　　　　　　100

깊은 잠도 그러지 못하네. 질병은 내 안에서 자라고

커지고 타오르네, 마치 아이트나24의 동굴에서

증기가 쏟아져 나오듯. 팔라스25의 직조기는 비어 있고,

일감은 손에서 미끄러지네.

신전을 봉헌 선물로 장식하는 것도 즐겁지 않고,　　　　　　105

제단 앞 아테나이 여인 무리에 섞여

침묵의 제의를 함께하며 횃불을 흔드는 것도,

순결한 기원과 성스러운 예식으로, 자신에게 맡겨진

땅을 지켜주는 여신26에게 다가가는 것도 그러하네.

내게는 즐겁구나, 놀라 달아나는 짐승들을 내달려 좇는 것이,　　110

부드러운 손으로 뻣뻣한 투창을 날리는 것이.

　　어디로 기우느냐, 내 영혼아? 어찌 광란하며 숲을 사랑하느냐?

불행한 어머니의 치명적 질병27을 나는 기억하노라.

우리 둘의 사랑은 숲속에서 죄짓는 방법을 알고 있지.

어머니, 저는 당신을 불쌍히 여겨요. 입에 올릴 수 없는 질병에　　115

휩쓸려서, 당신은 대담하게도 광포한 짐승 무리의

24　시칠리아 동부에 있는 화산.
25　아테네 여신의 별칭.
26　아테네. 이 여신은 아테나이의 수호신이 되기 위해 포세이돈과 겨룬 적이 있다.
27　파이드라의 어머니 파시파에는 황소를 사랑해서, 명장 다이달로스(다이달루스)가 나무
　　로 만든 암소 속에 들어가 황소와 결합했다. 그 결과 머리는 소, 몸뚱이는 사람인 미노타
　　우로스를 낳았다.

야만적 지도자를 사랑했지요. 사나운 저 간통자는

멍에를 참지 못하는, 길들지 않는 무리의 인도자였죠.

그래도 그는 무엇인가를 사랑하긴 했어요. 한데 불행한 나의 불길은

어떤 신, 혹은 어떤 다이달루스가 도와줄 수 있나요?　　　　　120

설사 그 사람 자신이 돌아온다 해도, 아테나이 기술에 능란하다 해도,

우리의 괴물을 맹목의 집으로 가두었던 이28라 해도,

나의 재난에서는 그 어떤 도움도 내놓지 못할 거예요.

베누스는 보기 싫은 태양의 후손을 미워하여,

자신의 사랑인 마르스를 묶었던, 그리고 자신도 묶었던　　　　　125

사슬29에 대해 복수하는 거예요. 포이부스30의 온 종족을 말할 수 없는

수치로 짐 지우는 거예요. 미노스 집안의 어떤 여자도 가벼운

사랑을 누리지 못해요, 언제나 죄악에 묶이고 말지요.

유모　테세우스의 아내여, 윱피테르의 이름 높은 후손31이여,

입에 담을 수 없는 일을 순결한 마음에서 얼른 몰아내세요.　　　　　130

불길을 잠재우고, 자신을 끔찍한 소망에 바쳐

28　아테나이 출신의 명장 다이달로스는 빠져나올 수 없는 미로를 만들어 미노타우로스를 가
　　두었다.

29　아레스(마르스)와 아프로디테(베누스)가 바람피우는 것을 태양신이 보고서 헤파이스토
　　스에게 알렸다. 헤파이스토스는 침대에 보이지 않는 그물을 설치하고 다른 데로 가는 척
　　한다. 아레스가 다시 아프로디테를 찾아와 같이 잠자리에 들었다가 보이지 않는 그물에
　　걸린다. 이 사건으로 수모를 당한 아프로디테는 그 후로 태양신에게 여러 가지로 복수한
　　다. 그래서 태양신의 딸 파시파에가 황소를 사랑하게 된 것이나, 파이드라가 의붓아들인
　　힙폴뤼토스를 사랑하게 된 것도 모두 아프로디테의 복수라는 말이다.

30　아폴론의 별칭. 아폴론은 점차 태양신과 동일시된다.

31　파이드라의 아버지 미노스는 제우스(윱피테르)의 아들이다.

종속되지 마세요. 누구든 애초부터 사랑에 저항하고

몰아낸 사람은 안전하게 되고 승리를 거두었죠.

반면에 그것을 다정히 대한 사람은 달콤한 질병을 키워놓고는,

스스로 걸머멘 멍에 견디기를 뒤늦게야 거부하지요.　　　　　　　135

저는 모르지 않아요, 왕족들의 자부심이 얼마나 잔인하고

진실에 익숙지 않으며, 옳은 것에 굴복할 줄 모르는지를.

하지만 운명이 어떤 결과를 가져오든 저는 감내하겠어요.

가까이 다가온 자유가 노친네를 용감하게 만드니까요. **32**

　　옳은 것을 바라고 바른 길을 벗어나지 않는 게 으뜸입니다.　　　　140

죄를 짓는 데서도 한도를 아는 부끄럼이 그다음이고요.

불행한 여인이여, 어디로 달려가는 건가요? 무슨 오명을 집에 더 얹고

어머니까지 능가하려 하나요? 입에 올릴 수 없는 죄악은 괴물보다

더 큰 법입니다.

괴물스런 욕망은 운명의 탓으로 돌리겠지만, 범죄는 성품 탓이니까요.

만일, 당신의 남편이 이 윗세상을 보지 못하니,　　　　　　　　　145

당신의 죄악은 안전하고 두려울 것 없다고 여긴다면,

잘못 생각한 거예요. 하지만 테세우스님이 레테**33**의 심연에 붙잡혀

숨겨졌다고 생각해 보죠, 그리고 영원히 스튁스를 견디게 되었다고.

그렇더라도 저분은 어떻게 되나요, 광대한 권력으로 바다를 제압하고,

---

32 늙어서 죽을 날이 가까웠으니, 상대의 노여움에 개의치 않고 그냥 진실을 발설하겠다는
　　뜻이다.
33 레테와 스튁스는 저승의 강.

백 개의 민족에게 법을 제정하신, 저 아버지**34**는요?　　　　　　　150

그분께서는 그토록 큰 죄악이 숨어 누워 있도록 용인하실까요?

부모님의 눈길은 날카로운 법이죠. 하지만 우리가 계략과 속임수로

그토록 큰 죄악을 감췄다고 생각해 보죠.

하지만 저 분은 어쩔 건가요, 만물에게 자신의 빛을 쏟아부으시는

당신 어머니의 아버님**35**은? 또 저 분은 어쩔 건가요, 빛나는 손으로　155

아이트나의 벼락을 겨눠 던지며 세상을 뒤흔드는 분,

신들의 아버지**36**는? 당신은 이게 실현가능하다고 생각하나요,

모든 것을 보시는 두 조부님 사이에서 당신이 숨어 있는 것이?

하지만 신들의 친절한 호의가 불경스런 결합을

숨겨줬다 해보죠, 그리고 그 비행에 부여되었다 해보죠,　　　　　160

거대한 범죄들에겐 언제나 거절되던 저 신뢰가.

한데 늘 앞에 있는 저 형벌은 어쩔 건가요, 마음속 가책과 두려움,

죄로 가득 차서 스스로 겁먹어 떠는 영혼은?

어떤 여자들은 죄짓고도 안전했죠. 하지만 누구도 평온하지 못했어요.

　불경스런 사랑의 불길을 제어하세요, 애원합니다.　　　　　　165

그리고 그 어떤 야만적인 땅도 결코 저지른 바 없는

그 죄악도. 그런 짓은 평원을 방랑하는 게타이**37** 사람들도,

---

34 지중해 제해권을 가졌던 미노스. 크레테에는 100개, 또는 90개의 도시가 있었던 것으로
　　알려져 있다.

35 파시파에의 아버지인 태양신.

36 천둥 치고 벼락을 던지는 제우스. 그 벼락은 아이트나 화산에서 헤파이스토스가 퀴클롭
　　스들과 함께 만드는 것으로 알려져 있다.

손님에게 적대적인 타우로이38 사람도, 흩어져 사는 스퀴티아인도
하지 않았죠.

정결한 마음으로부터 그 끔찍한 죄악을 몰아내세요.

어머니를 기억하고 그 기이한 결합을 피하세요.   170

당신은 아버지의 침상과 아들의 침상을 섞으실 건가요,

불경스런 자궁에 혼합된 자손을 품으려고요?

그러면, 가세요, 말하기도 끔찍한 불길로 온 자연을 뒤엎으세요.

왜 괴물들은 태어나길 그쳤을까요? 왜 궁전39은 당신 형제를
잃었을까요?

그때마다 세상은 낯선 전조에 대해 들어야 하나요?   175

그때마다 자연은 자신의 법칙을 포기해야 하나요?

크레테 여인이 사랑에 빠질 때마다 말이어요.

파이드라   유모여, 당신이 말하는 게

진실임을 나도 알아요. 하지만 광기가 더 나쁜 것을 좇도록

몰아대고 있어요. 알면서도 내 영혼은 벼랑으로 달려가요,

그러다가 돌아와요, 건전한 판단을 헛되이 구하며   180

마치, 뱃사람이 무거운 짐배를 역풍 부는 바다에서

몰아갈 때, 그의 노고는 헛일이 되어버리고,

배는 제압되어 몰아치는 물결에 떠밀려가는 것처럼요.

---

37 흑해 서쪽에 살던 민족.
38 흑해 북쪽 크림 반도 주변에 살던 민족. 이들은 나그네를 잡아서 신에게 바쳤다.
39 미노타우로스가 갇혀 있다가 테세우스에게 죽음을 당한 미로.

이성은 무엇을 할 수 있나요? 광기가 승리하여 지배하고 있어요.

강력한 신이 온 마음을 통치하고 있어요.   185

이 날개 달린 신40은 온 땅에서 무자비하게 강권을 휘두르며,

길들여지지 않는 불길로 읍피테르 자신까지도 그슬고 있어요.

전쟁을 가져오는 그라디부스41도 이 횃불을 느꼈고요,

세 갈래 벼락의 제조자인 신42도 그것을 느꼈죠,

아이트나의 등성이 아래서 늘 광란하는 도가니를   190

휘젓는 신조차도 그토록 작은 불에 뜨거워지는 거예요.

심지어 포이부스조차도, 시위로써 화살을 인도하는 그분까지도

이 소년은 쏘아 보낸 살로써 더 확실히 꿰뚫지요.

그러고는 날아다니죠, 하늘과 땅에 똑같이 위험스런 존재로서.

유모 사랑이 신이라는 것은 흉측하고 악덕을 좋아하는   195

욕망이 만들어 낸 얘기여요. 그리고 그것은 더욱 자유를 얻고자

광기에게 신이라는 거짓 명칭을 덧붙였죠.

분명코 온 땅을 돌아다니도록 아들43을

에뤽스의 여신44이 보내겠죠. 그는 하늘을 가로질러 날아다니며

부드러운 손으로 뻔뻔스런 무기를 휘두르고,   200

---

40 에로스(아모르).

41 아레스(마르스)의 별칭.

42 헤파이스토스(불카누스).

43 에로스.

44 아프로디테. 에뤽스는 시칠리아 서쪽의 산. 트로이아를 떠난 아이네아스 일행이 이 부근
   에 상륙했다고 알려져 있다.

신들 가운데 가장 작으면서도 그토록 큰 왕국을 차지하고 있겠죠!

이따위 헛소리는 정신 나간 영혼이 자기 속에 받아들인 거고,

또 베누스란 신격과 저 신의 화살을 지어낸 것도 그 영혼이어요.

누구든 지나치게 잘되어가는 상황에 기뻐하고 사치 속에

흘러가는 사람이면, 늘 관례를 벗어난 걸 추구하기 마련이죠.   205

그러면 큰 행운의 끔찍한 동반자인 저 욕망이

슬그머니 기어들죠. 익숙한 음식들은 즐거움을 주지 못하고,

건전한 관습을 따른 건물도, 소박한 술잔도 마찬가지죠.

왜 빈한한 집안으로는 덜 스며드는 걸까요,

이 역병은? 그보다는 오히려 우아한 집들을 선택하면서?   210

왜 신실한 베누스는 낮은 지붕 아래 거주하고,

평균적인 대중은 건전한 애정을 지니며,

적절한 행운은 자신을 통제할까요? 부자들과 권력으로

떠받쳐진 사람들은 반대로, 허용된 것 이상을 추구하는데?

지나치게 많은 권력을 지닌 자는 불가능한 게 가능하길 원하죠.   215

높은 보좌를 부여받은 당신에게 무엇이 어울리는지 생각해 보세요.

돌아올 남편의 홀을 두려워하고 존중하세요.

파이드라 제가 보기엔 제 속에서 사랑의 권력이 최고의 것이어요,

돌아오는 누구도 두렵지 않아요. 결코 더는 저 위의

하늘에 눈길 닿을 수 없어요, 한번 가라앉아   220

영원한 밤으로 침묵하는 집에 가버린 사람은.

유모 디스를 믿지 마세요. 그가 왕국을 닫아건다 해도,

스튁스의 개45가 무시무시한 문들을 지킨다 해도,

테세우스 한 사람만은 거부된 길을 찾아낼 거예요.

파이드라 아마도 그이는 나의 사랑을 용서할 거예요.　　　　　225

유모 그분은 정숙한 배우자에게도 가혹했었어요.

이방 여인 안티오페46는 그의 사나운 손길을 경험했죠.

하지만 일단 분노한 남편은 굽어질 수 있다고 생각해 보죠.

한데 여기 있는 남자의 고집스런 마음은 누가 굽힐 건가요?

그는 여자라는 이름 자체를 완전히 혐오해서 피하고 있어요.　　230

엄격하게 독신 생활에 여러 해를 바쳤고,

결혼을 기피했죠. 당신은 그가 아마존 혈통임을 알아볼 수 있을 거예요.

파이드라 그 사람이 눈 덮인 산등성이에 매달린다 해도,

민첩한 발로 험한 바윗길을 딛는다 해도,

깊숙한 숲과 산들을 뚫고서라도 그를 뒤따르고 싶어요.　　235

유모 그가 멈춰 서서 자신을 어루만지도록 내어줄까요?

정결치 않은 베누스를 위해 정결한 제의를 미뤄두고서?

당신에게서 미움을 비켜놓을까요? 아마도 당신에 대한 미움 때문에

모든 여자를 배척하고 있는데요?

파이드라　　　　　　　　　　그가 애원에 넘어갈 수는 없나요?

유모 그는 야수예요.

파이드라　　　　하지만 야수들도 사랑엔 굴복한다고 배웠어요.　　240

유모 그는 달아날 거예요.

45　저승의 개 케르베로스.

46　테세우스가 납치해서 아내로 삼았던 아마존 여인. 힙폴뤼토스의 어머니.

파이드라　　　　　　바다를 가로질러 도망치더라도 따라갈 거예요.

유모　아버님을 생각하세요.

파이드라　　　　　　하지만 동시에 어머니도 생각하고 있어요.

유모　그는 여자라는 종족 전체를 피하고 있어요.

파이드라　　　　　　　　　　그래서 나는 연적에 대한
　걱정이 없지요.

유모　남편이 돌아올 거예요.

파이드라　　　　　　물론 피리토우스의 공범 말이죠?**47**

유모　아버님도 오실 거예요.

파이드라　　　　　　친절한 분이죠, 아리아드네의 아버지는. **48**　　245

유모　무릎을 꿇고서, 노령으로 하얗게 된 이 머리털에 걸고,
　　근심으로 지친 심장과 친근한 젖가슴**49**에 걸고,
　　탄원합니다, 광기를 멈추고 당신 자신을 도우세요.
　　낫기를 바라면 벌써 부분적으로 회복된 거라 할 수 있죠.

파이드라　수치심이 내 고상한 영혼에서 완전히 떠난 건 아니어요,　　250
　　당신 말을 따르겠어요, 유모. 지배받지 않으려는 사랑이
　　제압되어야 해요. 명예여, 네가 더럽혀지는 것을 허락지 않으마.
　　그게 유일한 방편, 재난을 피할 단 하나의 길이어요.
　　남편을 따르기로 해요. 죽음으로써 범죄를 막겠어요!

47　남의 아내를 납치하러 간 주제에 다른 사람의 사랑을 비난할 수 있느냐는 뜻이다.
48　테세우스가 아리아드네를 데리고 가도록 미노스가 허락했다는 뜻이다.
49　파이드라가 그 젖을 먹었으므로.

유모 통제하세요, 딸이여, 굴레를 벗어던진 마음의 충동을.   255

　　　격정을 억누르세요. 내 생각엔, 이것만으로도 당신은 살 자격이 있어요,

　　　스스로 자신이 죽어 마땅하다고 말했으니까요.

파이드라 죽음은 이미 결심했어요. 어떤 식으로 운명할지 모색할 뿐이어요.

　　　올가미로 삶을 마칠까, 아니면 칼 위에 넘어질까?

　　　아니면 팔라스의 성채50에서 거꾸로 몸을 던져 떨어질까?   260

유모 이 늙은이가 당신이 그렇게 거꾸로 떨어져 죽도록   262

　　　용인하겠어요? 광적인 충동을 버리세요.

　　　〔그 누구도 쉽게 삶으로 다시 불려올 수 없어요.〕

파이드라 그 어떤 논리도 죽는 것을 막을 수 없어요,   265

　　　만일 누군가 죽기로 결심했고, 또 죽어야 한다면.

　　　그러니 내 손이 순결을 지키기 위해 무장하도록 해주세요.   261

유모 곤고한 세월의 유일한 위안이여, 나의 주인이여,   267

　　　만일 그토록 격한 광기가 마음속에 자리 잡았다면,

　　　무시하세요, 평판을. 평판이 진실에 호의적인 경우는 드물죠.

　　　열등해 마땅한 자에겐 우월한 것이, 훌륭한 이에겐

　　　더 못한 것이 주어지죠.   270

　　　우리 시험해 봅시다, 저 음울하고 뻣뻣한 마음을.

　　　이것이 나의 과업이로다, 야수 같은 젊은이에게 다가가서

　　　온화하지 않은 사내의 사나운 마음을 구부러뜨리는 것이.

---

50 아크로폴리스

(파이드라와 유모가 집으로 들어간다.)

합창단 온화하지 않은 바다에서 태어난51 여신이여,

두 쿠피도가 어머니라고 부르는 존재여, 52   275

불길과 화살 양자에 있어서 대항할 수 없는

저 짓궂고도 미소 짓는 소년은

얼마나 정확한 활로써 화살을 겨누던가요?

〔그의 광기는 온 골수로 파고들어

은밀한 불길로 혈관을 헤집지요.〕   280

그것 때문에 생긴 상처는 겉으로는 크지 않지만,

숨어 있는 골수를 깊숙이 파먹죠.

그 소년에게 평화란 없어요. 온 세상을 두루 다니며

부지런히 화살을 흩어 날리죠.

태어나는 태양을 보고 있는 해안도,   285

그것이 헤스페리아의 반환점53에 눕는 것을 보는 해안도,

작열하는 게자리54 아래 놓인 지역도,

---

51 아프로디테는, 우라노스의 절단된 성기가 바다에 떨어져 생긴 거품에서 떠올랐다고 한다.
52 아프로디테에게서 에로스와 안테로스('마주사랑', 사랑을 받는 사람이 상대에게 보이는 애
    정. 플라톤 〈파이드로스〉 255e)가 태어났다는 뜻으로 보는 학자도 있고, 에로스가 아레
    스의 자식이라는 설과 헤르메스의 자식이라는 설을 함께 이르는 것이라고 보는 학자도 있
    다. 한편 이 구절을 그냥 '두 가지 사랑을 관장하는 여신이여'로 약하게 옮기는 학자도 있다.
53 헤스페리아는 '서쪽 땅'. 대개 스페인을 가리킨다. 태양이 그곳으로 지는 것으로 되어 있다.
54 게자리는 기원 원년 직전 몇 세기 동안 하지 무렵에 태양이 자리 잡았던 별자리이다. 여
    기서는 남쪽의 상징으로 쓰였다.

파르라시아 곰55에게 속한 차가운 지역,

언제나 떠도는 농부를 싣고 있는56 그 지역도

이 화살의 뜨거움을 알지요. 그는 젊은이들에게 광포한   290

화염을 일으키고, 지친 노년에게서도

꺼져버린 열정을 다시금 불러내죠.

처녀들의 가슴을 이전에 알지 못하던 불길로 때리고,

심지어 천상의 존재들에게까지 하늘을 버리고서

거짓된 모습으로 지상에 거주하라 명하죠.   295

    포이부스는 텟살리아 가축 무리의 목자로서

짐승들을 몰았고, 술대를 내려놓고

길이 다른 갈대로써 소들을 불러 모았죠. 57

얼마나 자주 비천한 형상들을 입었던가요,

하늘과 구름을 인도하시는 그분58 자신도!   300

때로는 새가 되어 하얀 날개를 퍼덕이며, 59

필멸의 백조보다 더 아름다운 소리를 발하였고,

---

55 파르라시아는 아르카디아의 남서부. '파르라시아의 곰'은 제우스의 사랑을 받았다가 곰
    으로 변한 칼리스토(큰곰자리, 북두칠성)를 가리킨다.

56 북극성 부근의 별들은 옛날에 '마차'라고도 불렸다. 여기서는 농부를 싣고 떠도는 것으로
    그렸다. 이 별자리는 1년 내내 보이기 때문에 '언제나'라는 표현을 쓴 것이다.

57 아폴론은 제우스에게 죄를 지어 텟살리아 지역의 아드메토스에게 종살이를 하게 되었다.
    그때 그는 자기 주인 아드메토스를 사랑하였고, 늘 연주하던 뤼라의 술대(줄 튕기는 막
    대 조각)를 내려놓고, 길이가 서로 다른 갈대를 여럿 이어붙인 목동피리(팬파이프)를 연
    주하였다.

58 날씨의 신 제우스.

59 제우스는 레다에게 접근하기 위해 백조의 모습을 취했다.

어떤 때는 험상궂은 얼굴을 한 오만한 황소가 되어**60**

자신의 등을 처녀들의 놀이터로 펼쳐주고,

익숙지 않은 영역인, 형제**61**의 물결을 가로지르며   305

발굽으로써 낭창한 노들을 흉내 내고

가슴으로 심연에 맞서 이겨냈지요,

자기 노획물을 위해서, 그 겁 많은 사공은.

어두운 세계의 밝은 여신**62**은

밤을 저버리고, 빛나는 마차를   310

오라비**63**에게 넘겼죠, 그의 방식과 달리 몰도록.

그는 밤의 이두마차 모는 법을

배웠죠, 그리고 더 작은 원으로 회전하는 법도.

하지만 밤들은 자신의 시간을 유지하지 못했고,

낮은 늦은 일출로 되돌아왔죠,   315

평소보다 무거운 수레에서 차축이 떨리면서. **64**

　　알크메네의 아들**65**은 화살통을 내려놓고,

60　페니키아 공주 에우로페(에우로파)를 납치하기 위해 순한 황소의 모습으로 접근해서는,
　　그녀가 등에 타자 바다로 달아나 버렸다.

61　바다의 신 포세이돈.

62　달의 여신 아르테미스. 아르테미스가 엔뒤미온을 사랑해서 자기 할 일을 잊었다는 일화
　　를 소개하는 중이다.

63　태양신 아폴론.

64　일단 츠비어라인의 판본에 따라 전해지는 사본대로 그냥 두었지만, 레오가 제안했던 대
　　로 316행을 313행 다음으로 옮기는 게 더 나아 보인다.

65　헤라클레스. 이 단락은 그가 뤼디아 여왕 옴팔레에게 팔려가서 종살이할 때의 일을 그리
　　고 있다.

거대한 사자의 위협적인 전리품**66**도 벗어놓고,

손가락에 에메랄드 반지 끼우는 것을 참았죠,

그리고 거친 머리털을 다듬는 것도. 320

다리는 금장식으로 둘러 묶고

발바닥은 사프란색 샌들에 감싸인 채.

또한 곤봉을 들고 다니던 손은 이제

잽싼 방추로 실을 자았죠.

　보았네, 페르시아와 부유한 모래땅 325

비옥한 뤼디아는,

포악한 사자의 가죽이 벗어져 던져진 것을,

그리고 높은 하늘의 왕국이

거기 얹혔던 어깨 위에선

튀로스 직물로 된 섬세한 외투를.

　그것은 저주받은 불이고(당해본 사람을 믿으라), 330

지나치게 강력하도다.

육지가 짭짤한 바다로 둘러진 곳에서도,

빛나는 별들이 하늘 자체를 가로질러

달리는 곳에서도,

이 영역들을 무자비한 소년이 쥐고 있도다,

그의 화살을 느끼네, 깊은 파도 속 335

네레이데스의 검푸른 무리도.

66　헤라클레스는 평소에 네메아의 괴물 사자 가죽을 걸치고 다녔다.

바닷물조차 그 화염을 가볍게 만들지 못하네.

날개 지닌 종족도 그 불길을 느끼네.

베누스에 자극된 대담한 황소는

온 무리를 위해 전쟁을 떠맡네.   340

자기 짝이 걱정될 때면

소심한 사슴들도 싸움을 청하네.

광기가 시작되었음을 울음소리로써

표시한다네.   344

그때에 멧돼지는 치명상을 입히는 엄니를   346

날카롭게 세우고, 주둥이 가득 거품을 문다네.   347

그때에 숲은 사나운 웅얼거림으로 신음한다네.   350

포이니케 사자는 목의 갈기를 흔드네,   348

사랑이 그들을 움직일 때면.   349

그때에 거무스름한 인디아는 줄무늬 진   345

호랑이를 두려워한다네.

사랑에 빠진다네, 노호하는 바다의 괴물들도,   351

루카니아의 소67들도. 본성이 이들 모두에게

복수한다네, 아무것도 벗어날 수 없다네.

미움도 사라지네, 사랑이 명할 때면.

해묵은 분노도 그 불길에게는 굴복한다네.   355

---

67 코끼리. 루카니아는 이탈리아 남부 지역. 유럽인이 코끼리를 처음 본 것은 한니발의 군
대가 루카니아 지역까지 왔을 때였다.

내가 무엇을 더 노래하리오? 사랑의 근심은 이긴다네,
사나운 계모들조차도.

(유모 등장)

유모여, 무슨 소식을 가져왔는지 말해주시오. 왕비께서는 지금
어떤 상태이신지? 사나운 불길이 조금이나마 진정되었소?

유모 그토록 큰 질병을 완화할 희망은 전혀 없고,   360
미친 불길에게는 그 어떤 종식도 없을 거예요.
그녀는 소리 없는 열기로 그슬리고 있어요, 깊은 곳에서까지도,
숨겨져 있지만 얼굴에 드러나죠, 그 광기는.
눈에선 불이 뿜어 나오고, 지친 뺨은
불빛을 피해요. 변덕 때문에 같은 것도 오래 마음에 들지 않고요,   365
옮겨 다니는 고통에 사지를 이리저리 뻗치죠.
어떤 때는 맥 풀린 걸음으로 죽어가듯 주저앉고
기울어지는 목으로 간신히 목을 지탱하다가,
어떤 때는 휴식을 취하지만 잠에는 생각도 없고
신음으로 밤을 지새우죠. 몸을 일으키라 했다가   370
다시 몸을 눕히라 명하죠, 머리를 풀라 하고는
다시금 땋으라 하고요. 스스로 참질 못하고 계속
의상을 바꾸지요. 이제 음식이나 건강에
관심도 전혀 없어요. 비틀거리는 걸음으로 걸어보다가
곧 기운을 잃어요. 기력도 예전 같지 않고요,   375

발그레한 홍조가 빛나는 얼굴을 물들이지도 않아요.

〔걱정이 사지를 갉아먹고, 이제 걸음이 떨리며,

아름다운 몸의 부드러운 매력이 사라졌어요.〕

전에는 포이베**68**의 횃불의 표징을 지녔던 눈들도

조상에게 물려받은 우아함을 발하지 않아요.   380

눈물이 온 얼굴에 흐르고, 두 뺨은 끝없는 이슬로

젖고 있어요, 마치 타우루스산**69** 등성이에서

따스한 비 흩뿌려져 눈이 녹아내릴 때처럼.

   한데, 보세요, 왕궁 문이 열리네요.

그녀 자신이 황금 침상에 기대어 누워 있어요,   385

성치 않은 정신에, 늘 입던 옷들을 거부하고서요.

파이드라 (왕궁 안에서) 치워라, 하녀들아, 자줏빛과 황금으로 아로새겨진

   의상들을. 튀로스 조가비에서 비롯된 붉은빛은 멀리 두어라,

   멀리 세레스인들이 나무에서 거둬들인 직물**70**도.

   가는 허리띠가 가벼운 옷자락을 묶게 하라,

   목에선 목걸이를 벗겨라, 눈처럼 하얀 진주가,   390

   인디아 바다의 선물이 내 귀를 당기지 않게 하라.

   내려뜨린 머리칼엔 앗쉬리아 향수를 뿌리지 말라.

   그래서 아무렇게나 흔들리는 모발이 목과 어깨 위로

---

68 달의 여신 아르테미스.

69 터키 남부에 있는 산.

70 세레스는 중국. 거기서 온 직물은 비단.

쏟아지게 하라, 재빠른 질주에 흔들려

바람결을 따르게 하라. 나의 왼손은 화살통을 드나들고,　　　　395

오른손은 텟살리아 창을 휘두를 것이다.

〔잔인한 힙폴뤼토스의 어미가 바로 이러했었지.〕

마치 차가운 흑해의 영역을 뒤로하고

무리를 이끌고서 앗티카 땅을 밟았던　　　　400

타나이스강71과 마이오티스해72의 거주자처럼, 머리칼을 매듭으로

묶어 늘어뜨린, 옆구리를 초승달 모양

방패로 가린 이처럼.73 그러고서 나는 숲속으로 가리라.

합창단　(유모에게) 탄식을 그쳐요. 신음은 불행한 이들을 치유하지 못합니다.

야생의 처녀신의 능력에 호소하세요.　　　　405

유모　숲의 여왕이시여, 홀로 산중에 거하시며

유일하게 외로운 산속에서 숭배받는 여신이시여,

음울한 조짐의 위협을 더 나은 것으로 바꿔주소서.

오, 수풀과 삼림에 거하시는 큰 여신이시여,

하늘의 밝은 성체, 밤의 장식이시여,　　　　410

당신의 변화에 따라 세상이 불 밝힙니다.

세 모습의 헤카테74여, 보소서, 당신은 우리 일에 호의 품고

71　현재의 돈강.

72　크리미아 반도 동북쪽의 만. 현재의 아조프해.

73　아마존이 살던 지역과 그들의 무장을 그린 구절.

74　달과 삼거리, 밤과 마법, 저승의 여신. 보통 하늘, 땅, 바다를 지배해서 세 모습이라고
　　설명한다. 삼거리에 자주 세 개의 얼굴을 가진 여신상으로 모셔졌다. 종종 아르테미스와

곁에 계십니다.

　잔인한 힙폴뤼토스의 뻣뻣한 마음을 길들이소서.

　그가 온화하게 귀 기울이게 하소서. 그의 굳은 가슴을 풀어주소서.

　사랑하는 법을 배우게 하소서, 호응하는 불길을 품게 하소서.　　　　415

　그의 마음을 그물로 얽으소서. 심술궂고 반항적인 사나운 그가

　베누스의 통치로 돌아오게 하소서. 여기로 당신의 힘을

　모아 보내소서. 그러면 당신은 밝은 표정을 지니실 것입니다,

　구름은 흩어지고 맑은 뿔로써 당신은 운행하실 것입니다,

　그러면 당신이 밤의 대기 속으로 고삐 쥐어 달릴 때　　　　420

　텟살리아 마법도 결코 그대를 끌어내리지 못할 것입니다. 75

　어떤 목자도 당신에 대한 자랑을 얻어내지 못할 것입니다. 76

　부름 듣고 오소서, 기원에 호의를 베푸소서, 여신이여.

　내가 그를 보고 있는 것일까요, 신성한 제의를 행하고자

　곁에 아무도 동반하지 않은 그를? 무엇을 의심하리오. 우연이　　　425

　시간과 장소를 주셨구나! 발걸음을 옮겨야 한다.

　나는 떨고 있는 걸까? 명받은 범죄를 감행하기가

　쉽지 않구나. 하지만 주인의 명령을 두려워하는 자라면,

　모든 점잖음을 내려놓고, 마음으로부터 몰아내야 한다.

　부끄러움은 주인의 명령에 대해 나쁜 하인이로다.　　　　430

동일시된다.

75　텟살리아 마법사들은 이따금 달을 끌어내린 것으로 알려져 있다.

76　달의 여신이 엔뒤미온을 사랑하게 되었던 일을 암시한다.

(유모가 힙폴뤼토스에게 다가간다.)

힙폴뤼토스 왜 그대는 힘들여 늙은 발길을 이리로 옮기나요,

오 신실한 유모여? 착잡한 표정을 하고서

슬픈 얼굴로? 확실히 아버님은 안전하시고,

파이드라 님도 안전하며, 한 쌍의 자녀들도 그러한데요.

유모 두려움을 떨쳐내세요. 왕국은 번성하는 중이고   435

집안은 행운으로 피어나 활기를 띠고 있으니까요.

하지만 당신도 이 행복한 상황에서 좀 더 온화해지세요.

당신에 대한 걱정이 나를 들쑤셔 걱정스럽게 만드니 말이어요.

당신은 자신에게 적대하여 무거운 징벌로써 자신을

꺾어놓고 있으니까요.

운명이 그렇게 몰아가는 사람이면 비참해져도 용서가 되겠죠.   440

하지만 누가 스스로 원해서 자신을 불행에 제공하고

자신을 고문한다면, 그가 이용할 줄 모르는 그 좋은 것을

잃어도 마땅합니다. 그러기보다는 나이를 생각해서

마음의 긴장을 늦추세요. 밤의 축제에서 횃불을

높이 드세요, 박쿠스가 당신의 무거운 근심을 풀어주게 하세요.   445

인생을 즐기세요. 그놈은 잽싸게 달려 도망친답니다.

지금 가슴은 편하고, 지금 젊음에게 베누스는 즐겁답니다.

마음을 즐겁게 하세요. 왜 빈 침상에 누워 있나요?

당신의 우울한 젊음을 풀어놓으세요. 지금 경주에 뛰어드세요,

고삐를 늦춰요, 인생 최고의 날들이   450

그냥 흘러가게 하지 마세요. 신은 시기마다 적절한 의무를
배정했고, 삶을 단계별로 이끌죠.
즐거움은 젊음에 걸맞고, 서글픈 표정은 노년에 어울려요.
무엇이 당신을 억누르고, 참된 본성을 죽이나요?
곡식밭도 그런 것이 농부에게 가장 큰 이득을 가져다주죠,   455
아직 연할 때 좋은 것을 충분히 즐긴 것들이요.
나무도 그런 것이 높은 우듬지로 숲을 제압하죠,
악의적인 손길이 베거나 가지 치지 않은 것이.
마찬가지로 올곧은 심성은 더 잘 칭찬을 모읍니다,
고귀한 영혼을 신선한 자유가 키워줄 때 말이죠.   460
당신은 거친 숲사람으로 인생을 모르는 채,
베누스를 저버리고 젊음을 음울하게 보낼 건가요?
당신이 이것이 남자들에게 선고된 의무라고 믿고 있나요,
고난을 견디고 경주로써 말들을 조련하고
유혈의 마르스[77]로서 잔인한 전쟁을 수행하는 것이?   465
　세상의 최고 아버지인 저분은 섭리하셨죠,
운명의 손길이 얼마나 탐욕스러운지 알아챘을 때,
언제나 새로운 후손으로 손실을 보충할 수 있도록.
자, 인간사에서 베누스를 떠나가게 해봅시다,
스러져 버린 종족을 보충하고 회복시키는 존재를.   470
온 세상은 망가져 황폐한 상태에 놓이게 될 것입니다,

---

77 '전쟁' 대신 전쟁의 신을 끌어들인 수사법.

바다는 물고기 한 마리 없이 텅 비어 있을 것이고,

하늘에선 새들이, 숲에선 짐승들이 사라지고,

허공에 바람만이 지나가겠죠.

얼마나 다양한 종류의 죽음이 필멸의 존재들을 채어가고,   475

무더기로 수확해 버리는지요, 바다와 무기와 계략이!

하지만 이런 것이 없다고 생각해 보세요. 그래도 우리는 벌써

컴컴한 스튁스를 자진해서 찾고 있어요. 젊은이들로 하여금

불모의 독신생활을 지지하게 해보세요. 당신이 보고 있는 모든 게

그저 한 세대의 북적임일 뿐, 저절로 무너지게 될 거예요.   480

그러니 자연을 인생의 안내자로 삼아 따르세요.

도시에 더 자주 가시고, 사람과의 만남에 신경 쓰세요.

힙폴뤼토스 그보다 더 자유롭고 악덕 없는 삶은,

그보다 더 잘 옛 방식을 따르는 삶은 없습니다,

도시를 떠나서 숲을 사랑하는 삶보다.   485

그 사람을 탐욕스런 마음의 광기가 불태우지 못합니다,

자신을 순수한 산사람으로 산언덕에 바친 사람을.

그에게는 다중의 공기도, 선한 이들에게 신의 없는 무리도,

끔찍한 질시도, 쉽게 스러지는 호의도 없습니다.

그는 권력에 굴종하지도 않으며, 권력을 추구하여   490

헛된 명예나 쉽사리 빠져나가는 부를 좇지도 않으며,

희망과 두려움으로부터 자유롭습니다. 그를 쫓지 않습니다,

검게 물든, 타락한 이빨로 물어뜯는 앙심이.

그는 도시와 대중 사이에 뿌리내린 죄악을

알지 못합니다, 그는 가책에 사로잡혀 들리는 소리마다 떨거나   495
말을 지어내지도 않습니다. 그는 천 개의 기둥으로 부를
감추려 하지도 않고, 오만스레 수많은 금판으로 서까래를
덮지도 않습니다. 그의 경건한 제단들에 흥건한 피가
흘러넘치지도 않으며, 눈처럼 하얀 황소들이
성스런 곡물로 흩뿌려진 채 백 개의 목을 내밀지도 않습니다.   500
그는 오히려 비어 있는 벌판을 지배합니다, 열린 대기 속을
죄 없이 떠돕니다. 그는 그저 짐승들을 향해 교묘한 속임수를
펼칠 줄 압니다, 고된 노역에 지친 몸을
눈 녹은 일리소스강78에서 휴식하게 합니다.
때로 그는 빠르게 흘러가는 알페우스79 강둑을 따라갑니다,   505
때때로 그는 높은 나무들로 빽빽한 지역을 탐사합니다,
차가운 레르나강80이 맑은 여울로 투명하게 빛나며,
햇빛을 피하는81 곳을. 이곳에서 재깔거리는 새들은 소리 높이고,
가지들은 바람에 부드럽게 흔들려 떨립니다.

　　*　*　*

그리고 오래된 너도밤나무들도. 82 구불거리는 강의 둑에 몸을   510

78　아테나이 남쪽으로 흘러가는 강.
79　아르카디아 지역의 강.
80　아르고스 지역의 강. 헤라클레스가 휘드라와 싸운 곳.
81　사본들에는 '자리를 바꾸는 곳'으로 되어 있으나 악스와 츠비어라인의 제안에 따랐다.
82　509행의 '가지들'(rami)과 510행의 '너도밤나무'가 서로 어울리지 않아서 (가지들 속에는
　　너도밤나무 가지도 포함되기 때문에), 하인시우스 등은 rami를 alni (오리나무들)나
　　orni (물푸레나무들)로 바꾸자고 제안한다. 한편 옥스퍼드 판본의 편집자인 츠비어라인

눕히는 것도 즐겁습니다, 나무 없는 잔디밭에서 가벼운
수면을 취하는 것도, 풍성한 샘이 빠른 물살을
쏟아내는 곳에서도, 새로 핀 꽃들 사이로
내달리는 시냇물이 달콤한 소리로 졸졸거리는 곳에서도.
나무 흔들려 떨어진 과실은 그의 허기를 달래주고,   515
키 작은 덤불에서 따낸 산딸기들은 손쉬운
먹거리를 제공하지요. 왕들의 사치에서 멀리
달아나는 게 그의 바람입니다. 높은 분들은 마음 불편한
황금잔으로 음료를 마시지요. 하지만 얼마나 즐거운지요, 맨손으로
샘물을 움켜 마시는 것이! 더 확실한 잠이 내려앉습니다,   520
딱딱한 침상 위에 걱정 없이 팔다리를 풀어놓은 사람에게. 83
그는 구석에서 은밀한 계략을 꾸미거나, 컴컴한 침대에서 불법을
꾀하지 않으며, 겁에 질려 미로 같은 집안에 자신을
숨기지도 않습니다. 그는 맑은 공기와 햇빛을 추구하며
하늘이 지켜보는 가운데 살아갑니다. 바로 그런 식으로, 제가 보기엔, 525
최초의 시대가 만들어 낸 사람들은, 신들과 섞여서
살았던 듯합니다. 이들에겐 황금에 대한 맹목적인 욕망이
전혀 없었고, 벌판에선 신성한 경계석이 사람들 사이에
심판관이 되어 경작지를 나누지도 않았습니다.

은 파이퍼(Peiper)의 제안에 따라 509행과 510행 사이에 몇 행이 사라진 것으로 보는데,
이 번역에서는 그것을 따랐다.
83 전해지는 사본에는 '뒤척이는 사람'(versantem)으로 되어 있으나, 악스와 츠비어라인이
*laxantem*으로 고친 것을 따랐다.

그땐 아직, 속기 쉬운 배들이 대양을 가르지도 않았으며,　　　　530
저마다 제 고장 바다만을 알고 있었습니다. 거대한 방벽과
북적이는 탑으로 도시들이 옆구리를 두르지도 않았고요,
병사가 사나운 손에 무기를 부여잡지도 않았으며,
휘어진 투석기가 무거운 바위로 잠긴 문을
부수지도 않았습니다. 땅은 아직 주인의 명을 받아　　　　535
한데 묶인 소들의 노역을 견디지 않았고,
들판은 스스로 풍요로워, 더 많은 걸 요구치 않는
종족들을 먹였습니다. 숲은 저절로 생겨난 풍부함을,
그늘진 동굴들은 저절로 생긴 거처를 제공했습니다.
　　이득에 대한 불경스런 광기가 조화를 깨뜨렸지요,　　　　540
그리고 갑작스런 분노와 사람들의 마음을
불 지르는 욕망이. 권력에 대한 유혈의 갈증이
다가왔습니다, 약자는 강자의 사냥감이 되었고,
폭력이 법의 자리를 차지했죠. 처음에는 맨주먹으로
싸움을 벌였죠, 다음엔 돌과 거친 몽둥이가　　　　545
무기로 변했고요. 아직은 가느다란 쇠날로 끝을 입힌
가벼운 산딸나무 창도 없었고, 길고 날카로운 칼이
옆구리를 감싸거나 술 달린 투구가 멀리까지
빛나지도 않았으며, 그저 분노가 무기가 되었을 뿐이었죠.
호전적인 마보르스84가 새로운 기술과 죽음의 천 가지　　　　550

84　전쟁의 신 아레스(마르스)의 별칭.

형태를 찾아냈죠. 이로부터 유혈이 온 땅을

적셔 망치고 바다는 붉게 물들었죠.

그러자 끝 모를 죄악이 집집을 휩쓸고

지나갔으며, 그 어떤 패륜도 모범이 없지 않았죠.

형제가 형제에게, 부모가 자식의 오른손에 555

쓰러졌고, 남편은 배우자의 칼에 넘어졌죠.

불경스런 어미들은 자신의 소생들을 소멸시켰죠.

계모에 대해선 말하지 않겠습니다. 전혀 짐승보다 온화하지 않았죠.

　　하지만 악행의 인도자는 여자입니다. 이 죄악의 장인이

영혼들을 차지합니다. 이 여자의 더러운 불륜에 그토록 많은 560

도시들이 연기를 뿜습니다, 그토록 많은 종족이 전쟁을 치릅니다.

그토록 많은 왕국들이 바닥부터 뒤집혀 백성들을 짓누릅니다.

다른 것들은 조용히 지나갑시다. 아이게우스의 아내 메데이아

하나만으로도 여자가 끔찍한 종족임을 입증합니다.

유모 왜 소수의 범행이 전체에 대한 비난이 되나요? 565

힙폴뤼토스 저는 모두를 혐오합니다, 무서워 피하고 저주합니다.

이게 이성이건, 본성이건, 끔찍한 광증이건,

그들을 미워하는 게 좋아요. 당신은 물을 불과 혼합할 수 있을 겁니다,

그리고 위험스런 쉬르티스85가 배들 앞에 우호적인

길을 펼쳐놓을 것이며, 테튀스86가 멀고먼 서쪽 해안으로부터 570

85　북아프리카 해안의 광대한 모래톱.

86　바다의 여신.

환한 날빛을 떠오르게 할 것이며,

늑대가 사슴에게 다정한 눈빛을 보낼 것입니다,

내가 설득되어 여자에게 온화한 마음을 품기 전에 말입니다.

유모 사랑은 자주 고집스런 자들에게 굴레를 씌우고

미움을 변화시키죠. 당신 어머니의 왕국을 보세요. 575

저 호전적인 여자들도 베누스의 멍에를 느끼고 있어요.

당신은 그것을 증언하고 있어요, 저 종족의 유일한 아들로서. **87**

힙폴뤼토스 나는 이것을 어머니를 잃은 것에 대한 유일한 위로로 여깁니다,

즉, 이젠 내가 모든 여자를 미워해도 된다는 점 말입니다.

유모 (혼잣말로) 마치 어디에서도 다가갈 수 없는 굳은 절벽처럼 580

물결에 저항하고, 격렬한 파도들을

멀리 밀쳐내는구나! 나의 말들을 저토록 무시하는구나!

　한데 파이드라 님이 다급하게 다가오는구나, 지체를 참지 못하고.

운수는 어느 쪽으로 나아가려나? 광기는 어디로 향하려나?

(파이드라가 기절한다.)

그녀가 갑작스레 정신 잃고, 몸이 땅으로 넘어졌구나, 585

얼굴엔 죽은 듯한 창백함이 퍼졌구나.

(힙폴뤼토스가 달려와 파이드라를 일으킨다.)

---

87 아마존 전사들은 사내아이가 태어나면 모두 죽인다는 뜻이다.

얼굴을 드세요, 말문을 여세요.

보세요, 딸이여, 당신의 힙폴뤼토스가 당신을 부축하고 있어요.

파이드라 누가 나를 고통으로 되돌리고, 내 마음에 다시

무거운 열병을 얹고 있나요? 정신을 잃은 게 내겐 얼마나 좋았던가!　590

힙폴뤼토스 왜 당신은 되찾은 빛의 달콤한 선물을 피하시나요?

파이드라 (혼잣말로) 용기를 내라, 영혼이여, 시도하라! 너의 할 바를 행하라!

너의 발언은 떨림 없이 굳게 서야 한다. 소심하게 청하는 자는

거절당해 마땅하다. 내 죄의 큰 부분은

이미 완결되었다. 부끄러움은 내게 이미 뒤늦었다.　595

나는 벌써 그러면 안 될 것을 사랑해 버렸다. 시작한 일을

계속 좇는다면,

어쩌면 나는 죄를 결혼의 횃불로 가릴 수 있을 것이다.

성공은 어떤 범죄를 무고하게 만들지.

자, 시작하라, 영혼이여! (힙폴뤼토스에게) 제발 잠깐만 따로

들어줘요. 혹시 동료가 있다면 물러나게 해주세요.　600

힙폴뤼토스 보세요, 이곳은 아무 보는 사람 없이 비어 있습니다.

파이드라 (혼잣말로) 하지만 나의 입이 이미 시작된 말에

통로 됨을 거절하는구나.

큰 힘이 목소리를 보내지만 더 큰 힘이 그것을 막는구나.

당신들 모두 증인 삼습니다, 천상의 존재들이여, 나는 내가 원하는 것을

원치 않는다는 것을. **88**　605

---

88 전해지는 사본들에는 604행과 605행이 한 줄에 쓰여 있다. 605행이 완전하지 않기 때문

힙폴뤼토스　당신의 영혼은 뭔가 말하고 싶은 것을 그러지 못하나요?

파이드라　가벼운 걱정은 말로 나오지만, 큰 것들은 막히는 법이어요.

힙폴뤼토스　제 귀에 털어놓으십시오, 어머니여.

파이드라　어머니란 호칭은 너무 높고 강해요.

　　나의 감정에는 좀 더 낮은 호칭이 어울려요.　　　　　　　　　　610

　　나를 누이나, 힙폴뤼토스여, 여종이라고 부르세요,

　　여종이 더 낫겠네요. 나는 온갖 굴종을 견디겠어요.

　　당신이 내게 깊은 눈길을 가라 명한다면,

　　핀두스89의 차가운 등성이를 걷는 일도 마다하지 않겠어요.

　　혹시 내게 불속으로, 치명적인 전장으로 가라 해도,　　　　　615

　　들이댄 칼날에 가슴을 내미는 것도 망설이지 않겠어요.

　　내게 맡겨진 홀을 받으세요, 나를 여종으로 받아주세요.

　　〔당신이 권력을 행사하고, 나는 명에 따르는 것이 어울려요.〕

　　여러 도시로 이뤄진 나라를 다스리는 건 여자가 할 일이 아니어요.

　　당신은 젊음의 첫봄을 맞아 피어나는 힘을 갖추고 있으니　　　620

　　아버지의 권력으로 시민들을 강하게 다스리세요.

　　나를 탄원자로서 품에 받아들여, 이 여종을 보호해 주세요.

　　남편 잃은 여인을 불쌍히 여기세요.

힙폴뤼토스　　　　　　　　　　　　최고의 신께서 이 불길한 말을

돌려세우시길! 아버님께서는 곧 안전하게 돌아오실 것입니다.

　　에 삭제하자는 의견도 있으나, 츠비어라인은 그냥 두자는 쪽이다.

89　희랍 중북부의 산맥.

파이드라 감금의 왕국과 침묵의 스튁스를 지배하는 신은   625

여기서 떠나간 자들에게 윗세계로 갈 길을 전혀 만들어 놓지 않았어요.

게다가 그분이 자기 침실의 약탈자를 돌려보내겠어요?

혹시 플루톤조차도 사랑에 대해서는 평온을 유지한다면 모를까.

힙폴뤼토스 저분은 확실히 공정하신 하늘 신들께서 돌려보내실 겁니다.

하지만 신께서 우리 소원을 불확실한 가운데 잡아두시는 동안,   630

저는 마땅한 신실함으로 소중한 형제들을 돌보겠습니다.

그리고 당신이 스스로 과부라고 생각지 않도록 거기 걸맞게 행하겠습니다.

당신을 위해 아버님의 역할을 감당하겠습니다.

파이드라 (혼잣말로) 오, 사랑에 빠진 자들의 잘 속는 희망이여,

오, 속임수 능한 사랑이여!

내가 충분히 말했던가? 탄원을 가하여 압박하리라.   635

(힙폴뤼토스에게) 불쌍히 여기세요, 말 못하는 마음의 기원을 새겨들으세요.

말하고 싶지만 부끄러워요.

힙폴뤼토스   그 걱정거리는 대체 무엇인가요?

파이드라 그것이 계모에게 일어나리라고 그대가 믿기 어려운 일이어요.

힙폴뤼토스 수수께끼 같은 소리로 모호한 말씀을 던지시네요.

터놓고 말씀하세요.

파이드라   정신 나간 가슴을 열기와   640

사랑이 태우고 있어요. 깊숙이 광적으로 날뛰고 있어요,

〔골수와 혈관에 깊이깊이 파고들어〕

불이, 내장에 잠겨들어, 혈관에 숨어서,

마치 날랜 불꽃이 높은 서까래 속을 달리듯이.

힙폴뤼토스 진정 테세우스 님을 향한 순결한 사랑에 타오르는 것인가요? 645
파이드라 힙폴뤼토스여, 그래요. 테세우스의 모습을 사랑해요,

그가 예전에 소년으로서 가졌던 모습을요.

첫 수염이 그의 순수한 뺨을 표시할 때,

그가 크놋소스 괴물의 맹목의 집을 보았을 때,

그리고 구불거리는 길을 따라 긴 실을 거두었을 때 말이죠.   650

그때 그는 얼마나 빛났던가! 머리띠가 그의 머리카락을 묶었고,

섬세한 얼굴을 황금빛 수줍음이 물들였지요.

부드러운 팔 밑에는 강건한 근육이 놓여 있었죠.

당신이 섬기는 포이베, 또는 나의 조상 포이부스 같았죠,

아니면 그보다, 당신 얼굴이었죠. ─ 그랬죠, 정말 그랬죠,   655

원수의 마음에까지 들었을 때에. **90** 그렇게 그는 머리를 높이 세웠죠,

당신에게선 치장하지 않은 아름다움이 더 크게 빛나요.

아버지의 모습이 온전히 당신 속에 있어요, 하지만 강인한 어머니의

어떤 몫이 같은 만큼 매력을 섞어주었어요.

그라이키아의 얼굴에 스퀴티아의 강건함이 보여요.   660

만일 당신이 아버지와 함께 크레테의 바다를 건넜더라면,

나의 자매는 오히려 당신을 위해 실을 자았을 거예요.

그대를, 그대를, 자매여, 별 빛나는 하늘 축의 어느 부분에서

빛나든, 나는 도와달라 불러요, 당신과 같은 목적을 위해.

한 집이 자매 둘을 함께 파멸시켰구나.   665

───────

90 '원수'의 딸인 아리아드네가 테세우스를 도왔다.

그대는 아버지가, 반면에 나는 아들이! — 보세요. 왕가의 자손이

탄원자로서 무릎에 다가가 앉았어요.

나는 그 어떤 오점에도 물들지 않고, 정결하고 순수하게

당신 하나에 의해서만 변했어요. 확고한 마음으로 탄원하려

몸을 낮췄어요.

오늘 하루가 고통을 끝내거나, 아니면 목숨을 끝내겠지요.   670

사랑에 빠진 나를 불쌍히 여기세요.

힙폴뤼토스   신들의 크신 통치자여,

죄악들을 이리도 평온하게 듣고 계십니까? 이렇게 평온히 보고

계십니까?

대체 언제 사나운 손으로 벼락을 던지시렵니까,

지금 날이 화창하다면? 온 창공이 무너져

쏟아지게, 검은 구름이 날빛을 가리게,   675

별들이 뒤로 돌아서고 비틀려 비뚤어진

경로로 가게 하십시오! 그리고 그대 별들의 우두머리여,

빛나는 티탄[91]이여, 그대는 그대 후손의 죄악을

보고 계십니까? 빛을 숨기고 어둠 속으로 피하십시오.

신들과 인간의 지배자여, 왜 그대 오른손은   680

비어 있습니까? 왜 세상은 당신의 세 갈래 횃불로 불타지 않습니까?

내게 벼락 치시고, 나를 꿰뚫으소서, 신속히 날아오는 불로써

나를 태우소서. 제가 죄인입니다, 제가 죽어 마땅합니다.

---

91 태양신 헬리오스는 티탄 중의 대표로 자주 이렇게 불린다.

제가 계모 마음에 들고 말았습니다. (파이드라에게) 보시오,

내가 불륜에 맞춤한가요?

　　당신에겐 나만이 그렇게 큰 범행의 쉬운 재료로　　　　　　　　685

보였습니까? 나의 절제가 이런 보답을 받은 겁니까?

　　오, 죄악에 있어 모든 여자의 종족을 압도한 자여,

　　오, 괴물을 낳은 어미보다 더한 악행을 감행한 자여,

　　어미보다 더 저열한 자여! 그녀는 그저 음욕으로 자신을

오염시켰을 뿐이었소, 하지만 오래 발설되지 않았던　　　　　　690

범죄를 출산이 두 형태의 표지로써 드러내었고,

　　어미의 죄악을 고발하였소, 사나운 표정으로,

　　이중적인 아기가. ─ 그 자궁이 그대를 낳았소.

　　오, 세 배, 네 배 행운을 얻은 자로다,

미움과 계략이 마시고 삼키고 죽음에　　　　　　　　　　　　695

넘긴 자들은! 아버지, 저는 당신이 부럽습니다.

　　이 여인은 콜키스 출신 계모[92]보다 훨씬, 훨씬 더 큰 재앙입니다.

파이드라　우리 집안의 운명에 대해서는 나도 잘 알아요.

　　나는 피해야 할 것을 좇았어요. 하지만 나 자신을 내가

지배하는 게 아니어요.

　　나는 당신을 불길을 뚫고라도, 광란하는 바다라도 뚫고 따를 거예요, 700

바위 벼랑과, 물살이 들끓어 채어가는 강들도 가로지르며.

─────

92　메데이아. 젊은 테세우스가 아버지 아이게우스를 찾아왔을 때, 아이게우스는 콜키스 출
　　신의 메데이아와 살고 있었다.

당신이 발길을 어디로 향하든 거기로 나는 정신없이 달려갈 거예요.

다시금, 오만한 이여, 나는 당신 무릎 앞에 몸을 던집니다.

힙폴뤼토스 내 순결한 몸으로부터 멀리 치우시오, 수치를 모르는

접촉을. 이건 또 무엇이오? 내 품으로 뛰어들다니!   705

칼이 뽑히어 합당한 징벌을 가하게 하라.

보라, 왼손으로 그녀의 머리카락을 휘어잡아 부끄러움 모르는

머리를 뒤로 젖혔도다. 이보다 더 정당한 피는 당신의 제단에

바쳐진 적 없습니다, 활을 지니신 여신93이여!

파이드라 힙폴뤼토스여, 당신은 이제 내 소원을 이뤄주시는군요.   710

나의 광기를 치료하고 있어요. 이건 나의 소원 이상이네요,

명예를 유지한 채 당신 손에 죽다니.

(파이드라가 칼을 잡아 자신을 찌르려 한다.)

힙폴뤼토스 꺼지시오, 사시오, 소원을 이루지 말고! 그리고 오염된

이 칼은 나의 순결한 옆구리를 떠나게 하라. (칼을 집어던진다.)

그 어떤 타나이스가 나를 씻어줄 것이며, 폰토스 바다94로 흘러드는 715

그 어떤 야만적 마이오티스의 물결이 그러할 것인가?

위대하신 아버지95 자신이라 해도 온 바다를 동원해서도

---

93 순결한 사냥의 여신 아르테미스

94 흑해.

95 포세이돈.

그 큰 죄악은 씻어내지 못하리라. 오 숲이여, 오 야수들이여!

(힙폴뤼토스가 숲으로 달려간다.)

유모 그녀의 죄가 발각되고 말았구나. 영혼이여, 왜 맥 놓고 멍하니 있는가?
　　악행을 그에게 돌리고, 우리가 오히려 불경스런 베누스에 대해　　720
　　그를 고발해요. 범죄는 범죄로써 덮어야 해요.
　　두려울 땐 오히려 다가가는 게 제일 안전한 법이어요.
　　우리가 그 죄를 저질렀는지 아니면 당했는지,
　　잘못은 숨겨져 있으니, 어떤 증인이 알겠어요?
　　　(외친다) 도와주세요, 아테나이여! 여종들의 신실한 손이여,　　725
　　도움을 다오! 힙폴뤼토스가 입에 올릴 수 없는 음행을 시도하여
　　들이닥쳐 압박하는구나, 살해 위협을 가하는구나,
　　절조 깊은 왕비를 칼로 협박하는구나! ─ 아, 그가 급히 달아났도다,
　　칼을 떨구었구나, 다급한 도주 중에 황망하여!
　　범죄의 증거를 잡았도다. 하지만 먼저 충격에 빠진 왕비님을　　730
　　추스르라! 흐트러진 머리와 뜯겨 나간 모발은
　　지금대로 그냥 두어라, 그 큰 악행의 증거들을.
　　시내로 모셔라. 이제 정신을 차리세요, 주인이여.
　　왜 자신을 쥐어뜯으며 모두의 시선을 피하시나요?
　　불결함은 마음가짐이 만드는 거예요, 우연적 재난이 아니라.　　735

(파이드라와 유모 일행 퇴장)

합창단 그는 달아났도다, 광란하는 질풍처럼,

구름을 모으는 코루스96보다 더 빨리,

궤적을 쓸고 가는 불길보다 더 빨리,

별97이 바람에 떠밀려 긴 불자취를

남길 때 그런 것보다 더 빨리.   740

윗세대의 찬탄자인 명성으로 하여금

옛날의 모든 아름다움을 그대와 비교하게 하라.

그대의 모습은 그만큼이나 더 아름답게 빛나도다,

마치 포이베가 뿔을 서로 이어 자신의 불길로

가득 찬 원98으로써 빛을 발하며,   745

날랜 마차를 밤새 몰아갈 때에,

발그레한 얼굴의 그녀가 더 한층 빛나는 그만큼,

더 작은 별들은 낯빛을 가누지 못할 때, 그때만큼이나.

첫 어둠을 다시 데려오며 밤의 전령이,

헤스페루스99가 바닷물에 목욕하고 나서며   750

그러한 것처럼, 그리고 또한 샛별이

어둠을 밀치고 나설 때처럼.

　그리고 그대 리베르100여, 튀르소스101 지니고 인디아에서 돌아올때,

96　Corus. 북서풍.

97　별똥별.

98　보름달.

99　저녁별(저녁에 보이는 금성).

100　디오뉘소스.

120

자르지 않은 머리카락의 영원한 젊은이여,

그대 포도덩굴 얽힌 창으로 호랑이들을 길들이며, 102   755

그대 뿔난 머리103에 터번을 두른 이여,

그대는 힙폴뤼토스의 뻣뻣한 머리칼을 이길 수 없으리라.

그대는 자신의 용모에 너무 취하지 말라.

온 세상 민족들 사이에 소문이 퍼졌도다,

파이드라의 언니104가 누구를 브로미우스105보다 선호했는지를.   760

　　아름다움이여, 필멸의 인간에겐 의심스런 행운이여,

짧은 순간 잠깐의 선물이여,

너는 얼마나 빠른 발로 순식간에 미끄러져 달아나는가!

뜨거운 여름날의 열기도, 새봄으로 단장한 초원을

그토록 빠르게 침탈하지는 않도다,   765

하지의 한낮이 미쳐 날뛰고

밤들은 짧은 회전으로 곤두박질칠 때에도.

그때에 백합은 창백한 잎으로 시들어 버리고,

기쁨 주던 장미106는 목이 꺾이도다,

101　디오뉘소스 숭배자들이 지니는, 솔방울 장식이 된 지팡이.

102　전해지는 사본에는 ‘두렵게 하며’(*territans*)로 되어 있으나, 악스와 츠비어라인의 제안
　　에 따라 ‘길들이며’(*temperans*)로 고쳐 읽었다.

103　디오뉘소스는 이따금 머리에 뿔이 있는 것으로 그려졌다. 에우리피데스 〈박코스의 여
　　신도들〉 참고.

104　아리아드네. 사실은 아리아드네와 파이드라 중 누가 손위인지는 확실치 않다.

105　디오뉘소스의 별칭. 테세우스가 아리아드네를 버리지 않았더라면, 아리아드네는 디오
　　뉘소스를 선택하지 않았으리라는 주장이다.

꼭 그처럼 부드러운 뺨에서 비쳐나던 밝음이 770

순식간에 스러지고, 그 어떤 하루도 우아한 몸에서

약탈물을 빼앗지 않고는 지나가지 않도다.

아름다움이란 달아나는 것. 현자라면 대체 누가

그 연약한 행운을 신뢰하리오? 허용되는 동안 그것을 즐기라.

세월은 말없이 너를 침해하고, 언제나 예전보다 775

더 나쁜 시간이 은밀히 기어드니.

　　　그대는 왜 황량한 곳을 찾는가? 아름다움은 길 없는 장소에서

더 안전하진 않도다. 외진 숲속에서라도 그대를,

티탄이 한낮을 이루었을 때,

음탕한 나이데스107의 방자한 무리가 에워싸리라, 780

아름다운 소년들을 샘물로써 가두곤 하던108 그들이.

또한 그대 잠든 동안 기습하리라,

음란한 숲의 여신들이,

아니면 산중을 숲속을 떠도는 판신들이. 109

혹은 별들을 실어 나르는 축으로부터 그대를 내려다보다가, 785

저 옛날 아르카디아 사람들 다음에 생겨난 천체110가

---

106 '머리카락'(*comae*)으로 읽지 않고 '장미'(*rosae*)로 읽었다.

107 물의 요정.

108 아르고호 영웅 중 하나인 휠라스를 물의 요정들이 납치한 적이 있다.

109 '산중을 떠도는 판들의 추종자, 드뤼아데스(나무의 요정)들이'라고 적힌 판본도 있다.

110 달의 여신. 그녀는 엔뒤미온을 납치해 자기 애인으로 삼았다. 한편 아르카디아 사람들
은 달보다도 먼저 생겨났다고 한다.

눈부신 마차를 통제하지 못할 수도 있으리라.

근래에도 그녀는 붉어진 적 있노라, 그 어떤 구름도

그 빛난 얼굴을 흐릿하게 가로막지 않았음에도.

하지만 우리는 여신의 혼란에 걱정되고,　　　　　　　　　790

그녀가 텟살리아 노래에 흔들린 것으로 여겨,

쇠붙이 울림소리를 보내었노라. 111 하지만 그대였도다, 그녀의 고난은.

그대였도다, 지체의 원인은. 그대를 내려다보느라,

밤의 여신은 날랜 행로를 늦추었도다.

　　　추위가 이 얼굴을 좀 덜 상하게 하라,　　　　　　795

태양을 이 얼굴이 좀 드물게 좇도록 하라,

그러면 그것은 파로스 대리석보다 더 맑게 빛나리니.

얼마나 즐거움을 주는가, 남자답게 견실한 그대 용모는,

그리고 성숙한 이마의 진지한 무게감은!

그대의 눈부신 목은 아폴로에 비길 만하구나!　　　　　800

묶인 적 없는 머리카락이 흘러내려

그의 어깨를 덮어 장식하도다.

하지만 그대에겐 짙은 눈썹이, 그대에겐 다듬지 않은

짧은 머리칼이 어울리도다. 그대에겐 허락되리라, 거칠고

호전적인 신들을 힘으로, 우람한 몸의　　　　　　　805

부피로써 감히 이기는 것도.

111　월식이 일어날 때면 달의 힘을 북돋기 위해 금속 그릇 따위를 두드려 소음을 내는 관행
　　이 있다.

그대는 이미 어려서 헤라클레스의 근육과 대등하고,

전쟁을 가져오는 마르스보다 가슴이 더 넓었으므로.

만일 그대가 뿔 발굽의 말 등에 실리길 좋아했더라면,

카스토르112보다 유연한 손으로 고삐를 움켜쥐고   810

스파르타의 퀼라루스113를 몰아갈 수 있었으리라.

첫 번째 손가락들로 시위를 당기라,

그리고 힘을 다해 화살을 날리라.

그만큼 멀리는, 활쏘기에 달통한 크레테인들이라 해도,

날렵한 갈대를 쏘아 보내지 못하리라.   815

혹은 그대가 파르티아 방식으로 무기를 하늘로

쏘아 보내길 원한다면, 그 어떤 화살도 새와 함께가 아니라면

떨어지지 않으리라, 따스한 내장에 깊숙이 박힌 채

구름 한가운데서 수확물을 운반하며.

    아름다움이 인간에게서 징벌 없이 지나간 적 없었노라.   820

지나간 세월을 훑어보라. 신께서 좀 더 자비로우셔서, 그대를

온전히 두고 지나치시길! 이름 높은 아름다움이

형태 흐린 노년의 모습을 내보일 수 있기를!114

    저 여인의 급박한 광기가 대체 무엇을 감행치 않고 남겨두랴?

---

112 제우스가 스파르타 왕비 레다와 결합하여 낳은 쌍둥이 형제(디오스쿠로이) 중 하나. 카
     스토르는 말을 잘 몰고, 그의 형제 폴뤼데우케스(폴룩스)는 권투를 잘 하는 것으로 알
     려져 있다.

113 스파르타 왕자 카스토르의 명마.

114 "노년의 문턱을 넘어설 수 있기를!"로 되어 있는 사본도 있다.

순결한 이 젊은이를 향해 끔찍한 범죄를 준비하고 있구나.   825

보라, 사악한 짓거리를! 뜯긴 머리카락으로 믿음을 구하고 있구나,

머리에서 모든 장식을 흩어버리고, 두 뺨을 적시고 있구나.

여자들의 온갖 속임수로 계략을 짜고 있구나.

(누군가 다가온다.)

　　한데 이 사람은 대체 누구인가, 얼굴에는 왕의 권위를

담고, 머리를 높이 치켜든 이 사람은?   830

젊은 피리토우스와 얼마나 비슷한 용모를 하고 있는가,

그의 뺨이 무기력한 흰빛으로 창백하지 않았더라면,

손질 못한 더러움으로 머리카락이 뻣뻣이 서 있지 않았더라면!

보라, 테세우스 자신이 땅으로부터 되돌려져 여기 왔도다!

테세우스　마침내 나는 영원한 밤의 영역을 탈출하였소,   835

거대한 감옥으로 혼령들에게 그림자 드리우는 세계를.

그래서 나의 눈은 오래 바라던 날빛을 거의 견디지 못하오.

벌써 엘레우시스가 트립톨레모스의 네 번째 선물을 베고 있으며,

저울이 같은 숫자만큼 밤과 같은 길이의 낮을 균형 맞췄구려, **115**

115　엘레우시스는 아테나이 서쪽에 있는 데메테르(케레스)와 페르세포네(프로세르피나)의
　　성역. 트립톨레모스는 두 여신의 명을 받고 세상에 농사법을 전했다는 문화영웅. 이 구
　　절은 그사이에 곡식을 네 번 수확했다는 말이다. 그러면 춘분과 추분도 각기 네 번씩 지
　　나갔을 텐데, 여기서는 춘분만 계산한 듯하다. 춘분은 '밤에 비해 짧던 낮을, 밤과 같게
　　만드는 날'인 셈이다.

미지의 운명과의 불확실한 싸움이 나를   840

삶과 죽음의 고통들 사이에 잡아둔 이래로.

불이 꺼져버린 나에게 생명의 한 부분만이 남아 있었소,

고통의 감각만이. 그 끝은 알케우스의 자손116이었소,

그가 타르타로스117로부터 개를 빼앗아 끌고 나오면서,

나도 마찬가지로 이 윗세상으로 데려온 것이오.   845

하지만 나의 남자다움은 쇠진하여 옛적의 강건함을 잃었고,

발걸음은 떨린다오. 아, 얼마나 고된 노역이었던가,

깊고 깊은 플레게톤118으로부터 멀고 먼 대기를 찾아 나오는 것은,

죽음을 피하면서 동시에 알케우스의 후손을 좇는 것은!

　　　한데 이 무슨 슬픈 통곡이 나의 귀를 때리는 것인가?   850

누구든 설명케 하라. 애곡과 눈물과 슬픔이,

바로 나의 집 문턱 안에서 통절한 탄식이 들리다니?

저승에서 온 손님에게 아주 적절한 환대로구나!

유모 파이드라 님께서 자결하겠다는 결심을 굳게 내세우고 계십니다.

　　　우리의 눈물을 무시하고 죽음에 바짝 다가서셨습니다.   855

테세우스 죽을 이유가 무엇이오? 남편이 돌아왔는데 왜 죽으려 하오?

유모 바로 그게 이유가 되어 급박한 죽음을 가져왔습니다.

테세우스 그 수수께끼 같은 말은 뭔가 큰일을 숨기고 있구려.

116　알케우스는 암피트뤼온의 아버지. 암피트뤼온은 헤라클레스를 낳은 알크메네의 남편.
　　　따라서 '알케우스의 자손'은 헤라클레스.
117　저승.
118　저승의 강 중 하나.

밝혀 말하시오, 대체 어떤 고통이 그녀의 마음을 짓누르는지.

유모 그분은 그걸 누구에게도 밝히지 않고 있습니다. 슬픔 속에

　　비밀을 숨기고,　　　　　　　　　　　　　　　　　　　860

　　그 때문에 자신이 죽는, 그 불행을 자기와 함께 가져가려 결심했답니다.

　　한데 빨리 가시죠, 부탁입니다, 빨리. 서둘러야 할 때입니다.

테세우스 왕가의 잠긴 빗장을 풀어라.

(문이 열리고, 파이드라와 마주친다.)

오, 침실의 동반자여, 이런 식으로 남편의 귀환과

오랫동안 기다려 온 얼굴을 맞이하는 것이오?　　　　　　　865

얼른 오른손에서 칼을 내려놓고, 마음을 내게

돌리지 않겠소? 그리고 무엇이 그대를 삶에서 내몰았는지

밝히지 않겠소?

파이드라　　　　아아, 당신 왕국의 홀(笏)에 걸고,

관대하신 테세우스여, 그대 자식들의 자질에 걸고,

그대의 귀환과 벌써 재가 된 것과 다름없는 내 육체에 걸고,　　870

청하노니, 허락하소서, 죽음을.

테세우스　　　　　　　　어떤 이유가 그대를 죽음으로

　　몰아가는 거요?

파이드라 만일 죽음의 이유가 발설되면, 그것의 이득은 사라질 겁니다.

테세우스 나 말고 다른 이는 누구도 이를 듣지 못할 것이오.

파이드라 수치를 아는 여인은 오직 남편의 귀만을 두려워합니다.

테세우스 말하시오. 신의 깊은 가슴속에 비밀로 감추겠소.   875

파이드라 다른 이가 침묵하기를 원하시는 거라면, 본인이 먼저 침묵하세요.

테세우스 당신에겐 죽을 수단이 전혀 없을 것이오.

파이드라 죽기를 원하는 자에겐 결코 죽음이 결핍될 수 없습니다.

테세우스 죽음으로써 정화돼야 하는 잘못이 어떤 것인지 말하시오.

파이드라 제가 살아 있다는 사실 자체죠.

테세우스   나의 눈물이 그대를

   전혀 움직이지 않소?   880

파이드라 친구들에게 애곡받는 죽음이야말로 최고의 죽음이지요.

테세우스 침묵을 고집하는구나! 그러면 채찍과 사슬에 의해 늙은 유모가

   내놓으리라, 무엇이든 이 여인이 말하기 거절하는 것을.

   쇠사슬로 묶으라. 채찍의 힘이 끌어내게 하라,

   마음속 비밀을.

파이드라   그만두세요, 제가 직접 말하겠어요.   885

테세우스 대체 왜 슬픈 얼굴을 돌리고, 갑자기 뺨을 적시는

   눈물을 옷깃으로 가려 숨기는 거요?

파이드라 그대를, 그대를, 천상의 신들의 아버지시여, 증인으로

   부릅니다,

   그리고 그대를, 눈부신 창공의 찬란한 빛이시여,

   그 빛의 떠오름에 우리 가문은 기대고 있지요.   890

   간청으로써 유혹받았지만 저는 저항했어요. 칼과 위협에도

   제 마음은 굴복하지 않았어요. 하지만 제 몸은 폭행을 당했어요.

   이 수치의 얼룩을 나의 피가 씻어줄 거예요.

테세우스 말하시오, 나의 명예를 뒤엎은 자가 누구였는지.

파이드라 당신이 가장 덜 예상하는 자예요.

테세우스   누구인지 듣고자 하오   895

파이드라 이 칼이 말해줄 거예요, 그 약탈자가 시민들 모여드는 게

　　　　두려워서 혼란 중에 남기고 간 이것이.

테세우스 아, 불행한 나여, 대체 무슨 죄악을 보고 있는가?

　　무슨 괴물을 목도하는가?

　　　　손잡이에서 조상 전래의 문양119이 새겨진

　　　　왕가의 상아가 빛나고 있구나. 악테120 종족의 영광이.   900

　　　　한데 그자는 대체 어디로 달아났는가?

파이드라   정신없이 떨면서 빠른 발로

　　　　도망치는 것을 여기 이 하인들이 보았답니다.

테세우스 신성한 경건의 이름으로, 하늘 축을 조종하는 분과

　　　　두 번째 왕국121을 파도로써 움직이는 분의 이름으로 묻노니,

　　　　입에 올릴 수 없는 종류의 이 역병은 대체 어디서 온 것인가?   905

　　　　이것을 희랍 땅이 키웠는가, 아니면 스퀴티아의 타우루스가,

　　　　아니면 콜키스의 파시스122가? 자손은 선조에게로 돌아가고,

　　　　퇴보한 혈통은 최초의 근원을 다시 불러오는구나.

119　전해지는 사본에는 '작은(parvis) 문양'이라고 되어 있지만, 하인시우스와 츠비어라인
　　의 제안에 따라 '조상 전래의'(patriis)로 읽었다.

120　아테나이가 속한 앗티케 지역의 별칭.

121　바다.

122　흑해 동쪽의 강.

이것은 진정 무기를 휘두르는 저 종족의 광기로다,
베누스의 법칙을 따르기 싫어하고, 오랫동안 순결했던 910
몸을 대중에게 내주어 천하게 만드는 것은. 오 밉살스런 종족이여,
더 나은 땅의 법에 전혀 복종하지 않는구나!
짐승들조차도 금지된 결합을 피하며,
배운 적 없는 부끄럼이 출산의 법칙을 보존하도다.
   그 인간의 저 표정과 가식적인 엄숙함은 어디로 갔는가, 915
옛적 조상의 방식을 따른 저 거친 옷차림은?
구식 예법의 근엄함과 진중한 분위기는?
오, 기만적인 삶이여, 너는 진짜 속마음을 숨겨 지녔구나,
추악한 정신에 아름다운 외모를 덧입혔구나.
수줍음이 뻔뻔함을 숨겼고, 평온함이 대담함을, 경건함이 920
입에 담을 수 없는 짓을 숨겼구나. 거짓된 자들이 진실을 칭찬하고,
나약한 자들이 견실함을 꾸며내는구나. 숲속에 사는 자여,
저 거칠고 순결하고 때 묻지 않고 길들여지지 않은 자여,
너는 나를 위해 자신을 보존했던 것이냐? 맨 먼저 내 침상을 통해,
그토록 큰 죄악으로 자신의 남자다움을 시험해 보려 했던 것이냐? 925
이제, 이제 나는 높으신 신들께 감사를 드리노라,
나의 손에 맞아 안티오페가 쓰러진 것을,
내가 스튁스의 동굴로 내려가면서 네게
어미를 남겨두지 않은 것을. 너 이제 도망자 되어 멀리, 알려지지 않은
민족들 사이를 지나 달려라. 너를 세상 끝 외진 땅이 930
오케아누스의 영역으로 격리한다 해도,

네가 우리의 발바닥 맞은편 땅에 산다 해도,

높은 극지방 덜덜 떨리는 나라를 지나

깊고 깊은 구석에 숨어 있다 해도,

겨울과 흰 눈 너머로 도피하여   935

싸늘한 보레아스의 웅웅거리며 날뛰는 위협을

네 뒤에 남겨두었다 해도, 나는 이 죄악에 징벌을 가하고 말리라.

도망치는 너를 은신처 하나하나 끈질기게 추적하리라.

멀고 둘러막힌, 동떨어진, 돌아앉은, 길 없는 곳이라도

나는 뚫고 가리라. 어떤 땅도 나를 막을 수 없으리라.   940

내가 어디서 돌아왔는지 너도 알 것이다. 창을 날릴 수 없는 곳이라면,

나는 저주를 보내노라. 내 아버지 물의 신께서 내게 허락하셨다,

신의 동의를 얻어 내가 세 번 소원을 이루리라고.

그러고는 스튁스강을 불러123 이 선물을 서약하셨지.

　　이제, 음울한 선물을 이뤄주소서, 바다의 통치자여!   945

힙폴뤼토스가 더는 밝은 날을 보지 못하게 하소서.

아비를 위해 분노한 혼령들에게로, 젊어서 떠나가게 하소서.

아버지여, 이제 이 아들에게124 혐오스런 도움을 보내주소서.

저는 결코 당신의 권능으로부터 이 마지막 선물125을

123　신들은 저승강 스튁스에 걸고 맹세한다.

124　테세우스는 인간 아이게우스의 아들이면서, 동시에 바다 신 포세이돈의 아들이다.

125　포세이돈이 테세우스에게 세 가지 소원을 들어주겠다고 약속했는데, 이미 두 번 사용했
　　고, 이제 한 번의 기회가 남았다는 뜻이다. 두 번 사용한 때가 언제인지 불분명하다. 고
　　향 트로이젠을 떠나 아테나이로 갈 때와 미로에서 미노타우로스와 싸웠을 때라는 주장

취하지 않았을 겁니다, 거대한 악행이 압박하지 않았더라면.   950
깊은 타르타로스와 소름 끼치는 디스와
저승 왕의 위협적인 혼령들 사이에서도
저는 이 소원을 아꼈습니다. 이제 약속하신 신의를 갚아주소서.
아버지여, 지체하십니까? 왜 아직도 파도가 침묵합니까?
이제 바람을 몰아쳐 검은 구름으로   955
밤을 이뤄 덮으소서, 별과 하늘을 빼앗으소서,
바다를 쏟아 엎으소서, 측량할 수 없는 물을 격동하소서,
치솟아, 오케아누스 자체로부터 파도를 불러오소서.

합창단 오, 신들의 크신 어머니, 자연이여,
그리고 그대, 불을 가져오는 올림푸스의 지배자여,   960
질주하는 천구에 흩뿌려진 별자리들과
행성들의 방황하는 행로를 돌리시며,
빠른 축으로써 하늘을 회전시키시는 이여,
어찌 그대는 그토록 큰 배려로써 드높은 창공의
영원한 궤적을 유지하십니까?   965
그리하여 금방 찬 겨울 새하얀 서리가
숲을 벌거벗기고,
금방 덤불에 그늘이 다시 돌아오며,
다시 금방 여름날 사자[126]의 목덜미가

이 있다.

[126] 사자자리. 한여름에 태양이 이 부근에 있다.

강렬한 열기로 케레스127를 익히고,   970

한 해가 자신의 힘을 조절하게끔.

반면에 왜, 그토록 큰 영역을 다스리시는 분께서,

그리고 그의 능력 아래 광대한 우주의 무게가

균형 잡으며 자신의 궤도를 돌고 있는, 그러한 분께서,

인간들에게서는 너무나도 무심하게 멀리 떨어져 계십니까?   975

선한 자들에게 복을 내리고, 악한 자들에게

해를 내리려는 고심도 없이?

　　인간의 일들은 아무 질서도 없이

운수가 다스리며, 눈먼 손으로

선물을 뿌려대도다, 더 나쁜 것들을 키워주면서.   980

더러운 욕망이 경건한 자들을 이기고,

기만이 높직한 궁정에서 다스리도다.

대중은 악에게 권력 넘겨주기를

즐거워하며, 같은 이를 동시에 섬기며 또한 미워하도다.

미덕은 슬퍼하며, 옳은 일에 대한 삐뚤어진   985

상급을 받아 갔도다.

처참한 가난이 청렴한 이를 뒤쫓고,

간통자가 악으로 융성하여 다스리도다.

오, 공허한 수치심이여, 거짓된 명예여!

　　한데 무슨 소식을 전령이 다급한 걸음으로 가져오며,

127　곡식의 신 이름으로 곡식을 대신하는 수사법(대유법).

슬픈 표정에 애도의 눈물로 얼굴을 적시는 것일까? 990

전령 오, 가혹하고 잔인한 운명이여, 고통스런 노예 신세여,

어찌하여 불운은 말할 수 없는 것을 전하도록 나를 부르는가?

테세우스 두려워 말라, 끔찍한 재난을 용감히 전하라.

나는 고통에 대해 준비가 없지 않은 가슴을 지녔노라.

전령 제 혀가 애곡을 일으키는 슬픔에 대해 목소리 주기를 거부합니다, 995

테세우스 말하라, 어떠한 불운이 이 흔들린 집안에 짐을 더했는지.

전령 힙폴뤼토스께서, 아, 나의 슬픔이여, 울어 마땅한 죽음으로

쓰러지셨습니다.

테세우스 아비인 나는, 아들이 죽은 것을 이미 전부터 알고 있노라.

이제 강간범은 소멸되었도다. 그 죽음의 방식을 전하라.

전령 그분이 추방자로서 휘청거리는 걸음으로 도시를 떠났을 때, 1000

빠른 발로써 신속한 행로를 풀어가서는,

높은 멍에 아래 발굽 달각거리는 말들을 얼른 묶었고,

그것들의 입을 당겨 조인 굴레로써 제압해 얽었지요.

그런 다음 혼잣말로 많은 것을 중얼거리며, 조국 땅을

저주하고, 자주 아버지를 입에 올리며, 1005

고삐를 늦추고 격하게 채찍을 휘둘렀습니다.

그때 갑자기 광대한 바다가 심연으로부터 으르렁댔고,

별들을 향해 솟구쳐 올랐죠. 짠 바다엔 바람 한 점

불지 않았고요, 평온한 하늘의 그 어떤 부분도 우르릉대지 않았는데,

평화로운 바다를 저절로 생긴 폭풍이 뒤흔들었지요. 1010

남풍도 시칠리아 바다를 그토록은 혼란시킨 적 없고,

134

북서풍이 지배할 때 이오니우스만(灣)128도 그토록 격렬하게

일어선 적 없습니다, 파도가 바위 벼랑을 흔들고,

하얀 포말이 레우카테 봉우리129를 때릴 때에도,

거대한 바다는 어마어마한 덩어리로 일어섰고요,   1015

〔괴물로 인해 부풀어 오른 해수(海水)가 육지로 들이닥쳤죠.〕

그토록 큰 재앙은 배들을 향해 일어선 적이 없었지요.

그것은 대지를 위협했으니까요. 가벼운 파도가 구르며 달려오는 게

아니었습니다. 뭔지 모를 어떤 것을, 짓눌린 품 안에

무거운 물결이 나르고 있었죠. 어떠한 땅이 새로운 머리를   1020

별들에게 보여줄 것인가? 새로운 퀴클라스130가 솟아오르는 것인가?

에피다우루스 신131의 권위에 바쳐진 절벽들은 가려지고,

스키론132의 죄악으로 유명한 바위들도 그랬죠.

두 개의 바다 사이에 눌린 땅133도 그랬고요.

저희가 어리둥절하여 이게 뭔가 생각하는 사이, 아, 온 바다가   1025

울부짖었고, 사방에서 모든 바위 벼랑이 울렸죠.

---

128 희랍과 이탈리아 사이의 바다.
129 희랍 중서부의 섬인 레우카스의 곶.
130 희랍 본토와 크레테 사이의 군도. 퀴클라데스.
131 의술의 신 아스쿨레피오스(아이스쿨라피우스). 아테나이에서 남쪽으로 바다 건너에 아스쿨레피오스의 성지인 에피다우로스가 있다.
132 코린토스 지협에 살면서 지나가는 사람을 잡아 자기 발을 씻기도록 했다는 악당. 그는 갑자기 상대를 걸어차서 벼랑으로 떨어뜨려 죽였는데, 결국 테세우스에게 잡혀서 벼랑에서 떨어져 죽었다.
133 도시 코린토스. 코린토스 지협의 남쪽 끄트머리에 위치해 있어서, 도시의 동쪽에도 서쪽에도 바다가 있었다.

솟아오른 바닷물로 산마루 봉우리까지 젖었으며,

거품을 덮어쓰고 스스로 주변으로 물을 토해냈습니다.

마치 거대한 고래가 오케아누스의 심연을 가로질러

달리며, 그 입으로 파도를 다시 쏟아내듯이.   1030

물의 덩어리가 솟구쳐 뒤흔들리다가

무너져 내렸습니다. 그러고는 해변에 우리가 두려워하던 것

이상의 재난을 데려다 놓았지요. 바다가 육지까지 몰아닥치며

괴물을 함께 몰아온 것입니다. 두려움에 제 입이 지금도 떨립니다.

　　거대한 몸집의 그 괴물은 어떤 형상이었던가!   1035

검푸른 목덜미를 높이 세운 황소였습니다.

푸르스름한 이마 위엔 하얀 갈기털이 곤두서 있었죠.

털 무성한 귀는 삐쭉 튀어나오고, 눈에는 온갖 색이 서려 있었죠.

야수 무리의 제왕이 가질 법한, 바다에서 태어난

존재가 가질 법한 눈이었습니다. 어떤 때는 눈들이 불길을   1040

토하고, 어떤 때는 검푸른 빛으로 기이하게 번쩍거렸으니까요.

튼실한 목엔 두툼한 근육이 높직했고요,

크게 열린 콧구멍은 거센 숨결로 으르렁댔습니다.

가슴과 턱 밑은 들어붙은 이끼로 푸른빛이었고,

긴 옆구리엔 붉은 바다풀이 흩뿌려져 있었죠.   1045

그러고는 몸 뒷부분이 물에서 나와 육중한 등에

합류했죠, 그 거대한 괴물은 비늘 덮인, 측정하기 어려운

몸을 끌고 나왔습니다. 멀고 먼 대양에서 날랜 배들을 집어삼키거나

때려 부수는 바다괴물이 가진 그런 모습이었죠.

땅이 흔들리고, 가축 무리는 겁에 질려 온 들판으로   1050
이리저리 흩어졌으며, 목자는 자신의 어린 짐승들을 따라가길
잊었습니다. 숲속의 모든 야수들도
흩어져 달아나고, 사냥꾼도 모두들 싸늘한 공포로
창백하게 질려버렸죠. 힙폴뤼토스 하나만 전혀 두려움에
물들지 않고, 고삐를 당겨 말들을 통제하며   1055
떨고 있는 그 말들을 친근한 목소리로 격려하여 몰아갔죠.
거기에 무너진 언덕 사이로 들판으로 통하는 깊숙한 통로가
있었습니다.
그 발치에 근처까지 바다의 영역이 와 닿아 있었고요.
이쪽으로 그 괴물덩어리는 힘을 집중하고 분노를 모았습니다.
그놈이 기세를 가다듬고 스스로 시험하며 분노를   1060
충분히 놀려보았을 때, 날래게 날듯이 들이닥쳤습니다,
재빠른 발이 거의 지표면에 닿지도 않은 채로요.
그러고는 떨고 있는 말들 앞을 무시무시하게 막아섰습니다.
그에 맞서 아드님께서도 사나운 표정으로 위협하며
일어서셨죠, 낯빛도 바뀌지 않고, 오히려 천둥처럼 고함치셨죠.   1065
"이 허깨비 공포는 나의 정신을 깨뜨리지 못한다,
황소들을 제압한 것134이 바로 내 아버님의 위업이다."
하지만 말들은 대번에 고삐에 불복종하여
마차를 채어갔고, 길을 벗어나 방황하며,

---

134 미노타우로스와 마라톤 황소.

두려운 공포가 정신 나간 그들을 데려가는 대로,   1070
그리로 줄곧 내달려, 바위들 사이로 돌진했습니다.
그러나 그는 마치 요동치는 바다에서 키잡이가
배의 균형을 잡으며, 파도에 옆구리를 비스듬히 내주지 않고,
재주를 다하여 파도를 속이는 것과 다르지 않게, 질주하는
마차를 통제했습니다. 어떤 때는 고삐를 조여 말 주둥이를   1075
잡아 돌리고, 어떤 때는 꼬아 엮은 채찍을 말 등에
휘둘러 뜻을 관철했지요. 동행자 괴물은 끈질기게 따라붙었습니다,
어떤 때는 바로 옆 공간을 차지하고 달리며, 어떤 때는 방향 돌려
정면을 막으며, 사방에서 공포를 불러일으켰죠.
하지만 이제 더는 도망칠 수 없게 되었습니다, 바다에서 온   1080
뿔 돋은 털북숭이 괴물이 완전히 정면을 가로막고 달려들었으니까요.
그러자 발굽 달각이는 말들은 정신 나가고 혼란되어
통제를 벗어났고, 멍에에서 몸을 빼내려고 용을 썼죠,
몸을 곧추세워 짐을 발밑으로 내동댕이치면서요.
　　그는 내팽개쳐져 거꾸로 얼굴부터 떨어지며 질긴 고삐에   1085
얽혔습니다. 그리고 그가 저항하면 할수록,
그만큼 더 얽혀드는 매듭에 묶였죠.
말들도 무슨 일이 일어났는지 알았습니다. 마차가 가벼워지고,
통제도 사라지자, 두려움이 명하는 대로 그들은 내달렸습니다.
공중을 가로지르며 자신들의 짐이 익숙한 게 아님을 알아차리고, 1090
거짓된 태양에게 하루가 맡겨진 것에 분개한 말들이,
길 벗어난 파에톤135을 하늘 축으로부터 떨궈버렸을 때와

똑같이 말입니다.

들판을 온통 피로 적시며, 그의 머리는 바위들에

부딪혀 튕겨지고 있었습니다. 덤불들은 그의 머리칼을 뜯어냈고,

아름다운 얼굴은 굳은돌들에 약탈당하고 있었습니다.   1095

불행한 그이는 수없는 상처로 우아함을 앗겼습니다.

죽어가는 그의 몸을 빠른 바퀴들이 굴려갔습니다.

마침내, 타서 숯이 된 나무둥치가 가랑이 한가운데가 걸린

그를 곧추선 줄기로 붙잡았습니다.

〔마차는 주인이 붙박이는 바람에 잠시 멈추었죠.〕   1100

두 멍에의 말들은 주인의 부상 때문에 들어붙은 것이죠.

그러다가 그들은

멈춤과 동시에 주인을 깨뜨렸습니다. 그 후 숨을 반쯤 거둔 그를

날카로운 바늘로 거친 가시덤불이 찢어 나눴고,

밑동들 하나하나가 그 몸을 한 부분씩 차지했지요.

애곡하는 하인들 무리가 온 들판을 돌아다니고 있습니다,   1105

힙폴뤼토스 님께서 끌려간 곳을 따라

피의 흔적이 긴 행로를 표시해 준 대로.

그리고 슬퍼하는 개들은 주인의 사지를 추적하고 있습니다.

하지만 아직까지, 애통하는 그들의 바지런한 노고도 그의 사지를

다 채울 수 없었습니다. 여기 그 용모의 아름다움이 있긴 한가요?   1110

---

135 태양신의 아들. 아버지의 태양마차를 몰고 나갔다가 온 세상에 불을 내고 제우스의 벼
     락을 맞아 죽었다.

한때는 아버지의 권력의 빛나는 동반자였고,

확실한 후계자요, 별처럼 빛나던 그가,

마지막 화장단을 향해 여기저기서 그러모아져,

장례를 위해 한데 모이고 있습니다.

테세우스   오, 지나치게 강력한

자연이여, 너는 얼마나 강한 피의 사슬로 부모들을   1115

묶는 것이냐! 우리는 원치 않으면서도 얼마나 너를 숭배하는 것이냐!

나는 죄지은 그자가 죽길 원했으나, 그를 잃고 나서 눈물 흘리노라.

전령 원했던 것을 이룬 사람이 우는 것은 옳지 않습니다.

테세우스 진정 나는 이것이 불행 중에서 최고의 봉우리라 생각하노라,

만일 우연이, 원해야 하는 것을 혐오할 것으로 만들어 버린다면.   1120

전령 만일 당신이 여전히 미움을 품고 계시다면,

  왜 뺨은 눈물로 젖었습니까?

테세우스 잃었기 때문이 아니라, 죽였기 때문에 나는 우노라.

합창단 얼마나 많은 우연이 인간사를 돌리는가?

작은 인간들 사이에는 더 작은 운수가 날뛰고,

더 가벼운 신이 더 가볍게 때리도다.   1125

명성 없는 조용함이 사람들을 평온하게 지켜주고,

작은 오두막이 근심 없는 노년을 제공하도다.

  하늘의 영역까지 치솟은 봉우리는

동풍도 받고, 서풍도 받는 법,

또한 광란하는 북풍의 위협도,   1130

비를 머금은 북서풍까지도.

하지만 벼락의 가격을 드물게 받도다,

축축한 계곡은.

높이 천둥 치는 읍피테르의 무기에 떨도다,

거대한 카우카수스는, 그리고 어머니 퀴벨레의   1135

프뤼기아 숲들은. 읍피테르께서는 높다란 하늘에

이웃한 것들에 위협을 느끼고, 그것을 겨냥하시도다.

거대한 타격을 결코 받지 않도다,

나지막이 지붕 덮은 평민들의 가옥은.

〔그분은 왕좌 주위에만 천둥을 치시도다.〕   1140

　　불확실한 날개로 날도다, 유동적인

시간은. 그 누구에게도 신의를 보이지 않도다,

재빨리 변하는 운수는.

이 사람136은 밝은 세상의 별들과

빛나는 낮을 〈행복하게 다시 본 사람이로다〉,137 죽음을 떠나서.   1145

하지만 그는 슬피 애곡하도다, 불운한 귀환을.

아버지 집의 환대가 아베르누스138

자체보다 오히려 더 괴로운 것을 보도다.

　　팔라스여, 당신은 악테 종족에게 존경받으셔야 합니다,

당신의 테세우스가 하늘과 그 위에 거주하시는 신들을   1150

136　테세우스.
137　츠비어라인은 이 부분에서 몇 단어가 유실됐다고 보고 있으나, 레오의 보충에 따라
　　 *laetus vidit*으로 옮겼다.
138　저승의 호수.

바라보고 있으며, 그는 스튁스의 늪을 피해 나왔으니까요.

순결하신 이여, 당신은 탐욕스런 숙부139께 아무것도 빚지지 않았습니다.

저승 왕국의 백성 수는 변함없으니까요. 140

　　높직한 왕궁으로부터 이 무슨 애곡 소리가 울려나는가?

파이드라께서 정신 나간 채 칼을 뽑아들고 무엇을 준비하는가?　　　　1155

(파이드라가 칼을 든 채 등장한다.)

테세우스　대체 무슨 광기가 그대를 슬픔에 날뛰도록 자극하였소?

　　그 칼은 무엇이며, 미워하던 육체 위에

　　그 외침과 탄식은 대체 무엇을 의도하는 것이오?

파이드라　나를, 나를, 깊은 바다의 잔인한 지배자여,

　　공격하시라. 나를 향해 검푸른 바다의 괴물을　　　　1160

　　보내시라, 무엇이건 멀고 먼 테튀스가 깊고 깊은

　　자궁에 품고 있는 것을, 무엇이건 늘 요동치는 파도로

　　에워싸인 오케아누스가 먼 먼 물결 속에 숨긴 것을!

　　오, 늘 사나운 테세우스여, 오, 자기 가족에게 결코 안전치 않은

　　귀환자여, 그대 아들과 아버지가 죽음으로써　　　　1165

　　그대 귀향의 빚을 갚았습니다. 141 당신은 가정을 뒤엎었어요,

139　저승 신 하데스

140　테세우스가 저승에서 돌아온 대신 힙폴뤼토스가 저승으로 갔다는 뜻이다.

언제나 아내에 대한 사랑 때문에, 아니면 미움 때문에 해를 입혀서. 142

　　(시신을 향해) 힙폴뤼토스여, 내가 당신의 그러한 얼굴을 보고

있나요,

　　내가 그렇게 만들었나요? 당신의 사지를 어떤 잔인한 시니스143가,

　　혹은 어떤 프로크루스테스144가 찢어 흩었나요, 혹은 어떤 크레테의　1170

　　황소가, 다이달루스가 만든 감옥을 엄청난 울음소리로

　　채우던, 뿔난 얼굴, 두 모습의 잔인한 황소가

　　갈라버렸나요? 아, 불행한 나여! 당신의 아름다움은 어디로 갔나요,

　　나의 별이었던 당신의 두 눈은? 당신은 숨 끊어져 누워 있나요?

　　잠깐 돌아와, 내 말을 들어보세요.　　　　　　　　　　　　　　1175

　　전혀 부끄럽지 않은 것을 말하고 있어요. 이 손으로 당신께

　　보상을 바칠게요. 사악한 가슴에 칼을 박고서,

　　파이드라를 생명과 죄로부터 동시에 벗어나게 하겠어요.

　　〔그리고 당신을, 파도를 뚫고서, 타르타로스 호수를 가로질러,

　　스튁스를 가로질러, 불의 강들을 지나 미친 듯 따르겠어요. 〕　　　1180

───────

141　테세우스가 미노타우로스를 죽이고 아테나이로 귀환할 때, 배에 여전히 검은 돛이 달린
　　것을 본 아버지 아이게우스는 아들이 죽은 줄 알고, 바다에 몸을 던져 목숨을 끊었다.

142　테세우스가 예전에는 미움 때문에 아내 안티오페를 죽였고, 이번에는 파이드라에 대한
　　지나친 사랑 때문에 아들을 죽게 했다는 뜻이다.

143　젊은 시절 테세우스가 처치한 악당 중 하나. 지나가는 사람을 붙잡아 구부린 나무에 묶
　　었다가 놓아서 날려버리거나, 구부린 두 그루 나무 사이에 묶었다가 놓아서 찢어 죽였
　　다는 존재.

144　테세우스가 처치한 악당 중 하나. 지나가는 사람을 잡아 침대에 눕혀봐서 길면 잘라 죽
　　이고, 짧으면 늘려 죽였다는 존재.

혼령들을 달래겠어요. 제 머리에서 노획한 것을 받으세요,

이마에서 베어 뜯은 머리칼을 받으세요. 145

우리가 산 영혼을 연결할 순 없었지만, 확실히 죽음을

연결할 순 있어요. (자신에게) 죽으라, 네가 순결하다면, 남편을 위해,

네가 불륜을 저질렀다면, 사랑을 위해. 부부의 침상을 찾아갈 것인가, 1185

그토록 큰 죄로 더럽혀진 것으로? 하나 이 죄만큼은 아직 짓지 않았어,

복수를 이룬 침상에서 네가 깨끗한 척 즐거움을 누리는 것만큼은. 146

오, 죽음이여, 사악한 사랑의 유일한 위안이여,

오, 죽음이여, 손상된 명예의 가장 큰 장식이여,

네게로 도망치노라, 평화로운 품을 넓게 펼치라! 1190

들으라, 아테나이여, 그리고 그대, 치명적인 아버지여,

계모보다 못한 이여! 나는 거짓을, 죄악된 것을 말했어요,

나 자신이 정신이 나간 채 불건전한 가슴에서 길어낸 것을.

속임수를 꾸며냈어요. 아비여, 그대는 헛것을 징계했어요.

순결한 젊은이가 불결한 죄를 뒤집어쓰고 누워 있어요, 1195

수치를 아는, 무죄한 이가. (힙폴뤼토스에게) 이제 당신의

명예를 되찾으세요.

나의 불경스런 가슴이 정의의 칼날 앞에 노출되었어요,

---

145 죽은 자에게 머리칼을 잘라 바치는 관행이 있다. 〈일리아스〉 23권 파트로클로스 장례
과정이 대표적인 사례다. 한편 죽어가는 사람의 머리카락을 잘라야 얼른 고통이 끝나고
이승을 떠난다는 설명도 있다. 〈아이네이스〉 4권 디도가 죽는 장면에 나온다.

146 자신이 마치 정당하게 복수를 마친 듯, 그리고 정절 깊은 여자인 듯 다시 부부 침실을
이용한다면, 그게 지을 수 있는 죄의 극한이 되리라는 의미다.

나의 피가 무죄한 사람에게 희생물을 바칠 거예요.

(파이드라가 칼 위에 쓰러져 죽는다.)

테세우스 아비로서 아들을 앗기고서, 네가 무엇을 해야 하는지,
 계모에게서 배우라. 아케론의 영역에 자신을 숨기라. **147**   1200
  창백한 아베르누스의 목구멍이여, 그리고 너희,
 타이나루스**148**의 동굴과
  불행한 자들에게 오히려 반가운 레테와, 너희, 느릿한 호수들아,
  불경스런 나를 채어가라, 가라앉은 나를 영원한 고통으로 짓누르라.
  이제 오라, 잔인한 바다의 괴물들아, 이제 광대한 바다와
  프로테우스가 물의 가장 깊은 품 안에 숨겨 지닌 무엇이든,   1205
  그토록 큰 죄악에 기뻐했던 나를 깊고 깊은 소용돌이 속으로 채어가라.
  그리고 당신도, 아버지여, 저의 분노에 늘 쉽게 동의하시는 이여!
  저는 편하게 죽을 자격이 없습니다. 기이한 죽음으로 아들을
  온 들판에 흩어놓았으니까요. 또 저는 엄격한 징계자로서
 거짓된 죄악을
  징벌하다가, 스스로 진짜 범죄에 빠져들고 말았습니다.   1210
  별들과 저승과 바다를 저의 죄로 가득 채웠습니다.

---

147 1199~1200행을 파이드라에게 배당하는 학자도 있지만, 이 번역처럼 테세우스에게 배
     당하자는 주장이 다수이다.
148 펠로폰네소스 남단의 곳. 이곳에 저승 입구가 있다고 알려져 있다.

더는 남은 몫**149**이 없습니다. 세 개의 영역이 저를 알고 있습니다.

　이를 위해 내가 귀환했던가? 하늘을 향해 길은 열렸던가,

나더러 두 개의 장례와 한 쌍의 살해를 보라고?

무자식의 홀아비로서, 하나의 횃불로 자손과　　　　　　　　　1215

아내의 화장 장작을 함께 불붙여 태우라고?

어두운 빛의 제공자여, 알케우스의 자손이여, 당신의 선물을

디스에게 다시 보내시라. 떠나온 혼령들에게

나를 다시 복귀시키라. 불경스런 나는 뒤에 남기고 온 죽음을

공연히 불러 기원하고 있구나. 살인에 재주 좋은, 피 묻은 자여,　　1220

전대미문의 잔인한 파멸을 기획한 자여,

이제 스스로 너 자신에게 정당한 징벌을 가하라.

우듬지를 구부려 땅에 닿은 소나무가

다시 허공을 향해 풀려나면서 나를 두 조각으로 찢을 것인가?**150**

아니면 스키론의 벼랑 너머로 거꾸로 날아갈 것인가?　　　　　　1225

그보다 더 무서운 것을 나는 보았노라, 플레게톤강**151**이

불의 흐름으로 죄인들을 에워 가두고, 그들에게 겪도록 명한 것을.

어떠한 형벌, 어떤 자리가 나를 기다리는지, 나는 아노라.

범죄한 영혼들아, 물러서라, 그리고 이 어깨에,

149　제우스와 그의 형제들은 제비뽑기로 세계를 셋으로 나누어 가졌다. 하늘, 바다, 저승이
　　그것인데, 이 셋을 자신이 죄로 다 채워서 더는 채울 데가 없다는 뜻이다.
150　시니스가 했던 악행이다.
151　저승에 있는 불의 강.

146

여기에 저 바위가, 아이올로스의 나이 든 아들152의   1230

영원한 노역이 옮겨져, 지친 손을 짓누르게 하라.

강물이 내 입가에 찰랑거리며 나를 놀리게 하라. 153

사나운 독수리가 티튀오스를 버려두고 옮겨 날아오게 하라,

나의 간은 형벌을 위해 늘 새로이 자라나게 하라. 154

또한 내 친구 피리토우스의 아버지155여, 그댄 휴식을 취하라.   1235

이 나의 사지를, 결코 쉬지 않고 끝없이 돌아가는

저 바퀴가 날랜 회전으로 실어가게 하라.

갈라져라, 땅이여, 나를 받으라, 무시무시한 카오스여,

받으라, 이것은 내가 혼령들에게 갈 더욱 정당한 길이니.

나는 아들을 따르노라. 두려워 마시라, 그대 혼령들의 지배자여,   1240

음욕 없이 나는 가노니. 156 나를 받으시라, 영원한 집에,

떠나지 않을 사람으로서. ─내 기원은 신들을 움직이지 못하는구나.

반면에 내가 악한 것을 청한다면, 그들은 또 얼마나 잘 들어줄 것인가!

(힙폴뤼토스의 잔해들이 옮겨져 들어온다.)

---

152 영원히 바위를 언덕 위로 굴려 올리는 시쉬포스. 그는 저승 신을 속이고 이승으로 돌아
     온 적도 있어서 나이 든 사람으로 그려졌다.
153 탄탈로스는 자식을 잡아서 신들에게 대접한 죄로, 저승에서 물과 음식이 앞에 있어도
     먹고 마시지 못하는 벌을 받았다.
154 티튀오스는 레토를 납치한 죄로, 독수리가 간을 파먹으면 다시 간이 자라나고, 다시 파
     먹히는 벌을 받았다.
155 익시온. 그는 헤라를 넘본 죄로 영원히 돌아가는 바퀴에 묶였다.
156 이번에는 페르세포네를 빼앗으러 가는 게 아니란 뜻이다.

합창단 테세우스여, 비탄을 위해서는 영원한 시간이 남아 있습니다.

이제 정당한 것을 아들에게 갚으소서, 얼른 묻어 감추소서,   1245

그토록 잔인하고 끔찍하게 찢겨 흩어진 시신을.

테세우스 이리로, 이리로 소중한 육체의 잔여물을 옮기라,

되는 대로 모아들인 지체와 덩이들을 가져오라.

이것이 힙폴뤼토스란 말인가? 나 자신의 죄악을 알아보겠구나.

내가 너를 죽였구나. 그런 큰 죄를 지으며 단 한 번에 그치지 않으려,   1250

혹은 나 혼자만 행하지 않으려, 범죄를 감행하면서, 아비 된 자가

제 아버지께 도움을 청했구나. 보라, 나는 아버지의 선물을

즐기고 있노라!

오, 자식 여읜 슬픔이여, 스러져 버린 세월의 고통이여!

사지를 끼워 맞추라, 무엇이든 아들에게서 남은 것을,

불행한 자여, 몸 굽혀 비통한 가슴에 그것을 품으라.   1255

아비여, 찢어진 몸의 흩어진 사지를[157]

질서 있게 조립하라, 방황하는 부분들을

제자리에 돌리라. 이쪽이 그 강하던 오른손의 자리요,

이쪽이 고삐 다루기에 능통했던 왼손이

놓일 곳이구나. 왼쪽 옆구리의 흔적을 알아보겠구나.   1260

우리의 애곡을 받기에, 아직도 얼마나 많은 부분이 누락되었는가!

굳건하라, 떨리는 손들아, 애통스런 의무를 위해.

---

157 1256행부터 1261행까지는 합창단에게 배정하자는 학자도 있고, 합창단원 여럿이 한 구
절씩 나누어 노래한 것으로 보는 학자도 있다.

넘치는 눈물을 그치라, 건조한 뺨들아,

아비가 제 자식의 사지를 헤아리는 동안,

몸을 빚어내는 동안. 형태를 잃고 추하게 변한 이것은   1265

대체 무엇인가, 도처에 수많은 상처로 뜯겨 나간 이것은?

이게 너의 어느 부분인지 나는 모르겠구나. 하지만 너의 일부이구나.

여기에, 여기에 놓으라, 제자리가 아니라, 그저 빈 곳에.

이것이 저 얼굴, 별 같은 불길로 빛나던 그것이란 말인가?

적들도 눈길을 피하게 했던 얼굴이? 여기에 아름다움이 서렸던가?   1270

오, 끔찍한 운명이여, 오, 신들의 잔인한 호의여!

이런 식으로 아들이 아비에게로, 기원에 맞춰 돌아오는가?

(봉헌물을 바치며) 자, 이것을 아비의 마지막 선물로 받으라,

여러 번 장례 받을 이여. 일단은 불이 이것을 가져가게 하라.

　　열어젖히라, 죽음으로 음울하고 더럽혀진 집을.   1275

온 몹소피아158가 높은 애곡으로 울리게 하라.

너희는 왕가의 장례를 위해 불길을 준비하라.

또 너희는 온 들에 떠도는 몸 조각들을

탐색하라. ― 이 여자는 땅에 묻혀 눌리게 하라,

불경스런 머리 위에 흙이 묵직이 덮이게 하라!   1280

---

158 아테나이가 속한 앗티케의 옛 이름.

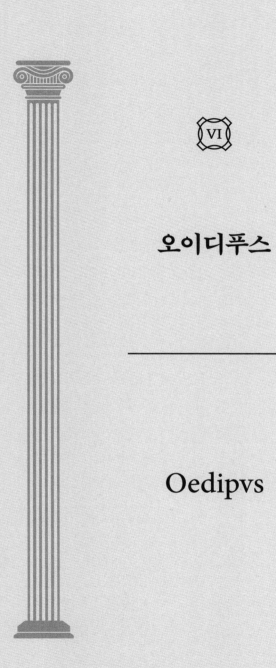

오이디푸스

Oedipvs

등장인물

오이디푸스 (테바이의 왕)

이오카스테(오이디푸스의 아내)

크레온 (이오카스테의 형제)

테이레시아스 (눈먼 예언자)

만토 (테이레시아스의 딸)

코린토스 노인

포르바스 (테바이 왕가에 소속된 목자)

전령

합창단 (테바이 원로들)

배경

테바이 왕궁

오이디푸스 이제 밤이 쫓겨 가고 티탄[1]이 망설이며 돌아오는구나.

지저분한 구름에서 음울한 빛살이 올라 나오도다.

슬프게 하는 불길로 처연한 빛을 나르며

탐욕스런 질병에 황폐해진 집들을 바라보려 하도다.

밤이 행한 살육을 낮이 드러내려 하도다.　　　　　　　　　5

　　그 누가 다스림을 즐거워하는가? 오, 속이는 행운이여,

너는 얼마나 큰 해악을, 얼마나 알랑대는 얼굴로 숨기고 있는가?

높은 등성이들이 항상 바람을 맞듯이,

바위들로 광대한 바다를 가로막는 절벽들을

아무리 평화로운 바다라 해도 그 파도들이 채찍질하듯이,　　　10

높이 받들어진 권력들은 그렇게 운명 앞에 내어놓여 있도다.

나는 아버지 폴뤼부스의 홀(笏)을 얼마나 잘 피하였던가!

나는 근심에서 해방된 망명자로서 떨림 없이 방랑하다

(하늘과 신들을 나는 증인으로 삼노라) 왕권에 우연히 맞닥뜨렸지.

말할 수 없는 것을 나는 두려워하노라, 혹시 나의 손에 아버지께서　15

살해될까 하는 것을. 이것을 나에게 델피의 월계수들이 경고하도다. [2]

그리고 더 큰 어떤 악행을 내게 말하도다.

부친 살해보다 더 큰, 그 어떤 못할 짓이 있을까?

아, 가슴 아픈 신실함이여! 운명을 발설하기가 부끄럽구나!

포이부스[3]께서는 아버지의 침실로써, 불경스런 불길로　　　　20

1　태양을 가리킨다. 보통 태양은 티탄인 휘페리온의 자식으로 되어 있다.
2　델포이(델피)에는 아폴론(아폴로)의 신탁소가 있었다. 월계수는 아폴론의 나무이다.

더럽혀진 근친상간의 침대로써 아들을 위협하시도다.

이 두려움이 나를 아버지의 왕국으로부터 쫓아내었지.

나는 도망자로서 우리 집안 신(神)을 떠난 것이 아니었다.

나 스스로를 믿지 못하여 너의 법을, 자연이여,

확실함에 놓았다. 네가 큰일을 두려워할 때면,   25

너는 일어날 수 없다고 생각하는 일까지도 무서워하리라.

나는 모든 일에 떨도다. 나 자신을 내게 믿고 맡기지 못하도다.

   하나 이제 운명이 내게 다른 일을 꾸미려 하는구나.

그렇게 생각하는 이유는, 내 무슨 말을 하랴, 카드모스4의 종족에게

끔찍한 저 질병이, 살육이 그토록 널리 퍼졌는데도, 나 하나만은   30

그대로 두고 있으니 말이다. 대체 어떤 나쁜 일을 위해

나는 보존된 것일까?

도시의 폐허와, 항상 새로운 눈물로

애곡되는 장례와, 백성들의 시신 더미 가운데

나는 탈 없이 서 있도다. 물론 포이부스의 피고로서.

너는 그렇게 큰 죄악에 건강한 왕국이 주어지기를   35

희망할 수 있었더냐? 나는 하늘을 해로운 것으로 만들었도다.

   부드러운 미풍조차 서늘한 숨결로

불길에 헐떡이는 가슴을 위로하지 않고, 가벼운 서풍도

불어오지 않으며, 티탄은 더위를 가져오는 개5의 불길을

---

3   포이보스(포이부스)는 아폴론의 별칭이다.

4   카드모스는 테바이의 건립자이다.

키우는구나, 네메아 사자의 등을 누르며. 6   40

습기는 강들을, 빛깔은 풀들을 저버렸도다.

디르케 샘은 마르고, 이스메노스강은 성기게 흘러,

충분치 않은 물결로 헐벗은 여울을 겨우 적시누나.

포이부스의 자매7는 어두운 채 하늘을 미끄러지고,

세상은 낮에도 운무 속에 음울하게 창백하도다.   45

맑은 밤에 그 어떤 성좌도 빛나지 않고,

무겁고 어두운 증기가 땅에 엎드려 있구나.

하늘 존재들의 성채와 높은 집들도

하계의 양상이 덮고 있구나. 성숙한 케레스8가 열매를 거부하고,

키 높은 이삭으로 누렇게 일렁이다가도,   50

줄기가 말라 작물들은 결실 없이 죽어가도다.

어떤 부분도 해 없이 파멸을 피하지 못하고,

모든 나이, 모든 성(性)이 똑같이 쓰러지도다.

죽음의 질병이 젊은이들을 늙은이들과,

아비들을 자식들과 묶고, 한 횃불이 부부 침실들을 태워,   55

장례에는 쓰라린 눈물도 탄식도 없도다.

실로, 그렇게 큰 불행의 끈질긴 재앙 자체가

---

5 큰개자리 시리우스를 가리킨다. 한여름에 날이 그렇게 더운 것은 이 계절에는 해와 시리
   우스가 낮에 같이 빛나기 때문이라 한다.
6 태양은 7월에 사자자리 위에 있다.
7 달의 여신 아르테미스(디아나)는 포이부스(아폴론)의 쌍둥이 자매이다.
8 '곡식' 대신 곡식의 신 이름을 사용하였다.

눈들을 마르게 했으며, 극한에 항상 그러하듯
눈물들은 소멸되어 버렸도다. 병든 아비가 이 사람을
마지막 불로 나르고, 정신 나간 어미가 저 사람을 데려가며,　60
같은 화장단으로 다른 시신을 나르러 서두르는구나.
실로 바로 애곡 속에서 새로운 애곡이 생겨나고,
장례식 주변에서 장례행렬이 무너지는구나.
그리하여 자신의 몸을 남의 불길에 태우는구나.
불들이 훔쳐내어지는구나. 비참한 자들에겐 어떤 수치도 없는 법이니.　65
구별되지 않은 무덤들이 신성한 뼈들을 덮도다.
태워진 것만으로도 충분하다. 얼마나 적은 부분이 재로 돌아갔던가!
무덤을 만들기에 땅이 부족하고, 숲은 이제 장작 주기를 거부하도다.
어떤 기원, 어떤 기술도 앗긴 자들을 일으키지 못하도다.
치료하는 자들이 쓰러지고, 질병은 돕는 자들을 끌어가 버리도다.　70

　　나는 제단에 엎드리어 탄원하는 손들을 뻗치노라,
무르익은 운명을 요구하며, 내가 먼저 무너지는 조국보다
앞서 달리기를, 모든 이의 뒤에 쓰러져
내 왕국의 마지막 장례가 되지 않기를.
오, 너무도 잔인한 신들이시여, 오 무거운 운명이여!　75
진정 그토록 잘 준비된 죽음이 이 백성 가운데
나 하나에게만 거부되는 것인가? (자신에게) 하찮게 보라, 치명적인 손에
닿은 왕국을. 떠나라, 눈물들, 장례들,
네가 함께 실어온 하늘까지 썩게 하는 악덕들을,
불운의 객(客)이여! 달아나라, 재빨리, 늦었지만　80

너의 부모에게게라도!9

(오이디푸스의 아내 이오카스테가 들어오다 남편의 마지막 말을 듣는다.)

이오카스테　　　　　　남편이시여, 탄식으로 불행을 가중하는 것이
　　무슨 이익이 있겠습니까? 저는 바로 이런 게 왕다운 행동이라
　생각합니다.
　　　즉, 역경을 맞잡고 버티는 것, 지위가 더 많이 불확실하고
　　　무너지는 왕국의 큰 구조가 더 크게 흔들리면,
　　　그만큼 더 굳건히, 용기 있게 확실한 발로 서는 것입니다.　　　　85
　　　운명에게 등을 보이는 것은 남자답지 못한 일입니다.
오이디푸스　두려움이라는 비난과 불명예는 내게서 멀리 있고,
　　　나의 용기는 게으른 공포를 알지 못하오.
　　　설사 뽑힌 칼과 맞서더라도, 혹은 마르스의 소름 돋는
　　　무기가 내게 닥쳐온다 해도, 사나운 거인들과　　　　　　　　　　90
　　　마주하여서라도 나는 대항하는 팔을 용감히 뻗을 것이오.
　　　눈멀게 하는 방식으로 말들을 짜는 스핑크스도 나는
　　　피하지 않았소. 저 끔찍한 예언녀의 피 묻은 입도,
　　　뼈들이 하얗게 흩어진 땅도 나는 견뎠소.
　　　그것이 높은 절벽 위에서 벌써 먹잇감을 향해 닥칠 듯　　　　　95

9　이 부분에서 오이디푸스는 자신에게 명령을 내리고 있다. 그는 아직도 자기 부모가 코린
　　토스의 왕과 왕비인 폴뤼보스와 메로페인 것으로 알고 있다.

날개를 가다듬고, 꼬리 채찍을 휘두르며

잔인한 사자처럼 위협을 가했을 때에도,

나는 노래를 요구하였소. 그것은 위에서 끔찍한 소리를 냈소.

그것의 턱은 끼긱거렸고, 나의 내장을 원하여

지체를 참지 못하여 발톱으로 바위들을 찢었소.　　　　　　　　100

나는 신탁의 옹이 많은 말들을, 뒤얽힌 속임수들을,

그 날개 달린 짐승의 음울한 노래를 풀었소.

　　(자신에게) 왜 이제야 정신 나가 뒤늦게 죽음을 기원하는가?

전에도 죽을 수 있었다. 이 홀은 칭찬의 상으로 네게 주어졌다.

이것은 스핑크스를 퇴치한 대가이다.　　　　　　　　　　105

저 더러운 재, 저 교활한 괴물의 재가

우리에게 적대하는 것이다. 저 퇴치된 질병이 지금

테바이를 파멸시키는 것이다. 이제 하나의 구원이 남았을 뿐이다,

혹시 포이부스께서 구원의 길을 보여주신다면.

합창단 쓰러지는구나, 그대 카드모스의 고귀한 자손이여,　　　110

온 도시와 함께. 경작할 이 없어진

땅들을 바라보는구나, 동정받아 마땅한 테바이여.

죽음에 먹히는구려, 당신의 저 병사가,

박쿠스여, 저 먼 인도 땅까지 함께한 이가.

그는 대담하여 에오스의 벌판에서 말을 달리고,　　　　　115

세계의 첫 부분에 당신의 깃발 꽂기를 감행하였건만.

그는 계수나무 숲으로 축복받은 아라비아를,

돌아선 말들을, 속이는 파르티아인들의

화살들로 인해 가공(可恐)할 등10들을 보았도다.

붉은 바다11의 해변으로 들어갔도다.   120

여기서 포이부스께서 해돋이를 내어놓고, 빛을

열어 보이시며, 더 가까운 불길로 맨몸의

인도인들을 검게 물들이시도다.

우리, 불패(不敗)의 줄기에서 나온 종족이 멸망하는구나.

채어가는 잔인한 운명에 쇠망하는구나.   125

계속 새로운 행진이 죽음으로 이끌리도다.

애통하는 무리의 긴 행렬이 영혼들을 향해

길을 서두르는도다. 슬픈 대열이

서로 엉키고, 무덤 찾는 군중 위해

일곱 성문이 열려도 충분치 않도다.   130

시신 더미는 그득 놓여 있고, 장례가 이어진 장례로

뒤쫓겨 눌리는구나.

처음 질병의 힘은 느릿한 양들을 건드렸지.

그 털 짐승들은 풍요한 풀들을 잘못 뜯었구나.

사제는 목을 치려 서 있었도다.   135

다른 손이 확실한 타격을 준비하는 사이,

금으로 빛나는 뿔을 가진 황소가12

---

10 파르티아인들은 말을 돌려 도망치는 척하다가 적이 추격해 오면 갑자기 돌아서서 활로
    상대를 공격하는 수법으로 유명하다.

11 홍해가 아니라, 인도양을 가리킨다. 세네카의 〈헤라클레스〉 903행, 〈튀에스테스〉 371
    행 참고.

힘없이 넘어졌도다. 큰 무게의 타격 아래
목덜미는 나뉘어 열렸도다.
그러나 선혈 아닌, 어둡고 더러운   140
상처에서 쏟아진 피고름만이 칼을 더럽혔도다. 13
발굽 소리 내는 말은 경기장에서 바로 달리는 도중
너무나 힘없이 넘어져, 기울어지는 어깨로
주인을 동댕이쳤도다.
버려진 가축들은 들판에 쓰러져 있구나.   145
죽어가는 떼 속에서 황소는 여위고,
목자는 줄어가는 가축 무리를 떠나
시든 소들 사이에서 죽어가는구나.
사슴은 약탈자 늑대들을 두려워하지 않고,
분노한 사자의 포효가 그쳤으며,   150
털복숭이 곰들에게 사나움도 없도다.
숨을 곳 많던 뱀도 독성을 잃고
시들어, 말라버린 독을 품은 채 죽어가는구나.

   숲은 자신의 치장된 머리칼로
산들에 어둡게 그림자를 내리붓지 않고,   155

---

12 제물로 바쳐지는 황소는 그 뿔을 금박으로 싸서 빛나게 만들었다.
13 이 부분에서는 두 가지 희생 제물의 상태가 묘사되고 있다. 하나는 내리치기 전에 쓰러진
    것이고, 다른 하나는 도끼에 쓰러지긴 했으나 피가 흐르지 않은 것이다.

시골은 밭의 풍요함으로 푸르지 않도다.

포도나무는 더 이상 자신의 박쿠스로 가득한

팔을 굽히지 않도다.

만물이 우리의 재난을 느꼈도다.

자매들14의 무리가 타르타로스의 햇불로   160

깊은 에레부스의 빗장을 부쉈고, 15

플레게톤은 자신의 강둑을 바꾸어

스튁스강을 시돈의 물결16에 섞었도다.

검은 죽음이 탐욕스런 입을 열어

벌리고, 모든 날개를 펼치도다.   165

널찍한 나룻배로써 소용돌이치는 강을

지키는 사공17은 팔팔한 노령으로

강건하지만, 피로한 팔을

상앗대에 빈번히 가져가지 않는구나,

새로운 무리를 나르기에 지쳐서.   170

실로 저승의 개가 타이나루스18의 쇠사슬을

끊고서, 우리의 땅을 떠돈다는

---

14 흔히 '음울한 자매들'(tristes sorores) 라 불리는 운명(Parcae) 의 세 자매(Nona, Decima, Morta) 를 가리키는 것으로 보인다.

15 타르타로스와 에레보스(에레부스) 는 모두 저승의 깊은 곳이다.

16 테바이의 건립자 카드모스는 원래 페니키아 출신이다. 그래서 '테바이' 대신에 '시돈'이란 페니키아의 도시 이름을 사용했다. 플레게톤과 스튁스는 모두 저승의 강 이름이다.

17 저승 강의 뱃사공 카론.

18 펠로폰네소스 반도 남단의 곳으로, 이곳에 저승으로 가는 입구가 있다고 한다.

소문이 있도다. 땅이 울었다는,

사람보다 덩치 큰 공허한 유령이19

〈신성한〉 숲들을 〈배회한다는〉, 카드모스의 원림이   175

두 번 떨려 쌓인 눈을 떨구었다는,

디르케 샘이 피로 두 번 흐려졌다는,

적막한 밤중에 〈성벽 둘레에서〉20

암피온21의 개들이 울부짖었다는 소문이.

　　오, 죽음보다 더 무거운, 새로운   180

죽음의 끔찍한 양상이여! 감각 없는 무기력이

사지를 게으르게 묶고, 병색 든 얼굴이

벌겋게 달아오르고, 머리에는 옅은 반점들이

흩어졌도다. 바로 몸의 성채22를

뜨거운 김이 달구고,   185

뺨에는 수많은 피 꽃이 퍼졌도다.

눈들은 뻣뻣이 굳어지고, 저주받은 불길이

팔다리를 먹는구나. 귀들은 웅웅대고

19　츠비어라인은 원문 174행 뒤에 몇 단어가 사라진 것으로 본다. 그의 제안을 따라 두 단어를 보충했다.

20　츠비어라인은 여기 유실된 내용이 있다고 생각하고 그 내용이 무엇인지는 따로 추정하지 않았는데, 레오의 제안에 따라 두 단어를 보충했다.

21　암피온은 쌍둥이 형제인 제토스와 함께 제우스와 안티오페 사이에 난 아들로서 테바이 성을 둘렀다는 인물이다. 그가 뤼라를 연주하자 돌들이 저절로 날아와 쌓였으며, 뤼라의 줄이 일곱이어서 테바이 성문도 일곱이 되었다고 한다.

22　머리.

굽은 코에서는 검은 피가

방울지고, 혈관들은 입 벌려 터지는구나.   190

요란한 잦은 기침이 저 깊은 내장을

뒤흔드는구나. 이제 그들은 차가운 돌들을

눌러 껴안아 괴롭히고 있구나.

지키는 이 제거되어 자유로워진 집이

허용하는 이들이여, 너희는 샘들을 찾아   195

공급된 수분으로 갈증을 키우는구나. **23**

지쳐 뻗은 무리가 온 제단에 누워

죽기를 기원하는구나. ─이것 하나만은 신들께서

쉽게 내려주시는도다. 사람들은 신전을 찾지만,

제물로써 신들을 기쁘시게 하려함이 아니요,   200

신들 자신을 한껏 누리게 하는 것이 즐겁기 때문이라.

오이디푸스 급한 발걸음으로 왕궁을 찾는 저이는 누구인가?

혈통과 행위에 있어 뛰어난 크레온이 온 것인가,

아니면 병든 정신이 진실 대신 헛것을 본 것인가?

합창단 우리가 모든 기원을 바쳐 원하던 크레온이 왔나이다.   205

오이디푸스 나는 전율로 떨리는도다, 운명이 어디로 향하는지 두려워.

떨리는 가슴은 두 가지 감정으로 요동치는구나.

행운의 일들이 궂은일과 불확실하게 뒤섞인 곳에서,

---

23 환자를 지키던 사람이 죽어 없어지면, 환자들은 샘으로 달려가 물을 들이키지만, 오히려
갈증이 더 커진다는 말이다.

확신 없는 영혼은 알기를 원하면서도 두려워하는 법.

나의 아내의 형제여, 지친 자들에게 도움을,   210

그 어떤 것이든 당신이 가져왔다면, 서둘러 말해 내어놓으시오.

크레온 응답은, 확실치 않은 신탁으로 혼란된 채 놓여 있습니다.

오이디푸스 고통받는 이들에게 확실치 않은 구원을 주시는 이는, 그걸
거절하는 셈이오.

크레온 구부러진 에움길로 비밀들을 감추는 것이 델피 신의
방식입니다.

오이디푸스 　　　말하시오, 불확실하더라도 상관없으니.   215

모호한 것들을 알아내는 일은 오이디푸스에게만 허용되어 있소.

크레온 왕의 살해가 추방으로 보속되기를, 피살된 라이우스를 위해
복수가 이뤄지기를 신께서는 명하십니다.

그 전에는 빛나는 날이 하늘을 달리지 않을 것이며,

안전하게 들이쉴 맑은 대기도 허용하지 않을 것입니다.   220

오이디푸스 하지만 그 유명한 왕의 살해자는 누구였소?

포이부스께서 누구를 언급했는지 말하시오, 그가 죗값을 치르도록.

크레온 기원하오니, 보고 듣기에 끔찍한 것을 말해도 안전하기를!

마비가 팔다리에 자리 잡고, 피가 차갑게 굳는군요.

제가 포이부스의 신성한 신전에 탄원자의 발걸음으로 들어가,   225

신께 기도드리고 의례에 따라 손들을 경건하게 들었을 때,

눈 덮인 파르나소스의 두 봉우리가 격렬한 굉음을 내었습니다.

매어달린 포이부스의 월계수는 떨려, 머리칼을 흔들고,

카스탈리아 샘의 신성한 물은 갑자기 멎었습니다.

레토의 아드님의 여사제는 쭈뼛 선 머리칼을 흩으며,   230

뒤흔들려 포이부스를 감당하기 시작하였습니다. 아직 동굴에

닿기도 전에

엄청난 고함으로 인간의 것보다 큰 소리가 터져 나왔습니다.

"순한 별들이 카드모스의 테바이로 돌아오리라,

도망자 손님이 이스메누스의 디르케를 떠난다면,

왕을 죽여 해독을 품은 자, 갓난아이 때 벌써 포이부스가 알던 자가. 235

네게는 사악한 살해의 즐거움이 오래 머물지 않도다.

너는 전쟁을 몰고 다니도다, 자식들에게도 전쟁을 남기며,

수치스럽게 어머니의 원천으로 다시 돌아가서."

오이디푸스 내가 하늘에 사시는 분들의 충고로 명받아 행할 준비가 되어

있는 그것은,

돌아가신 왕의 유골에 주어지는 게 적절하였소,   240

누구도 신성한 홀을 속임수로써 해하지 못하도록.

왕들의 안전은 특히 왕이 지켜야 하는 것.

살았을 때 두려움의 대상이었던 이가 죽으면 그 누구도

돌보지 않는 법이오.

크레온 더 큰 두려움이 죽은 이에 대한 걱정을 떨쳐내 버렸었습니다.

오이디푸스 그 어떤 근심이 그 경건한 의무를 막았단 말이오?   245

크레온 스핑크스와 무서운 노래의 음울한 위협이 그랬습니다.

오이디푸스 이제 신들의 명에 따라 그 악행에는 죗값이 치러질 것이다.

신들 중 누구시든 기원을 받고서 이 나라를 보시는 이여,

그대, 그 수중에 급히 도는 하늘의 법을 가지신 이**24**여,

그리고 그대, 맑은 하늘의 최고의 영광25이여,   250

열두 개의 성좌26를 변화하는 길로써 지배하시는 이여,

빠른 바퀴로 느린 세기(世紀)를 굴리시는 이여,

그리고 항상 그대 오라비와 반대편에서 달리는 누이,

밤중에 떠도는 포이베27시여, 또 그대 바람들을 지배하시며

평탄한 바다 위로 푸른빛 마차를 모시는 이28여,   255

그리고 그대 빛 없는 집들을 배분하시는 이29여,

오소서. 그의 오른손에 라이우스가 쓰러진

그자를 평온한 집도, 믿음직한 가정의 신도,

환대하는 땅도 망명자로 받아 견디지 않기를.

부끄러운 결혼으로, 불경스런 자식으로 그가 괴로워하기를.   260

이자는 그 오른손으로 부모를 죽이기를,

무엇이든 내가 피한 그 일을 하기를. (이보다 더 중한 어떤 것을

내가 바랄 수 있으리오?) 은전(恩典)의 여지는 없을 것이다.

나는 이것을 내가 이방인으로서 갖고 있는 이 왕권에 걸고,

또 내가 떠난 것들에, 그리고 집안의 신들에게 걸고,   265

당신에, 아버지 넵투누스여, 둘이 되어 양쪽에서

---

24 제우스(읍피테르)를 가리킨다.

25 태양신으로서의 아폴론을 가리킨다.

26 황도 12궁을 가리킨다.

27 달의 여신 아르테미스를 가리킨다.

28 바다의 신 포세이돈(넵투누스).

29 하계의 신 하데스(플루토).

잔물결로 우리 땅을 희롱하시는 당신30에게 걸고 맹세하노라.

그리고 당신 스스로 나의 말에 대한 증인으로 오소서,

키르라31 여사제의, 운명을 예언하는 입을 움직이며.

그러니 아버지께서 평온한 노년을 보내시고,   270

높은 옥좌에서 시름없이 마지막 날을 맞으시며,

메로페도 폴뤼부스의 결혼햇불만을 아시기를!

어떤 은총도 저 죄인을 내게서 빼앗아 가지 못하도록!

그렇지만 어느 장소에서 그 입에 담을 수 없는 범죄가 행해졌는지

말들 하시오. 공개적인 전투에 의해서요, 아니면 음모에 의해서요? 275

크레온 그는 카스탈리아의 나뭇잎 우거진 숲을 찾아

빽빽한 가시덤불로 둘러싸인 길을 밟았습니다.

세 갈래 길이 들판으로 나뉘어 나가는 곳이었지요.

하나는 박쿠스께서 사랑하시는 포키스의 땅을 가르고 지나가는데,

거기서 두 봉우리 높은 파르나소스가 하늘을 지향하여   280

부드럽게 솟은 언덕으로 들판을 버리고 떠납니다.

그리고 길 하나는 시쉬푸스의 두 바다를 가진 땅32으로 향하지요.

세 번째 소로는 올레누스33의 들판으로 우묵한 분지를

---

30 오이디푸스는 코린토스가 자기 고향이라고 생각하기 때문에 지협의 양쪽에 파도가 철썩
   이는 것을 이렇게 표현하고 있다.

31 키르라는 델포이 가까이에 있는 항구이다. 따라서 이 말은 '델포이' 대신 쓰인 말이고, 여
   기서는 아폴로 자신이 맹세의 대상이 되고 있는 것이다.

32 지협의 양쪽에 바다를 끼고 있는 코린토스를 가리킨다. 저승에서 끝없이 돌을 굴리고 있
   다는 시쉬푸스는 이 코린토스의 왕이었다.

33 아이톨리아의 도시.

구불거리다가 방황하는 물들에 닿고
엘레우스강의 차가운 여울을 가릅니다.   285
여기서 평화를 믿고 있던 그를 강도의 무리가 갑자기
무기로 공격하여 숨겨진 악행을 저질렀습니다.

(눈먼 예언자 테이레시아스가 다가오는 것이 보인다.)

　　바로 제 시간에 테이레시아스가 포이부스의 신탁에 동요되어
떨리는 무릎으로 느리지만 서둘러 오고 있군요.
만토가 동행하여 빛을 잃은 그이를 이끌고 있군요.   290

(테이레시아스가 들어온다.)

오이디푸스　신들께 성별(聖別)되신 이여, 포이부스께 가장 가까운 머리여,
　　응답을 풀어주소서. 형벌이 쫓는 자가 누구인지 말해주시오.
테이레시아스　나의 혀가 말하기에 느리다는 것에, 그것이 지체를
　추구한다는 것에
　　당신은 놀라지 않아야 마땅합니다, 관대하신 이여.
　　시력이 없는 이에게는 진실의 많은 부분이 숨어 있습니다.   295
　　그러나 조국이 부르는 곳으로, 포이부스께서 부르시는 곳으로
　나는 따라가렵니다.
　　운명은 캐내어질 것입니다. 만일 나의 피가 싱싱하고
　　따뜻했다면, 가슴에 신을 받았을 텐데!

168

당신들은 제단으로 등이 흰 황소와

목이 굽은 멍에로 눌린 적 없는 암소를 몰아오라.　　　　　300

딸아, 너는 빛을 앗긴 아비를 인도하여

운명을 말하는 성물의 명백한 징표를 전하라.

만토　살진 희생물이 신성한 제단들 앞에 섰습니다.

테이레시아스　관례적인 목소리로 위에 계신 신들을 기원으로 부르고,

제단에는 동방의 향료 선물을 쌓아라.　　　　　305

만토　이제 향료를 하늘에 거하시는 이들의 신성한 화로에 넣었습니다.

테이레시아스　불길은 어떠하냐? 벌써 풍성한 향연을 태우고 있느냐?

만토　갑자기 빛으로 번쩍이고는 갑자기 꺼졌습니다.

테이레시아스　불이 맑고 밝게 서서

순정(純正)한 불꽃머리를 똑바로 하늘로 보내며,　　　　　310

그 끄트머리를 공기 중으로 흩어 풀더냐,

아니면 갈 길을 몰라 옆으로 기면서

요동치는 연기로 어지러이 비척이더냐?

만토　변덕스런 불길의 양상이 한 가지가 아니었습니다.

비를 가져오는 이리스**34**가 하늘의 큰 부분에 걸쳐　　　　　315

구부러져, 다채로운 만곡(彎曲)으로 소나기를 알리며

자신의 여러 빛깔들을 얽을 때같이,

당신은 그것에 어떤 빛깔이 있는지, 어떤 것이 없는지 의심할 겁니다.

34　호메로스의 〈일리아스〉에서 신들의 전령으로 되어 있는 여신이고, 무지개의 여신이기
도 하다.

누런 표지가 섞인 퍼런빛이 떠돌고

다시 핏빛이, 마지막에는 컴컴한 쪽으로 가버립니다.　　　　　　320

그런데 보세요, 싸우는 불이 두 편으로

나뉘었고, 한 희생물의 재가 불화하여

서로 나뉘었어요. ― 아버지, 보고 있자니 소름이 끼치네요.

헌작(獻爵)된 박쿠스의 선물이 피로 변했어요.

짙은 연기가 왕의 머리를 에워쌌어요.　　　　　　　　　　　　325

얼굴 자체 주위에는 더 빽빽하게 자리 잡았고,

짙은 구름이 칙칙한 빛을 뿜고 있어요.

아버지, 이것이 무엇인지, 말해주세요.

테이레시아스　　　　　　　　　　　　놀란 정신의 혼란 속에서

방황하는 내가 무엇을 말할 수 있겠느냐?

대체 무엇을 말하리오? 그것은 끔찍한, 그러나 깊이 숨어 있는

악이로다.　　　　　　　　　　　　　　　　　　　　　　330

신들의 분노는 분명한 표징으로 드러나는 법이니라.

그들이 전하기를 원하면서도 원치 않고,

잔인한 분노를 숨기는 이 일은 무엇인가?

무엇인가가 신들을 부끄럽게 만드는구나. 얼른 이리 데려다가

소금 친 밀가루를 황소들의 목에 뿌려라.　　　　　　　　　335

그들이 평온한 표정으로 성물과 내민 손들을

견디느냐?

만토　　　　　황소가 머리를 높이 쳐들고

먼 동쪽으로 향하며 태양을 매우 두려워했습니다.

떨면서 해의 얼굴과 빛을 피했어요.

테이레시아스 한 번의 타격에 맞아 땅으로 쓰러지느냐? 340

만토 무쇠로 치자 암소는 스스로 쓰러졌고

한 번의 타격에 넘어졌지만, 황소는 두 번의

타격을 당하고도 이리저리 지향 없이 달려들었고,

지쳐서는 별 저항 없는 생명을 내어보냈습니다.

테이레시아스 피가 좁은 상처에서 격하게 뿜어 나오느냐, 345

아니면 깊은 상처에서 느리게 흘러나오느냐?

만토 하나는 가슴이 열린 곳에서 제대로 된 길을 통해

피가 강같이 쏟아지지만, 다른 것은 상처가 큰데도

소소한 빗방울로 얼룩져 있습니다. 하지만 반대로 거슬러

많은 피가 입과 눈을 통해 역류하고 있습니다. 350

테이레시아스 이 불길한 제물들은 큰 공포를 일으키누나.

하지만 내게 내장들의 확실한 징조를 묘사해 다오.

만토 아버지, 이것은 무엇인가요? 내장들이, 보통 그러하듯

흥분하여 가벼운 움직임으로 떨리지 않고, 온 손을

흔드네요. 혈관에서 피도 새로이 뿜어 나오고요. 355

심장은 깊이 병들어 시들고, 가라앉아 숨었고,

혈관들은 퍼렇게 되었습니다. 간엽의 대부분이 없고요,

쇠약한 간이 검은 담즙으로 부글대고 있네요.

(이것은 항상 유일한 권력에게는 불길한 징조이지요.)

그리고 두 개의 끄트머리가 같은 크기로 부풀어 튀어나와 있네요. 360

하지만 나누인 이 두 끄트머리를 얇은 막이

싸고 있어서, 숨겨진 일들에게 은신처 주기를 거부하고 있네요.
적대적인 측면[35]은 활기 있는 강건함으로 일어서 있고,
일곱 개의 혈관을 뻗치고 있습니다. 그런데 이 모든 혈관들이
뒤로 돌아서는 걸 방해하면서 비스듬한 경계가 자르고 있네요.   365
순서도 바뀌어 있습니다. 어느 것도 제자리에 있지 않고,
모든 것이 반대로 되어 있네요. 오른쪽에는 허파가 숨결을
담을 수 없게 피로 가득한 채 있고요,
심장의 위치가 왼쪽이 아니군요. 막들이 부드럽게 에워싸
내장들에 기름진 품을 펼치지도 않았습니다.   370
자연이 뒤집어졌습니다. 자궁에도 아무 법칙도 남아 있지 않군요.
어디서 이렇게 뻣뻣한 기운이 내장에 생겼는지 탐색해 보십시다.
이 끔찍한 것은 무엇인가요? 짝짓지 않은 소에게 수태가 되었군요.
그것도 보통의 방식에 따라서가 아니라, 낯선 위치에서
어미를 채우고 있습니다. 신음하며 사지를 움직이고,   375
동요하는 경련으로 무력한 사지를 꿈틀거립니다.
퍼런 피가 내장들을 검게 물들입니다.

(도살된 희생물들이 움직이기 시작한다.)

망가진 몸뚱이가 움직여 걸으려 하는군요!

---

35 내장점을 치는 사람들은 내장을 가상적으로 두 부분으로 나눠서 한쪽은 우호적인 쪽
(*familiaris*)으로, 다른 쪽은 적대적인 쪽(*hostilis*)으로 보았었다.

비어 있는 몸이 일어나, 뿔로 신성한 집례자들을

쫓는군요. 내장들이 제 손에서 달아나고 있어요!   380

당신께 몰아친 저 소리는 가축 떼의 묵중한 소리가

아니며, 겁먹은 그 어떤 짐승 무리가 울어대는 것도 아닙니다.

제단에서 불이 울고, 화덕이 떨리고 있답니다.

오이디푸스 저 무서운 제물의 징조는 무엇을 뜻하는지

말해주시오. 겁내지 않는 귀로 목소리들을 빨아들이겠소.   385

극한의 불행들은 사람을 근심 없게 만드는 법입니다.

테이레시아스 당신은, 당신이 지금 도움을 청하는 바 그 불행들을

부러워하게 될 것입니다.

오이디푸스 하늘에 거하시는 이들이 알리기 원하는 것만 말하시오,

왕의 살해로써 누가 손을 더럽혔는지만.

테이레시아스 가벼운 날개로 하늘의 깊음을 가르는 새들도   390

살아 있는 가슴에서 꺼내온 내장도 그 이름을

일깨울 수 없습니다. 다른 길을 시도해야만 할 것입니다.

전왕 자신이 영원한 밤의 영역으로부터 불러올려져야만 합니다,

살해의 장본인을 가리켜 말하도록 에레부스로부터 보냄을 받아서.

우리는 땅을 열어야 합니다. 달래기 힘든 디스 신께   395

탄원해야 합니다. 저승의 스튁스강의 주민을

이리로 끌어와야 합니다. 그 신성한 일을 누구에게 맡길지 말하십시오.

당신은 왕국의 최고권을 수중에 지닌 자라, 영혼들을

보는 것이 합당치 않으니까요.

오이디푸스   크레온이여, 이 노역이 당신을 요구하오.

나의 왕국이 두 번째로 존경을 바치는 당신을.   400

테이레시아스 우리가 깊은 스튁스의 빗장을 여는 동안

백성들의 노래가 박쿠스 찬양으로 울리게 하라.

(테이레시아스, 만토, 크레온이 나간다.)

합창단 끄떡이는 송악 송이로 흘러내린 머리칼을 묶어라,

부드러운 손에는 뉘사³⁶의 튀르소스³⁷를 갖춘 채.

하늘의 빛나는 영광이여, 이리로 오소서,   405

박쿠스여, 당신의 이름난 테바이가

당신께 탄원을 펼친 손으로

드리는 기원을 향하여.

처녀 같은 머리를 이리로 돌리소서, 호의를 품고서.

별 같은 얼굴로 구름을 흩으소서,   410

그리고 에레부스의 음울한 위협과

탐욕스런 운명도.

당신은 봄날의 꽃들로 머리칼을 묶는 것이 어울립니다.

당신은 머리에 튀로스의 미트라 모자를 쓰는 것이 어울리고,

부드러운 이마를   415

---

36 디오뉘소스(박쿠스)가 자랐다는 신화상의 산. 대개는 인도에 있는 것으로 여겨진다.

37 송악과 포도덩굴로 감기고, 끝에는 솔방울이 달린 지팡이. 디오뉘소스 자신과 그의 추종
자들이 갖고 다니는 것이다.

열매 맺힌 송악으로 동이는 것이,   415a

머리카락을 아무렇게나 쏟아 흩는 것이,

또다시 매듭지어 불러 모으는 것이 어울립니다.

당신이 분노한 의붓어머니38를 두려워하여

거짓 팔다리를 흉내 내어 자랄 때,

금빛 머리채의 꾸며진 처녀로서   420

노란 허리띠로 옷을 잡아 묶었듯이.

그래서 그 이후 그렇게 부드러운 차림과 느슨한 품과

길게 끌리는 옷들이 당신의 마음에 들었습니다.

당신이 긴 옷으로 사자들을 덮으며,

황금빛 수레 위에 앉아 있는 것을   425

온 동방 땅의 너른 평야가 보았습니다.

또 갠지스 강물을 마시는 사람도, 눈 덮인 아락세스강39의 얼음을

깨는 그 누구도.

늙은 실레누스40가 당신을 추한 나귀로 뒤쫓고 있습니다,

부푼 관자놀이에 얽은 포도덩굴을 두르고서   430

흥겨운 입문자들이 비밀스런 의식을 이끌고 있습니다.

당신을 수행하는 밧사리데스41의 무리가

---

38 헤라. 제우스는 디오뉘소스를 뉘사산의 요정들에게 맡기면서, 헤라를 두려워하여 그를
    여자아이 차림으로 키우도록 했다.
39 페르시아 동쪽의 강이다. 그 강 건너편에 맛사게타이족이 살고 있다. 헤로도토스
    〈역사〉 1권 201장 이하 참고.
40 디오뉘소스를 키워주고, 항상 동행하는 반신(半神)이다.

에도니42의 춤추는 발로써, 금방 팡가이우스산에서,

또 금방 트라키아의 핀두스 봉우리에서

땅을 박차고, 이제 카드메이아43의   435

어머니들 사이로 한 불경스런 마이나스가

동료로서 오귀게스의 약쿠스44에게로 왔습니다,

성스러운 사슴가죽으로 허리를 감싸고서.

당신에 의해 가슴 떨린 어머니들은

머리카락 풀려 흘러내린 채,   440

떨리는 손으로 가벼운 튀르소스를

*   *   *45

그 후 박쿠스의 여신도들은 펜테우스46의 사지를

갈가리 찢어버린 뒤, 그들 몸에서 광기를 떨쳐내고

---

41 트라키아의 디오뉘소스 여신도들을 일컫는 말이다. 이 호칭은 그들이 여우 가죽을 걸치
    고 있었던 데서 비롯되었다 한다〔희랍어로 '밧사라'(bassara)가 '여우'이다.〕.
42 트라키아의 스트뤼몬강 서쪽에 사는 종족으로 통음난무하는 박쿠스 숭배의식을 가졌다.
43 테바이의 옛 이름이다.
44 엘레우시스의 비의(秘儀)에서 섬겨지던 황홀경의 신인데, 나중에는 디오뉘소스와 동일시
    되었다. 오귀게스는 테바이의 전설적인 설립자로서 '오귀게스의'(Ogygius)는 '테바이의'
    라는 뜻이다. 디오뉘소스의 어머니 세멜레가 테바이 출신이므로 이런 수식어가 붙었다.
45 츠비어라인은 이 부분에서 적어도 한 행 이상이 유실되었다고 보고 있다. 바로 앞에 '한
    마이나스'가 도착한 것으로 나왔는데, 그다음 행에 '어머니들'이란 복수가 나오고, 이어
    서 '손'은 단수로 나와서 문맥도 이상하고, 단수 복수도 일치하지 않기 때문이다. 한편 학
    자들 사이에는 439~440행을 삭제하자는 제안도 있고, 441행을 439행 앞으로 옮기자는
    제안도 있다.
46 테바이의 왕. 디오뉘소스의 사촌. 그는 디오뉘소스 숭배에 반대하여, 여자 옷을 입은 채
    디오뉘소스 숭배자들을 염탐하다가 들켜 자기 어머니와 이모들에게 사지가 찢겨 죽었다.

마치 전혀 알지 못하는 양, 그 말할 수 없는 죄를 살펴보았지요.

빛나는 박쿠스를 길러주신 양어머니, 카드메이아의 이노47는   445

바다 왕국을 차지하고 있습니다, 네레이데스48 무리가 옹위하는 가운데.

그리고 갓 도착한 소년은 광대한 바다의 파도 속에 권력을

차지하고 있지요,

박쿠스의 친족, 얕잡아 볼 수 없는 신격인 팔라이몬은.

　소년이여, 그대를 튀르레니아49의 손이 잡았습니다.

그러자 네레우스가 부풀었던 바다를 잠잠하게 했지요.   450

그는 청색 해협을 초원으로 바꿉니다.

거기서 플라타너스가 푸른 잎으로 활기를 과시하고,

포이부스에게 사랑받는 월계수 수풀도 그러합니다.

가지 사이에서는 수다스런 새들이 재잘댑니다.

노에는 재빠른 송악들이 달라붙고,   455

돛대 꼭대기엔 포도덩굴이 감깁니다.

뱃머리에선 이데산의 사자가 포효했으며,

고물에는 강게스50의 호랑이가 앉아 있습니다.

47　디오뉘소스의 어머니인 세멜레의 자매. 어린 디오뉘소스를 길러주었기 때문에 헤라의 미
　움을 받았다. 그녀의 남편 아타마스가 헤라가 보낸 광기에 사로잡혀 아들 레아르코스를
　죽이자, 그녀는 남은 아들 멜리케르테스를 안고서 바다에 몸을 던진다. 하지만 신들이 그
　녀는 레우코테아라는 여신으로, 그녀의 아들은 팔라이몬이라는 바다 신으로 바꿔준다.
48　바다의 신 네레우스의 딸들.
49　'튀르레니아'는 '이탈리아의'라는 뜻이다. 디오뉘소스가 해적들에 의해 납치된 사건을 노
　래한 것이다. 그가 기적을 일으키자, 겁에 질린 해적들은 바다에 뛰어들어 돌고래가 되
　었다고 한다.

겁에 질린 해적들은 바다로 헤엄쳐 들어가고,

물에 뛰어든 그들을 새 모습이 차지합니다. 460

약탈자들에게서 팔이 먼저 사라지고,

가슴은 배에 들어붙어 하나가 됩니다.

자그마한 손이 옆구리에 매달리고,

구부러진 등으로 파도 밑을 달립니다.

초승달 모습의 꼬리는 바다를 가릅니다. 465

그리하여 구부정한 돌고래는 달아나는 돛을 쫓고 있지요.

뤼디아 땅의 팍톨로스가 부유한 물살로써 당신을 실어갑니다,

굽이치는 강둑 사이로 황금의 물결을 이끌어 가면서. 51

정복된 활과 게타이의 화살을 풀었습니다,

잔 속에 우유와 피를 섞어 마시는 맛사게타이인은. 470

도끼를 휘두르는 뤼쿠르구스의 왕국은 박쿠스를 알아보았습니다. 52

    알아보았도다, 잘라케스인들의 광포한 땅은,

그리고 이웃한 보레아스53의 매질에 시달리며

영역을 옮겨 다니는 저 사람들도, 마이오티스54가

차가운 물결로써 씻어내는 민족들도, 475

---

50 갠지스강.

51 팍톨로스강은 사금이 많이 나는 것으로 유명하다.

52 뤼쿠르고스(뤼쿠르구스) 왕은 디오뉘소스 숭배에 반대하다가 미쳐서, 자기 자식들이 포
   도나무인 줄 알고 도끼와 칼로 쳐서 죽였다고 한다.

53 북풍.

54 흑해 북쪽에 자리 잡은 작은 내해(內海). 오늘날의 아조프(Azov) 해.

아르카디아의 별자리와 한 쌍의 마차55가

높고 높은 꼭대기에서 내려다보는 민족들도.

그분은 제압하셨도다, 흩어져 사는 겔로노이 사람들을. 56

무구를 빼앗았도다, 잔인한 처녀들57에게서.

고개를 숙이고서 땅에 내려섰도다,   480

테르모돈강58의 무리들은,

그리고 마침내 가벼운 화살을 내려놓고

마이나데스가 되었도다.

신성한 키타이론산59은 피로 적셔졌도다,

오피온60 사람이 난도질되어.   485

프로이토스61의 딸들은 숲으로 달려갔고, 아르고스는

그의 의붓어머니62 앞에서 박쿠스께 숭배를 바쳤도다.

---

55 큰곰자리와 작은곰자리. 아르카디아 요정 칼리스토와 그의 아들 아르카스가 변하여 생
    긴 별자리라 해서 '아르카디아의' 별이라 한 것이고, 이를 달리 '한 쌍의 마차'라고도 하는
    데, 두 가지 명칭을 나란히 쓴 것이다.

56 흑해 북쪽 스퀴티아 지역에 사는 민족.

57 아마존 종족.

58 아마존들이 살던 땅 근처의 강. 대개는 소아시아 반도 북부에서 흑해로 흘러드는 강(현
    대에는 테르메강)을 가리키는 것으로 보고 있다.

59 테바이 남쪽에 위치한 산. 어린 오이디푸스가 버려진 곳이기도 하다.

60 용 이빨이 땅에 뿌려진 후 거기서 태어난 사람(스파르토이) 중 하나. 카드모스를 도와
    테바이를 세운 사람. 여기서는 그냥 테바이를 가리키는 말이고, 이 표현 전체는 펜테우
    스의 죽음을 지시하는 것이다.

61 아르고스의 왕. 그는 디오뉘소스 숭배를 거부하다가, 딸들이 광기에 들려 들판을 뛰어다
    니고 다른 여인들도 미쳐 날뛰자, 예언자 멜람푸스의 도움을 받아 여인들을 진정시키고
    결국 디오뉘소스를 받아들였다.

아이게우스의 바다63로 에워싸인 낙소스는

버려진 처녀64를 신방으로

이끌었도다, 더 나은 남편으로

손실을 보상하며. 65 490

메말랐던 바위에서

뉙텔리우스66의 음료가 흘러나왔네.

지절대는 시내들이 풀밭을 갈랐네.

대지는 깊숙이 들이켰네, 달콤한 즙을,

눈처럼 흰 젖의 빛나는 샘물을, 495

그리고 백리향 내음 섞인 레스보스 포도주를.

광대한 하늘로 새 신부는 이끌렸네,

포이부스는 불렀네, 장엄한 노래를,

어깨 위로 긴 머리

---

62 헤라. 아르고스는 헤라 숭배로 유명한 땅이지만, 어쩔 수 없이 디오뉘소스를 받아들이게
되어 이런 표현을 쓴 것이다.

63 지중해 동쪽 부분을 일컫는 이름. 테세우스의 아버지 아이게우스가, 아들을 태우고 갔던
배가 검은 돛을 달고 돌아오는 것을 보고 아들이 죽었다고 생각해서 바다로 몸을 던졌고,
그래서 이런 이름이 붙여졌다고 한다.

64 아리아드네. 테세우스는 그녀의 도움을 받아 미노타우로스를 처치한 다음, 그녀를 데리
고 떠났지만 낙소스섬에 버리고 간다. 그녀를 사랑하지 않기 때문이라는 설도 있고,
신들의 명에 따라서 그렇게 했다는 설도 있다.

65 동방을 제압하고 돌아오던 디오뉘소스는 낙소스에 버려진 아리아드네를 발견하고 자기
아내로 삼는다. 인간 남성에게 버림받았지만, 신의 아내가 되었기 때문에 '더 나은 남편'
이란 표현을 쓴 것이다.

66 '밤의 신'. 디오뉘소스 숭배 의식은 대개 밤에 치러지기 때문에 붙은 수식어이다.

늘어뜨린 채. 두 명의 쿠피도는   500

횃불을 흔들었네.

읍피테르는 불의 창을 내려놓았고,

벼락을 미워했네, 박쿠스가 다가올 때면. 67

　　빛나는 성좌들이 오래된 세상을 순환하는 한,

오케아누스가 그 물결로써 에워싸인 땅을 돌아드는 한, 68   505

그리고 보름달이 잃었던 불빛을 다시 모으는 한,

샛별이 아침의 동트기를 예고하는 한,

높직한 큰곰자리가 검푸른 네레우스를 알지 못하는 한69

아름다운 뤼아이우스70의 빛나는 얼굴을 우리는 찬양하리라.

(크레온이 들어온다.)

오이디푸스　그대 얼굴이 슬픈 표시를 보이긴 하지만,

　　말하시오, 누구의 목숨으로 우리가 신들을 달랠지를.   510

크레온　두려움이 침묵하라 설득하는 걸 그대는 말하라 명하시는군요.

오이디푸스　무너져 가는 테바이가 그대를 충분히 움직이지 못한다면,

67　디오뉘소스의 어머니 세멜레가 제우스의 벼락에 타죽었기 때문에.

68　옛날 사람들은 땅이 둥글고 평평하며 그 테두리를 오케아노스강이 빙빙 돌며 흐른다고
　　생각했다.

69　'큰곰자리(북두칠성)가 바다로 지지 않는 한'. 환유법으로, 바다의 신 '네레우스'를 '바다'
　　라는 단어 대신 사용했다.

70　디오뉘소스의 별칭. '슬픔을 풀어 없애는 존재.'

최소한 친족 집안의 쓰러진 왕홀이 그대를 움직이게 하시오.

크레온 당신은 알지 못했기를 열망하게 될 것입니다, 지금 지나치게

알고자 하는 것을.

오이디푸스 무지는 재앙에 대한 게으른 처방이오.   515

공공의 안녕에 대한 지침을 그대는 숨기려는 것이오?

크레온 치료약이 흉측하면 낫는 것도 역겨운 법입니다.

오이디푸스 들은 것을 전하시오, 그렇지 않으면 크나큰 고통에 제압되어,

분노한 왕의 무기가 무엇을 할 수 있는지 그대는 알게 되리다.

크레온 왕들은 자신들이 말하라 명하고는, 정작 말하면 미워하지요.   520

오이디푸스 그대는 에레부스로 보내지리라, 전체를 위한

사소한 희생으로서,

만일 그대 자신의 목소리로 그 제의가 드러낸 비밀을 밝히지 않는다면.

크레온 침묵을 지키게 해주십시오. 왕에게 청하는 것으로서 이보다 작은

자유가 있을 수 있겠습니까?

오이디푸스   때로는 혀보다 오히려

조용한 자유가 왕과 왕국에 더 크게 해를 끼치지.   525

크레온 침묵이 허용되지 않는 곳에서 대체 무엇이 허용되겠습니까?

오이디푸스 말하도록 명받고도 침묵하는 자는 왕권을 침해하는 것이오.

크레온 바라건대 강제되어 전하는 말을 그대는 평온히 받으시길 바랍니다.

오이디푸스 그 누구든 강요받아낸 목소리 때문에 징벌받은 자가 있었던가?

크레온 도시에서 멀찍이 떨어진 곳에 너도밤나무 우거진

어두운 숲이 있습니다,   530

디르케 샘으로 물이 풍성한 계곡 근처에.

높다란 숲 위로 삼나무가 머리를 쳐들고서

언제나 푸르른 둥치로 숲을 감싸주며,

나이 먹은 참나무가 그 자리에서 썩어버린 구불구불한

가지를 펼치고 있지요. 한 나무의 옆구리는 세월의 침식으로   535

떨어져 나갔고, 다른 나무는 이미 뿌리가 갈라져

쓰러지면서 이웃 나무 둥치에 기대어 매달려 있었습니다.

쓴 열매 달리는 월계수와 날씬한 피나무,

파포스의 도금양,**71** 측량할 수 없는 바다를 가로질러

노 젓게 될 오리나무, 포이부스**72**를 만나고자   540

바람을 향해 옹이 없는 옆구리를 맞세운 소나무 〈도 있고요.〉**73**

한가운데엔 거대한 나무 한 그루가 서서, 무거운 그늘로써

그보다 작은 나무들을 압도하고, 방대한 영역에

가지를 펼쳐 홀로 숲을 지켜주고 있었습니다.

그 밑에는 음울한 샘이 햇빛도 포이부스도 알지 못한 채,   545

영원한 냉기로 뻣뻣하게 만들며 넘쳐나고 있었죠.

진흙 덮인 늪이 이 느릿하게 솟는 샘을 에워싸고 있었고요.

　이곳으로 연로하신 사제가 발걸음을 옮겼을 때,

그는 지체하지 않았습니다.**74** 장소 자체가 밤을 제공하였죠.**75**

---

71 도금양은 아프로디테의 나무이기 때문에, 그 여신의 숭배 중심지인 퀴프로스 파포스가
   형용사로 붙었다.

72 태양.

73 이 나무 목록은 술어 없이 명사들만 나열되어 있어서, 츠비어라인은 537행 다음에 빠진
   구절이 있다고 보고 있다.

구덩이를 파고서, 그 안에 화장터 장작에서 옮겨 붙인   550
불을 던져 넣었습니다. 예언자는 자기 몸을
장례용 외투로 가리고서 잎 달린 가지를 흔들었습니다.
그의 음울한 겉옷은 깊숙이 발까지 흘러내렸지요.
슬픔을 표현하는 더러운 복색으로 노인은 나아가기 시작했고
그의 흰 머리는 죽음과 연결된 주목(朱木)으로 묶여 있었습니다.   555
검은 터럭 덮인 양과 어두운 빛깔 황소들이
뒷걸음질로76 끌려왔습니다. 불길이 희생제물을 먹어치웠고,
살아 있는 짐승이 죽음의 불길 속에 떨어댔습니다.

　　그는 혼령들을 불렀습니다, 또 혼령들을 다스리시는 이여, 당신도,
그리고 레테강의 닫힌 영역을 지키는 존재도.   560
그는 마법적인 노래를 거듭 불렀고, 광기 어린 입으로
뭔가 위협적인 주문을 외웠습니다, 가벼운 그림자들을 달래는,
혹은 그들을 강제하는 것을. 그는 제단에 피를 붓고,
짐승들을 통째로 태웠으며, 흥건한 피로써
구덩이를 채웠습니다. 그 위에 새하얀 우유 음료도   565
부어 바쳤습니다. 또 왼손으로 박쿠스의 음료를
붓고, 다시금 노래를 되풀이했습니다. 땅을 주시하면서

---

74 '지체하지 않았다'라는 표현 다음에는 일반적으로 어떤 행동이 그려지기 때문에 츠비어라
인은 여기서 한 행이 유실되었다고 본다.

75 일반적으로 저승의 혼령을 불러올리는 제의는 밤에 행해진다.

76 '동굴로'(antro)라고 적힌 사본도 있지만, 여기서는 저승과 연관된 제의에 걸맞게 '뒷걸
음질로'(retro)라고 적힌 사본을 따랐다.

묵직하고 거친 목소리로 망령들을 불렀습니다.

헤카테의 개들 무리가 짖어댔습니다. 깊숙한 계곡이 세 번

애곡하는 소리를 내었으며, 땅이 온통 흔들리고   570

지면이 갈라졌습니다. "그들은 나의 기도를 들었소."

예언자가 말했습니다.

"내가 유효한 기원을 발한 것이오. 깜깜한 카오스가 갈라지고,

디스의 백성들에게 상계로 올라올 길이 주어졌소."

온 숲이 가라앉고 나뭇잎들이 일어섰습니다.

굳건한 참나무가 갈라지고, 숲 전체가   575

두려움에 흔들렸습니다. 땅은 주저앉고

저 깊은 데서 신음했습니다. 아케론이, 깊은 심연이

공격받은 것에 불편한 마음을 품었든지,

아니면 땅 자체가, 삶을 마친 자들에게 길을 내어주기 위해

굳어진 것을 쪼개느라 그런 소리를 냈거나, 아니면 분노로 날뛰며   580

세 머리의 케르베로스가 묵중한 쇠사슬을 흔들어서겠지요.

　갑자기 땅이 갈라지고, 측량할 수 없는 공간을

열어 속을 내보였습니다. 저는 직접 그림자들 사이에서

뻣뻣이 굳게 만드는 호수를 보았습니다, 제가 직접, 창백한 신들과

진정한 밤을. 피는 혈관에서 싸늘하게   585

멈췄고, 그곳에 들어붙었습니다. 잔인한 군단이 뛰쳐나왔고,

용에게서 태어난 온 종족이 무장을 갖추고서 도열했습니다,

디르케의 용 이빨이 땅에 심겨 생겨난 형제들77의 군대가.   588

그러자 음침한 에리뉘스78가 비명을 질렀고, 눈먼 분노와   590

공포와, 영원한 어둠이 만들고 숨겨온 모든 것이

함께 소리를 내질렀습니다. 머리카락 쥐어뜯는 비탄과

지친 머리 힘겹게 가누는 질병도,

제 스스로 무거운 노령과 매달린 근심과   594

오귀게스 백성들의 탐욕스런 재앙인 역병도79 그러했습니다.   589

정신이 우리를 떠나갔습니다. 심지어 노인의 제의와   595

기술을 잘 아는 그녀80마저 굳어졌지요. 하지만 아버지는

전혀 떨지 않았고

자신의 손실로 인해81 대담한 채로, 잔인한 디스의 피 없는 무리를

불러 모았지요. 그들은 즉시 가벼운 구름처럼

날아들었고, 맑은 하늘의 공기를 없애버렸습니다.

에뤽스82조차도 그렇게 많은 낙엽을 보여주지 못하고,   600

휘블라83조차도 봄 들판에 그토록 많은 꽃을 피어내지 못할 것입니다,

---

77 테바이 설립자 카드모스는 샘을 지키던 용을 죽이고서 아테네의 지시에 따라 그 용의 이
    빨을 땅에 뿌린다. 거기서 전사들이 돋아나자, 역시 아테네의 지시에 따라, 카드모스는
    그들 가운데 돌을 던진다. 전사들은 서로 싸우다가 대부분이 죽고 다섯 명이 남았을 때,
    카드모스가 싸움을 말리고, 이들과 함께 테바이를 세웠다고 한다. 용이 지키던 샘은 디
    르케의 동굴에서 흘러나온 것이라고 한다.

78 복수의 여신. 이어 나오는 분노(Furor), 공포(Horror), 비탄(Luctus), 질병(Morbus),
    노령(Senectus), 근심(Metus), 역병(Pestis) 등은 모두 일종의 신이다.

79 거의 모든 학자가, 이 구절은 여기에 다른 추상명사들과 함께 있는 것이 낫다고 보아, 이
    자리로 옮겼다.

80 테이레시아스의 딸 만토.

81 눈이 보이지 않아서.

82 시칠리아 서쪽의 도시.

83 시칠리아 남부의 도시.

벌들이 빽빽이 모여들어 밀집된 무리를 만들어 낼 때에도,

이오니아 바다도 그렇게 많은 파도를 부서뜨리지 못할 것이며,

새들이 차가운 스트뤼몬강84의 위협을 피하여

겨울 땅을 떠나고, 하늘을 가르며 북쪽의 눈발을   605

따뜻한 나일강과 맞바꿀 때도 그렇게 많지는 않을 것입니다.

그만큼의 숫자를 저 예언자의 목소리는 이끌어 냈습니다.

그 떨리는 그림자 영혼들은 열성으로 숲속

은신처를 찾았지요. 땅에서 제일 먼저, 오른손으로

사나운 황소의 뿔을 잡은 채로85 제투스가   610

솟아났고, 왼손에 거북껍질 울림통을 들고서

달콤한 음악으로 돌들을 끌어왔던 암피온이 왔습니다.

그리고 마침내 자기 자녀들 가운데 있게 된 탄탈루스의 딸86이

크나큰 자부심으로 오만한 머리를 높이 들고서

자신의 그림자들을 헤아리고 있었죠. 그보다 더 불행한 어머니

아가베도   615

---

84 트라키아 지역에 있는 강. 오늘날의 스트루마(Struma) 강. 오늘날의 불가리아 땅에서
   부터 남쪽으로 흘러 칼키디케 동쪽에서 에게해로 흘러든다.

85 처음 테바이에 성을 쌓은 암피온과 제토스는 제우스와 안티오페 사이에 생긴 자식이다.
   그들의 어머니 안티오페는 그녀의 숙모 디르케에게 학대를 많이 받았는데, 나중에 두 젊
   은이가 어머니와 만난 후에 디르케를 사나운 소에 묶어 끌려다니다 죽게 만들었다. 그래
   서 제토스가 여기 쇠뿔을 잡은 모습으로 등장한 것이다. 암피온이 예술에 뛰어난 데 반
   해, 제토스는 힘에 있어서 탁월했다.

86 니오베. 그녀에게는 뛰어난 자식들이 아들 일곱, 딸 일곱(또는 여섯씩) 있었는데, 그 때
   문에 자신이 레토보다 더 낫다고 자랑하다가 아들들은 모두 아폴론의 화살에, 딸들은 모
   두 아르테미스의 화살에 잃었다. 그녀 자신은 슬퍼하다가 돌로 변했다고 한다.

거기 있었습니다, 여전히 미친 채로. 왕을 찢어발긴 온 무리가
그녀를 뒤따랐고, 이 박쿠스의 여신도들을 찢긴 모습의
펜테우스가 뒤쫓았습니다, 여전히 사납게 위협을 가하며.

　　여러 차례 부른 다음에야 어떤 이가 마침내 부끄러운 머리를
들었지만, 전체 무리로부터 멀찍이 물러나서　　　　　　　　　　　620
자신을 숨기려 했습니다. (사제는 바짝 다가가 스튁스에 대한 기도를
배가(倍加)했지요, 숨겼던 얼굴을 대중 앞에
드러낼 때까지.) 그는 라이우스였습니다. 말하자니 소름이 돋는군요.
그는 무시무시하게 서 있었습니다, 온몸에 피를 흘리며,
더러운 오물로 뒤엉킨 머리카락 덮인 채로.　　　　　　　　　　　625
그리고 광기 어린 입으로 말했습니다. "오, 언제나 친족의
피에 즐거워하는 카드모스의 잔인한 집이여,
튀르소스를 흔들어라, 신들린 손으로 자식들을
찢어라. 그것이 더 나으니. 테바이에 있어 가장 큰 죄악은
어머니와의 결혼이로다. 조국이여, 너는 신들의 분노 때문이 아니라, 630
죄악 때문에 무너졌구나. 슬픔을 일으키는 남풍이 해로운 바람으로
네게 피해 입힌 것도 아니고, 창공에서 내린 비에
너무 적게 적셔진 땅이 메마른 입김으로 해를 끼친 것도 아니라,
피에 젖은 왕이 그런 것이라. 그는 잔인한 살인의 대가로
왕홀과, 아비의 침실을, 입에 담을 수 없는 것을 차지하였다, 635
차마 보기에도 혐오스런 자식이. 하지만 어미는 아들보다
더 끔찍하도다, 다시금 불운한 자궁이 무거워졌으니.
그는 스스로 자기 원천으로 돌아갔고, 어미에게 불경스런

씨를 다시 잉태시켰도다. 그리고 짐승들에게도 거의 법도가 아닌 일로
스스로 자신에게 형제들을 낳았도다. 복잡하게 뒤엉킨 악이요,   640
그가 처치한 스핑크스보다 더 혼란된 괴물이로다.

너를, 피 묻은 왕홀을 오른손에 쥐고 있는 너를,
너를 온 도시와 함께, 아직 복수를 얻지 못한 아비가 쫓으리라,
그리고 나와 더불어 에리뉘스를 신부 들러리로 동반하리라,
동반하리라, 채찍으로 소리 울리는 그 여신을. 근친상간의 집안을   645
뒤엎으리라, 그리고 불경스런 마르스로 집안 신들을 파멸시키리라.
그러니 되도록 빨리 왕을 국경 밖으로 내쳐서
그로 하여금 추방자가 되어 파멸적인 발길을 어디로든 향하게 하라.
이 땅을 떠나게 하라. 그러면 땅은 꽃을 데려오는 봄날같이 피어나
다시 풀들을 돋게 하리라. 생명 주는 대기는 깨끗한 숨결을   650
제공하리라. 숲에는 아름다움이 돌아오리라.

파멸과 역병, 죽음, 고통, 부패, 괴로움은
그에게 걸맞은 동행으로서, 그와 함께 떠나가리라.
그러면 그 자신은 빠른 걸음으로 우리 땅을
떠나고자 하겠지만, 나는 그의 발에 무거운   655
지체를 더하리라, 그를 잡아두리라. 그는 길을 몰라 기어가리라,
노인의 지팡이로 서글픈 길을 미리 시험해 가면서.
너희는 그의 땅을 빼앗으라, 나는 아비로서 그의 하늘을 빼앗으리라.”

오이디푸스 뼈로도 사지로도 싸늘한 떨림이 들어왔도다.

나는 내가 범할까 봐 두려워해 온 모든 죄를 정말로 지었다고
고발되었구나.   660

하지만 결혼침상에 대한 입에 담을 수 없는 죄는 폴뤼부스와 살고 계신
메로페께서 부인하신다. 또한 별고 없이 지내시는 폴뤼부스께서 나의
손들을 깨끗이 씻어주신다. 두 분 부모님께서 방어해 주신다,
살인죄와 치욕을. 범죄의 그 어떤 여지가 남아 있는가?
나의 발걸음이 보이오티아 지역에 닿기   665
훨씬 전에, 테바이는 스러진 라이우스를 위해 애곡하였다.
사제노인이 거짓을 말하는가, 아니면 신께서 테바이를
괴롭히시는 것인가?
— 이제, 이제 나는 교묘한 속임수의 동맹자들을 잡았노라.
저 예언자가 이런 얘기를 지어낸 것이다, 신들을 거짓의
방패막이 삼아서. 그리고 그대에게 나의 왕홀을 주겠노라
약속한 것이다.   670

크레온 제가 저의 누이를 보좌에서 쫓아내기를 원하겠습니까?
만일 가문 신에 대한 신성한 충성심이
저를 저의 자리에 붙잡아 두지 않았더라면,
행운 자체가 저를 매우 두렵게 만들었을 것입니다,
언제나 걱정을 불러일으키는 그것이. 그러니 당신도 그 짐을
편안하게   675
내려놓고, 당신이 물러설 때 그것이 압도하지 않았으면 합니다.
이제 당신은 좀 더 낮은 지위에서 더 안전하게 될 것입니다.

오이디푸스 당신은 지금 국가라는 나의 무거운 짐을
자진해서 내려놓으라고 촉구하는 거요?

크레온   저는 이것을, 떠날지 말지

어느 쪽으로든 자유로운 사람들에게라면 권고할 것입니다.　　　　680

　　하지만 당신은 당신의 운명을 견디는 수밖에 없습니다.

오이디푸스　권력을 원하는 자에게 가장 확실한 길은

　　소박한 삶을 찬양하고, 여가와 편안한 잠에 대해 얘기하는 것이로다.

　　평온치 않은 자들이 자주 평온함을 가장하는 법이지.

크레온　그렇게 오랜 시간 바쳤던 충성도 저를 옹호하기에는 충분치

　　않습니까?　　　　685

오이디푸스　배신자들에게는 충성도 음모로 가는 길을 열어주는 법이다.

크레온　저는 왕의 짐을 지지 않고도 왕의 이득을

　　누리고 있으며, 저의 집은 시민들의 방문으로 북적입니다.

　　밤과 교대하여 떠오른 그 어떤 낮도, 왕권 지닌 친족의

　　선물이 내 집에 넘쳐나지 않는 것을　　　　690

　　본 적이 없습니다. 의복과 좋은 음식들,

　　그리고 보호가, 저의 호의로 많은 사람에게 주어집니다.

　　제가, 그렇게 좋은 행운에 무엇이 부족하다 여기겠습니까?

오이디푸스　당신에게 없는 게 부족하지. 번영은 한계를 모르는 법이니.

크레온　그러면 저의 변명이 인정되지 않고, 저는 범죄자처럼

　　추락해야 합니까?　　　　695

오이디푸스　나의 처지에 대해서 자네들도 제대로 생각해 주지 않았지?

　　테이레시아스도 나의 변명을 들어주지 않았지? 그럼에도 나는

　　유죄인 것으로 여겨졌네. 자네들이 모범을 보였네.

　　나는 그저 따를 뿐이네.

크레온　제가 무고하다면 어쩔 것입니까?

오이디푸스   왕들은 의심스러운 것도

확실한 것처럼 두려워하기 마련이네.

크레온   근거 없는 두려움에 떠는 자는   700

진짜 두려운 것을 만나기에 합당하게 됩니다.

오이디푸스   유죄인 자도 일단 풀려나면

미움을 품는 법이다. 의심스러운 것은 모조리 소멸되게 하라.

크레온 미움은 그런 데서 생겨나는 법입니다.

오이디푸스   미움을 너무 겁내는 자는

통치술을 알지 못하는 자다. 두려움이야말로 왕권의 호위대이니.

크레온 잔혹한 통치로써 사납게 왕홀을 휘두르는 자는 겁먹은 자들을 향해 705

겁먹고 있는 것입니다. 두려움은 그것을 일으킨 자에게로 돌아갑니다.

오이디푸스 (시종들에게) 이 죄인을 바위 동굴에 가두어 잡아두어라.

나는 왕궁으로 돌아가겠노라.

합창단 당신은 그렇게 큰 재앙의 원인이 아니며

당신 때문에 운명이 랍다코스 집안에 닥친 것도   710

아닙니다. 신들의 해묵은 분노가

우리를 뒤쫓았을 뿐입니다. 카스탈리아87의 숲이

시돈에서 온 나그네88에게 그늘을 드리워주었으며,

디르케 샘이 튀로스에서 온 개척자를 씻어주었습니다,

맨 처음 위대한 아게노르의 아들이 읍피테르의   715

---

87 델포이에 있는 유명한 샘.

88 카드모스. 다음 행의 '튀로스에서 온 개척자', '아게노르의 아들'도 마찬가지.

도둑질을 추적하여 온 땅을 돌아다니느라 지친 채, **89**

우리의 나무 아래 서서 두려워하며

자기 누이를 납치한 신**90**에게 경배 드렸을 때에.

그는 포이부스에게 충고를 구하여,

유랑하는 암소를 따라가라고 명을 받았습니다,

쟁기를 매어본 적도 없고**91**　　　　　　　　　　　　　　720

느릿한 우마차의 구부러진 멍에도 진 적 없는 소를.

그는 추방자이기를 그치고, 자기 종족에게 이름을 주었습니다,

그 불길한 소에서 비롯한 이름을. **92**

　　　그때 이래 땅은 거듭 새로운 괴물을

만들어 내었습니다.　　　　　　　　　　　　　　　　725

한 번은 깊은 계곡에서 생겨난 뱀**93**이

오래된 참나무들 위로 쉭쉭대며

소나무들을 넘어섰습니다.

카오니아 거목들 위로 우뚝

89　제우스가 소로 변하여 아게노르의 딸 에우로페를 등에 싣고 달아나자, 아게노르는 온 가
　　족을 보내어 딸을 찾게 한다. 그때, 에우로페를 찾지 못하면 돌아오지 말라고 엄명을 내
　　렸기 때문에, 카드모스는 델포이 신탁에 따라 테바이를 창설했다.

90　제우스.

91　츠비어라인의 편집본 행수로 표시했다. 사본마다 행이 바뀌는 부분이 다르고 운율 분석
　　도 다르기 때문에, 행 표시는 5행 간격으로 되어 있지만 그 사이에 6행, 또는 7행이 들어
　　간 경우도 있다.

92　'보이오티아'라는 이름의 유래가 희랍어 단어 '소'(*bous*)라는 뜻이다.

93　카드모스가 죽이는 뱀.

그놈은 검푸른 머리를 세웠습니다,

그것의 더 큰 부분은 똬리를 튼 채로.   730

한 번은 땅이 불경스런 임신으로 부풀어서

무장한 인간들을 낳았습니다. **94** 뒤로 흰 뿔나팔이

공격신호를 외쳤고, 구부러진 청동나팔이

요란한 노래를 쏟아냈습니다. **95**

이전에는 부드럽게 쓰인 적 없는 혀와   735

소리 내어본 적 없는 입이 적대적인 함성에

처음으로 사용되었습니다.

　　한 핏줄인 전열들이 들판을 메웠고,

뿌려진 씨앗에 걸맞은 자손들이

하루 만에 전 생애를 측량하고서,   740

샛별이 보인 후에 태어나서

저녁별이 뜨기 전에 쓰러졌습니다.

새로 도착한 이**96**는 그러한 기이한 일에 떨었고,

조금 전에 생겨난 백성들의 전쟁에 겁먹었지요,

사나운 젊은이들이 쓰러지고,   745

그들의 어머니가 방금 생겨난 자녀들을

다시금 자기 품으로 받아들이는 걸 볼 때까지는.

---

94 카드모스가 뱀을 죽이고 그것의 이빨을 땅에 뿌리자, 거기서 전사들이 솟아나 서로 싸웠다.

95 문장이 완결되지 않았기 때문에, 이 다음에 한 행 정도가 사라졌다고 보는 학자도 있다.

96 카드모스.

이로써 불경스런 내전은 지나간 것이기를!

저 사건만을 헤라클레스의 테바이[97]가

형제간 전쟁으로 겪었던 것이기를!　　　　　　　　　　750

　카드모스의 손자[98]의 운명은 어떠했던가,

경쾌한 사슴의 뿔이 새로 돋은 가지들로

그의 이마를 가리고,

개들이 자기 주인을 추격했을 때에.

곤두박질치며 숲과 산들을 피했네,　　　　　　　　　　755

재빠른 악타이온은. 그리고 전보다 유연해진

다리로 수풀과 바위 벼랑을 헤매 다니며

바람에 흔들리는 깃털[99]들을 두려워했네.

자신이 쳐놓은 그물들을 피해 다녔네.

마침내 고요한 샘의 물속에서　　　　　　　　　　　760

자기 뿔과 짐승이 된 얼굴을 보았네.

그곳은 처녀의 몸을 가다듬던 곳이었네,

지나치게 사나운 수치심을 지녔던 여신이.

오이디푸스 내 마음엔 근심이 맴돌고, 두려움이 되돌아오는구나.

나의 죄 때문에 라이우스가 죽었노라고 말하는구나,　　　765

97　헤라클레스 가문의 본향은 원래 아르고스와 티륀스이지만, 그는 부모님이 테바이에 있
　　을 때 거기서 태어났다.

98　악타이온. 아르테미스가 목욕하는 장면을 우연히 보았기 때문에, 사슴으로 변해 자기
　　사냥개들에게 찢겨 죽었다.

99　짐승을 몰아서 사냥할 때, 겁을 주기 위해 도주로에 미리 달아놓은 깃털 표시.

위에 있는 신들도, 아래 있는 이들도. 하지만 순결하고도
신들보다 스스로 더 잘 아는 내 마음은 그것을 부인하는구나.
— 기억이 흐린 자취를 더듬어 돌아오는구나,
길 막던 자를 나의 지팡이로 때려 쓰러뜨리고,
디스에게로 보냈던 것이. 그 노인이 먼저 젊은 나를   770
마차 위에 오만하게 서서 밀쳐내려 했었지, 테바이에서 먼 곳,
포키스 땅이 길을 세 갈래로 나누는 곳에서.

(이오카스테가 궁전에서 나온다.)

　한마음의 아내여, 청하노니, 나의 의문을 풀어주시오.
라이우스는 죽을 때에 얼마만큼의 삶의 도정을 지났었소?
　한창 때의 젊음으로 푸르른 채 죽었소, 아니면 스러져 가는
나이였소?   775
이오카스테 젊음과 노년의 중간이었지만, 노년에 더 가까웠지요.
오이디푸스 왕 곁에는 많은 무리가 에워싸고 있었소?
이오카스테 분명치 않은 길에서 실수로 많은 이가 떨어져 나갔고,
　　충실한 노역이 소수만을 마차 곁에 붙잡아 두었습니다.
오이디푸스 그 누구든 왕의 운명에 동행자로 쓰러진 이가 있었소?   780
이오카스테 덕과 충성심이 한 사람을 죽음의 동반자로 더해주었습니다.
오이디푸스 (혼잣말로) 누가 해쳤는지 알겠구나. 숫자와 장소가
　　일치하도다.
　　(이오카스테에게) 시기도 말해주시오.

이오카스테   그 후로 열 번 곡식수확을 계량했지요.

(코린토스에서 사자가 도착한다.)

코린토스 노인 코린토스 백성들이 그대 아버지의 왕권을 이어받으라

    그대를 부릅니다. 폴뤼부스께서는 영원한 안식을 취하고 계십니다.   785

오이디푸스 잔인한 불운이 사방에서 내게 달려드는구나!

    얼른 전하라, 아버지께서 어떤 운명에 의해 쓰러지셨는지.

노인 부드러운 잠이 연로하신 영혼을 풀어놓았습니다.

오이디푸스 내 아버지께서는 어떤 폭력도 없이 세상 떠나 누워 계시도다.

    선언하노니, 나는 이제 하늘을 향해 성스럽게 손을 들 수 있노라,   790

    깨끗하고, 그 어떤 범죄도 두려워하지 않는 손을.

    하지만 운명의 더욱 두려운 부분이 남아 있도다.

노인 아버님에게서 물려받은 왕권이 모든 두려움을 떨쳐내 줄 겁니다.

오이디푸스 아버지의 왕권은 내가 얻고 싶소. 하지만 어머니가 두렵소.

노인 어찌 어머니를 두려워하십니까, 그분은 당신의 귀향을 기대하며   795

    걱정 속에 노심초사하시는데?

오이디푸스   바로 그 의무감이 나를 도망치게 만드오.

노인 과부가 되신 그분을 내버려 두실 것입니까?

오이디푸스   오, 그대는 나의

    두려움을 제대로 건드렸소.

노인 말씀하십시오, 숨겨진 그 어떤 걱정이 그대 마음을 짓누르는지.

    왕들께 침묵의 충성을 바치는 것이 제가 늘 하는 일입니다.

오이디푸스 나는 델피의 신탁에 따라 어머니와의 결혼을

　두려워하는 것이오. 800

노인 공연한 것을 겁내길 그치시고, 볼썽사나운 두려움을

　내려놓으십시오. 메로페는 그대의 진짜 어머니가 아니었습니다.

오이디푸스 입양된 아들이라면 내게 대체 무슨 이득을 바라셨단 말이오?

노인 왕들의 자녀는 충성심을 높직이 다져줍니다. **100**

오이디푸스 집안 깊은 곳 비밀을 당신이 어찌 알게 되었는지 말해보시오. 805

노인 이 두 손이 어린 그대를 부모님께 넘겨드렸습니다.

오이디푸스 그대가 나를 부모님께 넘겼다고? 그러면 나를 그대에게 준

　이는 누구요?

노인 키타이론의 눈 덮인 봉우리 아래 있던 목자였습니다.

오이디푸스 어떤 우연이 그대를 그 숲으로 데려갔소?

노인 저는 그 산에서 뿔 달린 짐승 무리를 돌보고 있었습니다. 810

오이디푸스 그럼, 내 신체의 확실한 표지를 대보시오.

노인 당신은 쇠못에 꿰뚫린 흔적을 지니고 있었습니다.

　발이 붓고 다쳐서 그런 이름을 얻은 것입니다. **101**

오이디푸스 내 몸을 선물로 준 그 사람은 누구였는지

　알고 싶소.

노인　　　그는 왕의 가축들을 먹이고 있었습니다. 815

---

100 조금 이상한 구절이어서 학자들 사이에서 어떻게 옮길지 논란이 있다. '왕들의 자녀는
　　오만한 (신하들의) 충성심을 견제해 준다'는 뜻으로 보자는 의견도 있다.
101 오이디푸스의 이름은 흔히 '부은 발'로 해석된다.

그 사람 밑에는 목자들의 작은 무리가 있었습니다.

오이디푸스 그 이름을 밝히시오.

노인   노인의 초년 기억은

오랜 세월에 지쳐 제자리에서 미끄러지고 약해집니다.

오이디푸스 그러면 그 사람을 용모나 체격으로 알아볼 수 있겠소?

노인 아마도 알 수 있을 것입니다. 이따금 시간에 묻히고   820

약해진 기억도 가벼운 실마리가 살려내니 말입니다.

오이디푸스 (신하들에게) 모든 가축 떼를 신성한 제단으로 몰아오고

돌보는 자들도 함께 오게 하라. 가라, 하인들아,

얼른 데려오라, 가축들 전체를 통괄하는 이들을.

(하인들이 떠난다.)

이오카스테102 그것을 계획이 숨겼든 우연이 숨겼든   825

오랫동안 숨겨져 있던 것은 숨겨진 채로 그냥 두시지요.

진실은 흔히 그것을 파헤치는 자에게 해로운 것으로 드러나는 법입니다.

오이디푸스 이보다 더 두려워할 만한 게 무엇이 있겠소?

이오카스테 당신은 크나큰 노력으로써 크나큰 해악을 좇고 있음을

아시기 바랍니다.

---

102 전해지는 사본들에는 이 부분 대사가 코린토스 사자에게 배당되어 있으나, 소포클레스
의 〈오이디푸스〉와 비교할 때, 진실이 드러나는 것을 반대하는 역할은 이오카스테에게
주어지는 게 적절하다는 견해가 우세하다. 이 번역에서는 츠비어라인 등의 주장에 따
라, 이 부분 대화상대자를 이오카스테로 설정했다.

이쪽에서는 공공의 안녕이, 저쪽에서는 왕의 안녕이 맞서고 있는데, 830

양쪽이 대등합니다. 그러니 손으로 한가운데를 잡으시지요. 103

아무것도 자극하지 않으면, 운명은 저절로 자신을 풀어냅니다. 104

오이디푸스 행복한 상태를 뒤흔드는 건 이득 없는 짓이오.

반면에 최악의 상태에 있는 것이라면 바꾸는 게 안전하다오.

이오카스테 왕의 혈통보다 더 고귀한 무엇을 추구하시나요? 835

부모님을 알아내는 게 당신께 후회가 되지 않도록 조심하세요.

오이디푸스 설사 후회할 만한 혈통이라도 나는 확실한 것을 찾겠소.

나는 알기로 결심했소.

(포르바스가 도착한다.)

(혼잣말로) 보라, 오랜 세월 살아온 노인이로다,

그의 관리하에 왕의 가축 떼가 놓였던 그 사람,

포르바스로다. (코린토스 사자에게) 저 노인의 이름이나 얼굴이

기억나시오? 840

코린토스 노인 그의 모습이 저의 정신에 미소를 짓습니다. 충분히

기억나진 않습니다만,

그렇다고 저 얼굴이 다시금 모르는 것이 되진 않습니다.

(포르바스에게) 라이우스가 왕위에 있었을 때, 그대는 하인으로서

---

103 저울의 은유를 사용한 것이다.
104 츠비어라인의 수정 제안을 따랐다.

키타이론 지역에서 좋은 가축 무리를 이끌지 않았었소?

포르바스 늘 신선한 풀로 풍요로운 키타이론은 여름이면   845

나의 가축들에게 목초를 제공했었소.

노인 나를 알아보시겠소?

포르바스   기억이 왔다갔다 불확실하오.

오이디푸스 그댄 언젠가 여기 이 사람에게 어떤 아이를 넘겨주었는가?

말하라. 불확실한가? 왜 낯빛이 달라지는가?

왜 할 말을 고르는가? 진실은 지체를 싫어하는 법.   850

포르바스 당신은 시간이 한참 지나 묻혀버린 것을 뒤흔드시는군요.

오이디푸스 털어놓아라, 고통이 그대를 진실에게로 끌고 가기 전에.

포르바스 저는 이 사람에게 어린아이를 선물로 주었습니다,

아무 쓸모도 없는 선물을.

그 아이는 빛도 하늘도 누릴 수 없었습니다.

노인 불운을 부르는 발언일랑 꺼져라! 그는 살아 있소. 기원하노니,

부디 그가 살기를!   855

오이디푸스 그대는 왜 넘겨진 그 아이가 살아남지 못했다고 말하느뇨?

포르바스 가느다란 쇠못이 그의 두 발을 꿰뚫어

다리를 묶고 있었습니다. 상처에 생긴 붓기가

무서운 질병으로 아이 몸을 태우고 있었습니다.

오이디푸스 (혼잣말로) 더 이상 무엇을 알아보랴? 이미 운명이 바짝

다가섰구나.   860

(포르바스에게) 그 아이는 누구였는지 말하라.

포르바스   신실함이 그것을 막습니다.

오이디푸스 누가 이리로 불을 가져와라. 이제 불길이 그 신실함을

  떨쳐낼 것이다.

포르바스 진실은 꼭 그렇게 잔인한 길을 통해서 추적돼야만 하는 건가요?

  부디 관용을 베푸십시오.

오이디푸스   내가 네게 잔인하고 폭력적인 자로

  보인다면, 네 손안에 복수가 벌써 쥐여 있다.   865

  진실을 말하라. 그는 누구였는가? 아니면 어떤 아비에게서 태어났는가?

  어떤 어미가 그를 낳았는가?

포르바스   ― 당신의 아내가 그를 낳았습니다.

오이디푸스 땅이여, 열려라! 그리고 그대, 어두운 세계를 지배하는,

  그림자들의 통치자여, 깊고 깊은 타르타라105로

  잡아 던지라, 태생과 혈통을 뒤엎은 엇바꿈을!   870

  돌들을 옮겨 쌓으라, 시민들이여, 이 저주받은 머리 위로!

  무기로 쳐 죽이라! 아비들이 나를, 아들들이 나를,

  칼로써 뒤쫓게 하라. 나를 향해 남편들과 형제들이

  손을 무장하게 하라. 쇠약한 백성들로 하여금 화장단에서 낚아챈

  불길을 내게 던지게 하라. 나는 떠돌고 있구나, 이 시대의 죄악으로서, 875

  신들의 미움으로서, 신성한 법의 파괴자로서.

  내가 전에 쉬어보지 못했던 숨을 처음 들이키던 바로 그날,

  나는 벌써 죽어 마땅한 존재였구나! (자신에게) 이제 평온한

  정신106을 다시 모으라.

---

105 저승의 가장 깊은 곳. 또는 저승의 다른 이름.

이제 너의 죄악에 걸맞은 무엇인가를 감행하라.

가라, 서두르라, 왕궁을 향하여 급한 걸음으로 나아가라.   880

너의 어머니에게 집안이 자식들로 번성하는 것을 축하드려라.

합창단 내가 만일 운명을

내 뜻대로 조성할 수 있다면,

나는 가벼운 바람에 맞춰

돛을 절제하리라, 거센 질풍에   885

떠밀려 활대가 흔들리지 않게끔.

부드럽고 차분하게 불어오는

미풍이 좌우로 흔들림 없이

나의 쪽배를 평온히 이끌어 가기를!

삶이 가운데 길로 달리며   890

나를 안전하게 데려가기를!

　크놋수스의 왕107을 두려워하여

그 미친 소년108은 새로운 기술을

믿고서 별들로 향하였고,

진짜 새들을 이기고자   895

다투며, 너무나도 거짓된

---

106 하인시우스와 츠비어라인의 제안에 따라 *animos pares*로 읽었다.

107 미노스.

108 이카로스. 날개를 만들어 달고 크레테를 탈출하지만, 너무 높게도 너무 낮게도 날지 말
　　고 중간으로 가라는 아버지 다이달로스(다이달루스)의 충고를 무시하고 너무 높이 날
　　다가 결국 태양의 열기에 날개를 붙인 밀랍이 녹는 바람에 떨어져 죽었다.

깃털들을 부리다가,

바다에게서 이름을 빼앗았다네. 109

현명한 노인 다이달루스는

중간 길로 균형을 잡으며   900

구름들 중간에 멈추었네,

날개 달린 자기 아들을 기다리며.

(마치 어미 새가 매의 위협을

피하여, 두려움에 흩어진

새끼들을 모으듯이.)   905

그사이 소년은 바다에 빠져

팔을 허우적거렸네, 자신의 대담한 비행의

족쇄에 뒤엉킨 팔을.

무엇이건 한도를 지나친 것은

불안정한 위치에서 흔들린다네.   910

(왕궁에서 전령이 나온다.)

한데 이 무슨 일인가? 문짝들이 소음을 내는구나.

보라, 왕의 하인 하나가 슬퍼하며

손으로 머리를 두드리는구나.

---

109 이카로스가 떨어져 죽은 바다는 그의 이름을 따서 '이카로스 바다'(Mare Icarium)로 불
    리게 되었다. 따라서 그 바다는 '이전의 이름을 빼앗긴' 셈이다.

말하시오, 그대가 무슨 새로운 소식을 가져왔는지.

전령 오이디푸스께서는 예언된 운명과 입에 올릴 수 없는 혈통을   915

더 보고 싶지 않은 집을 서두르는 걸음으로 가로질렀습니다.

잡아내고, 자신을 죄 지은 자로 스스로

저주한 다음, 적의를 품고서 왕궁을 찾아

더 보고 싶지 않은 집을 서두르는 걸음으로 가로질렀습니다.

마치 리뷔아의 사자가 들판에서 광란하며

사나운 표정으로 누런 갈기를 뒤흔들 듯이,   920

그의 얼굴은 광기로 험악했고, 눈길은 매서웠으며,

신음과 낮은 중얼거림을 발하며, 온몸에서 식은땀이

흘러내리고, 입에는 거품이 일고, 위협을 되풀이하며

깊이 숨겨진 크나큰 고통을 쏟아내고 있었죠.

광기 속에 그분은 자기 운명과 유사한, 뭔가 거대한 일을   925

속에서 혼자 계획하고 있었습니다. "내가 왜 징벌을 연기하랴?"

그분은 말씀하셨죠. "누군가 이 죄악된 가슴을 칼로 치도록 하라,

아니면 누구든 타오르는 불길로, 혹은 돌로 제압하도록 하라.

어떤 암호랑이, 어떤 사나운 새가 나의 내장으로

달려들 것인가? 네가, 너 자신이, 그 죄악을 품을 수 있었던   930

저주받은 키타이론이여, 너의 사나운 야수들을 숲에서

내게로 내어보내라, 아니면 보내라, 미쳐 날뛰는 개들을.

이제 다시 아가베110를 보내라. ― 영혼이여, 왜 죽음을 두려워하는가?

죽음만이 무고한 자를 불운으로부터 빼내어 주는 법."

---

110 카드모스의 딸. 광기에 빠져서 자기 아들 펜테우스를 찢어 죽였다.

이렇게 말하고는 불경스런 손을 칼자루에 대어,   935
칼을 뽑았습니다. "그러고 말 것인가? 너는 그렇게 큰 죄악을
짧은 고통으로서 해소하고, 단 한 번의 타격으로
모든 죄를 갚겠다는 것인가? 너는 죽으리라. 아버지께는
그것으로 충분하다.

하지만 어머니께는 무엇을, 수치스럽게 빛으로 내보내진 자식들에겐
무엇을, 너의 죄 때문에 크나큰 재앙을 지불하고서   940
신음하는 조국에겐 무엇을 갚아줄 것인가?
너는 갚을 수 없으리라! 자연이, 오이디푸스 하나에게만
확립된 법칙을 뒤집어서, 기이한 출산을 고안해 냈던
그 자연 자신이 나를 징벌하기 위해
새롭게 변하라! 나로 하여금 다시 살고, 다시 죽고,   945
다시 태어나 매번 새로운 형벌로써
죄 갚음하게 하라. 불행한 자여, 너의 지혜를 이용하라.
흔히 일어날 수 없는 일을 오래 있게 하라.
길게 이어지는 죽음을 택하라. 길을 탐색하라,
이미 매장된 자들과 섞이지 않으면서도, 산 자들에게서   950
벗어나 떠돌 수 있는 길을. 죽으라, 하지만 아버지께
가지 않을 방법으로.

망설이는가, 영혼이여?" 보라, 그의 얼굴을 갑작스레 쏟아지는
소나기가 뒤덮고, 눈물이 뺨을 적십니다.
"눈물만 흘리는 것으로 충분한가? 아직까지 나의 눈들은
가벼운 액체만 쏟는 것인가? 그들로 하여금 제자리에서 뽑혀 나와   955

눈물들을 뒤쫓게 하라! 결혼의 신들이여, 이로써 충분합니까?

눈들은 파내어질 지어다!" 그는 이렇게 말했고, 분노로 광란했습니다.

그의 뺨은 격렬한 불길로, 위협적으로 타올랐습니다.

그리고 그의 눈들은 제자리에 간신히 붙어 있었습니다.

그의 표정은 격하고 대담하고, 광기 어려 포악해 보였고,　　　　　960

마치 미친 사람 같았습니다. 111 그는 신음하고 무섭게 외치며

손가락을 눈에 박아 넣었습니다. 하지만 눈들은 굳건히 마주

섰고, 일어서며 동료인 손가락을

기꺼이 따르고, 자신의 상처가 될 것을 마중하였습니다.

그는 굽은 손가락으로 자신의 빛을 탐욕스레 더듬었습니다.　　　965

깊은 뿌리로부터 완전히 뜯어낸 눈알들을

동시에 뽑아냈습니다. 손가락들은 여전히 텅 빈 구멍에 머물러 있었고,

깊숙이 고정된 채 손톱으로 눈들의

멀리 물러선 동굴을 후벼 팠습니다, 비어버린 눈구멍을,

그는 목표 없이 사납게 굴고, 충분한 것 이상으로 광란했습니다.　　　970

빛의 위험은 그렇게나 컸던 것입니까?112 그는 머리를 들어

비어 있는 눈으로 하늘의 영역을 훑어보고

새로 생긴 밤을 시험해 보았습니다. 제대로 파내지 못해 여전히

눈에 매달려 있는 것들을 뜯어냈습니다. 그리고 승자처럼

111　전해지는 텍스트의 뜻이 잘 통하지 않아서 여러 수정 제안이 있다. 이 번역에서는 리히
　　터 등의 제안(tantum furentis)을 좇았다. 츠비어라인과 레오 등은 '이제 막 눈을 뽑아
　　내려는 그의 얼굴은(vultus … iamiam eruentis)'을 제안한다.

112　'빛의 위험은 지나갔습니다(factum)'로 읽자는 제안도 있다.

모든 신을 향해

    외쳤습니다. "자, 기원하건대, 내 조국을 살려주십시오.   975

    이제 저는 정의를 행했으며, 빚졌던 죗값을 갚았습니다.

    마침내 저의 결혼에 어울리는 밤을 찾아냈습니다."

    끔찍한 빗물이 그의 얼굴을 적셨고, 훼손된 이마 밑에선

    뜯겨 나간 혈관에서 핏줄기가 뿜어 나왔습니다.

합창단 우리는 운명에 휘둘리는 존재라. 그대들은 운명에 복종할지라.   980

    마음 졸이는 걱정도 물렛가락에서 정해져 풀린

    운명의 실을 바꾸지는 못하네.

    무엇이건 필멸의 종족이 겪는 것은,

    무엇이건 우리가 행하는 것은 모두 높은 데서 오도다.

    라케시스113는 자기 실톳대에서 결정된 것을   985

    그 어떤 손으로도 되돌리지 못하게 지키네.

    모든 것은 정해진 행로를 따라 나아가니,

    첫날이 이미 마지막 날을 정해버렸네.

    저 일들은 신에게조차 뒤집기가 허용되지 않는다네,

    자신의 원인들과 얽히어 달려가는 것들은.   990

    각자에게 정해진 질서가 다가드네, 그 어떤 기도에도

    움직이지 않는 것이. 많은 이에게 근심이 오히려

    해를 끼치도다. 이는, 많은 이가 운명을 피하려다

---

113 운명의 세 여신 중 하나. 보통 클로토는 운명의 실을 잣고, 라케시스는 자로 재고, 아트
    로포스는 실을 끊는 것으로 알려져 있다.

오히려 제 운명을 향해 나아가기 때문이라.

　　문에서 소리가 나는구나. 그분 자신이　　　　　　　　　　995

안내자도 없이, 눈빛을 잃은 채

길을 더듬어 나오는구나.

(오이디푸스가 왕궁에서 나온다.)

오이디푸스　잘되었다, 일은 끝났다. 아버지께 정의를 갚아드렸다.

　　어둠이 즐겁구나. 어떤 신이 마침내 분노를 가라앉히고

　　내 머리에 어둠의 구름을 쏟아부었던가?　　　　　　　1000

　　누가 내 죄를 용서하였던가? 나는 모든 것을 알아보는 낮의 시야를

벗어났노라.

　　부친살해자여, 너는 아무것도 네 오른손에 빚지지 않았다.

　　빛은 너를 피해 달아났다. 이 모습은 오이디푸스에게 잘 어울리는구나.

(이오카스테가 왕궁에서 나온다.)

합창단　아, 보라, 이오카스테께서 급한 걸음으로 달려 나오는구나,

　　미친 듯이 정신이 나가서, 마치 카드메이아의 어머니가　　1005

　　얼빠져 광란하며 자기 아들의 머리를 뜯어낸 후,

　　자신이 잡은 것을 알아보듯이. 그녀는 상처 입은 이에게

말 걸기를 주저하고,

　　원하고, 떠는구나. 이제 수치심이 슬픔에게 굴복하였구나.

하지만 첫마디는 그녀의 입에서 떨어지지 않는구나.

이오카스테   나는 당신을
무어라고 부를까?
아들이라 할까? 주저되는가? 너는 내 아들이다. 아들이란 말이
부끄러운가?   1010
내키지 않더라도 말하라, 아들이여. ― 어디로 머리를 돌리는가,
눈을 잃은 얼굴을?

오이디푸스   내가 어둠을 즐기는 걸 막는 자 누구냐?
누가 내게 눈을 돌려주려 하느냐? 보라, 어머니의, 어머니의
목소리로다!
나는 고생한 보람을 잃었구나. 우리가 다시 만나는 것은
법도가 아니다. 입에 올릴 수 없는 우리를 광대한 바다가 나누게 하라, 1015
먼 땅이 갈라놓게 하라. 그리고 이 땅 아래에,
다른 성좌와 또 다른 태양을 마주보는 어떤 땅이
매달려 있다면, 그것이 우리 중 한 사람을 실어가게 하라.

이오카스테 이 일은 운명의 탓이다. 운명에 의해서는 누구도
죄인이 될 수 없다.

오이디푸스 이제 말씀을 아끼십시오, 어머니, 저의 귀를 아껴주십시오. 1020
이 망가진 몸의 남은 부분의 이름에 걸고서 청합니다,
저의 핏줄을 타고난 상서롭지 못한 자식들에게 걸고,
우리 호칭 중 적절한 것과 부적절한 것114에 걸고서 청합니다.

---

114 '적절한 것'은 '어머니와 아들', '부적절한 것'은 '아내와 남편'.

이오카스테 (혼잣말로) 내 영혼아, 왜 얼어붙었느냐?

그 죄의 공범이면서 너는 왜

죗값 치르기를 거부하는가? 근친과 결합한 여자여, 너로 인해   1025

인간 법도의 모든 아름다움이 혼란되고 스러져 버렸다.

죽으라, 그리고 너의 부정한 영혼을 칼로써 끌어내라.

세상을 뒤흔드는 신들의 아버지가 잔인한 손으로

번쩍이는 창을 던지지 않는다면,

최소한 내가 죄악과 대등한 죗값을 치를 수 있으리라,   1030

입에 올릴 수 없는 어미가. 죽음이 즐겁도다. 죽음의 길을

찾으리라. (오이디푸스에게) 자, 어서 어미의 손을 잡아라,

네가 부친살해자라면. 이것이 마지막 과업으로 남아 있다.

(혼잣말로) 칼을 잡자. 이 칼에 내 남편이 죽어

누워 있지. ― 한데 왜 그를 참된 호칭으로 부르지 않는가?   1035

시아버지라고. 이 무기를 내 가슴에 박아 넣을까,

아니면 드러난 목에 깊숙이 꽂을까?

너는 어디를 찌를지 고를 수 없는가? 이곳을, 오른손아, 이곳을 찔러라,

남편도 아이들도 담았던 이 풍요로운 자궁을!

(이오카스테가 스스로 찔러 죽는다.)

합창단 그녀가 스러져 누웠구나. 그녀의 손이 타격에 맥 풀리고,   1040

칼은 피의 격류가 쓸어가는구나.

오이디푸스 운명을 밝히는 이여, 당신을, 진실을 관장하는 신이여, 당신을

나는 비난하노라. 나는 운명에게 아버지만을 빚졌소.

한데 나는 부모의 이중살해자로서, 두려워하던 것보다 더한

죄인이 되어

어머니까지 죽였소. 나의 죄 때문에 그분은 소멸되셨소.　　　　　1045

오, 거짓말쟁이 포이부스여, 나는 불경스런 운명을 넘어섰구려.

　비척이는 걸음으로 빛깔 없는 길을 따라가라.

발로써 불확실한 도정을 더듬으며

떨리는 손으로 맹목의 밤을 인도하라.

서둘러 나아가라, 미끄러지는 걸음을 내딛으며,　　　　　1050

가라, 도망치라, 떠나라. ― 멈추라, 어머니께로 넘어지지 않도록.

　그대들 중 누구든 육체가 쇠약하고 질병에 무거워져

반쯤 죽은 가슴을 지녔거든, 보라, 나는 달아나노라, 떠나노라.

목을 곧추세우라. 나의 등 뒤로 좀 더 온화한

하늘이 뒤따른다. 누구든 쓰러져 가느다란　　　　　1055

목숨을 지탱하고 있다면, 생명 주는 공기를 깊이

들이키라. 가라, 버려졌던 자들에게 도움을 주라.

죽음을 가져온 땅의 해악은 내가 이끌어 실어내리라.

흉포한 운명과 질병의 무서운 떨림과

탈진과 검은 역병과 광기 어린 절망이여,　　　　　1060

나와 함께 가자, 나와 함께. 그러한 안내자들을 좇는 건 즐겁도다!

VII

아가멤논

Agamemnon

등장인물

튀에스테스(아가멤논의 삼촌)의 혼령
클뤼타임네스트라 (아가멤논의 아내)
유모
아이기스토스 (아가멤논의 사촌, 클뤼타임네스트라의 애인)
에우뤼바테스 (아가멤논의 전령)
캇산드라 (포로로 끌려온 트로이아 공주)
아가멤논 (트로이아를 정복한 아르고스 왕)
엘렉트라 (아가멤논의 딸)
스트로피오스 (아가멤논의 친구, 포키스의 왕)
오레스테스 (대사 없는 등장인물, 아가멤논의 아들)
퓔라데스 (대사 없는 등장인물, 스트로피오스의 아들)
첫째 합창단 (아르고스 여인들)
둘째 합창단 (트로이아 여인들)

배경

뮈케나이 또는 아르고스

튀에스테스의 혼령   하계 디스의 어두컴컴한 영역을 떠나,

　　타르타로스의 깊고 깊은 동굴로부터 솟아나, 나 여기 왔노라,

　　어느 쪽 자리를 더 미워해야 할지 마음 정하지 못한 채.

　　나 튀에스테스는 저승 존재들을 피하고, 하늘 존재들을 피하게 하노라.

　　보라, 내 영혼은 소스라치고, 공포가 사지를 떨게 하도다.　　　　　　5

　　나는 아버지 집을, 아니 내 형제의 집을 보노라.

　　이것이 오래된 펠롭스 집안의 문턱이로다.

　　여기서 펠라스기 가문의 수장이 제왕의 장식을

　　받아 취임하는 게 관행이지. 이쪽의 높직한 보좌에 앉곤 하지,

　　그 손으로 존귀한 홀을 휘두르는 이들은.　　　　　　　　　　　10

　　이쪽이 원로회의가 열리는 장소였지. —저쪽이 그 식사를 했던 자리고.

　　　되돌아가고 싶구나. 차라리 그 음울한 호수 주변에 거주하는 게

　　더 낫지 않으랴? 차라리 목덜미에 검은 갈기 뒤흔드는

　　스튁스의 지킴이2 곁에 있는 것이?3

　　그자4가 빠르게 도는 바퀴에 몸 묶인 채　　　　　　　　　　　15

　　자신에게로 돌아오는 곳, 그토록 자주 바위가 되돌아와

---

1 튀에스테스가 자기 자식들의 고기를 먹었던 사건.

2 스튁스는 저승의 강(또는 호수), 그것의 지킴이는 머리 셋 달린 저승의 개 케르베로스.

3 동사가 생략되어 불완전한 문장이기 때문에 츠비어라인은 이 다음에 적어도 한 구절이 사라
　졌다고 보고, 〈그리고 보이지 않는 디스의 컴컴한 집을 보는 것이?〉 정도를 보충하자고 제
　안했다. 이 번역에서는 뜻이 통하게 하기 위해 '곁에 있는'이란 말을 보충했다.

4 익시온. 그는 헤라를 넘보다가 붙잡혀 영원히 불타는 수레바퀴에 묶였다고 한다. 대개
　그가 묶인 바퀴는 태양이고, 그가 벌을 받는 장소도 이승으로 설정된 경우가 많은데, 더
　러 이렇게 저승에 배치된 사례도 없지 않다.

언덕을 거슬러 오르는 노역5이 허사 되고 조롱받는 곳,

탐욕스런 새가 풍요로운 간을 뜯어먹는6 곳,

물결 속에서도 타오르는 갈증에 시달리며

도망치는 물을 입으로 좇고 또 기만당하며   20

신들의 식사에 대해 비싼 값을 거듭 치르는7 곳에?

　　하지만 저 노인8의 죄는 내 것에 비하면 몇 분의 일일까?

그들의, 입에 올릴 수 없는 범죄 때문에 크놋소스 출신

심판관9이 투표항아리를 쏟았던 저 모든 죄인들을 다 더해보자.

나 튀에스테스는 나의 범행으로써 그 모두를 이기리라.   25

아니 내 형제에게는 지게 될까? 내 속에 세 아들을

묻어 배가 불렀으니?10 나는 나 자신의 내장을 먹어치웠지.

그런데 불운의 여신은 거기까지만 아비를 망친 게 아니었지,

그녀는 심지어 이미 저질러진 죄보다 더 큰 다른 죄를,

딸과의 입에 올릴 수 없는 동침11까지 시도하라 명했지.   30

5　시쉬포스의 벌. 그는 신들을 속인 죄로 저승에서 언덕 위로 바위를 굴려 올리는 벌을 받고
　있다. 언덕 꼭대기에 도착하면 그 바위는 다시 언덕 아래로 굴러 내려가 버린다.

6　레토를 겁탈하려 했던 티튀오스는 저승에서 독수리에게 간을 퍼 먹히는 벌을 받고 있다.
　그 간은 매번 다시 회복되고 다시 먹힌다.

7　자기 자식을 잡아 신들에게 접대했던 탄탈로스는 저승에서 먹고 마실 것이 앞에 있어도
　먹고 마시지 못하는 벌을 받는다.

8　탄탈로스.

9　저승의 심판관 미노스. 그는 원래 크레테의 크놋소스 왕이었다.

10　튀에스테스는 자기 형제 아트레우스에게 속아서 제 자식의 고기를 먹었다.

11　튀에스테스가 복수하기 위해 아들을 얻으려면 자기 딸 펠로피아와 결합해야 한다는 신탁
　이 내렸다.

나는 두려움 없이 그 말씀을 받았고, 하면 안 될 행동을 취했지.

그리하여 내가 아비로서 자식들을 온전히 지배할 수 있게끔,

내 딸이 운명에 강제되어 무거운 자궁으로

이 아비에 걸맞은 자식을 낳았지. 자연의 순리가 뒤집어졌도다.

아, 입에 올릴 수 없는 일이여! 할아비와 아비를, 아비와 남편을,   35

아들과 손자를 나는 뒤섞었도다, 그리고 밤과 낮을.

　　하지만 뒤늦게나마 불운에 지친 자들을 돌아보셨도다,

내가 죽은 뒤이긴 하지만 마침내, 불확실하던 신탁의 신의가.

저 왕 중의 왕, 지도자들의 지도자인 아가멤논이,

그의 깃발을 뒤따라 천 척의 배들이   40

그 돛으로 일리움12의 바다를 뒤덮었었는데,

포이부스의 열 번째 순회13 뒤에 일리움을 제압하고

돌아와 있도다. ─제 아내에게 목을 내밀게 되리라.

이제, 이제 집은 옛것에 상응하는 핏속에 헤엄치게 되리라.

칼과 도끼와 창들을, 양날도끼의 묵직한 가격에   45

쪼개진 왕의 머리를 나는 보노라.

이제 범행이 가까이 있도다, 이제 계략과 살육과 유혈이.

잔치가 준비되고 있구나. 네가 태어난 이유가,

아이기스토스여, 다가오는구나. 네 얼굴은 왜 부끄럼에 굳어지느냐?

12　트로이아의 다른 이름.

13　포이보스(포이부스)는 아폴론의 별칭. 아폴론을 태양신으로 보아, 태양이 황도12궁을
　　10번 돌았다는, 즉 10년이 흘렀다는 뜻이다.

네 오른손은 왜 계획을 믿지 못하고 흔들려 떠느냐?   50

왜 자신과 의논하고 스스로 괴롭히고 질문하느냐,

이 일이 네게 합당한지를? 아비를14 보아라. 합당한 일이다.

　　한데 왜 여름밤의 흐름이 갑자기

겨울날의 기나긴 지체처럼 늘어난 것일까?

아니면 무엇인가가 별들이 하늘에서 지는 걸 막는 것일까?   55

내가 포이부스를 지체시키는 중이구나. 이제 그대는 세상에

낮을 돌려주시라.

(튀에스테스의 혼령이 사라진다.)

합창단 오, 왕좌의 크나큰 축복으로써

　　속임수를 쓰는 행운이여,

　　너는 지나치게 높은 것들15을

　　가파르고 불안정한 곳에 올려놓는구나.

　　왕홀은 결코 고요한 안식이나   60

　　스스로 안심하는 날을 지속치 못하네.

　　걱정에 이어 다른 걱정이 지치게 하고,

　　새로운 폭풍이 영혼을 뒤흔드네.

---

14 전해지는 사본들에는 '어머니를'로 되어 있는데, 츠비어라인이 이렇게 고쳤다.

15 츠비어라인의 의견을 좇아 '높은 것들'(excelsa)로 읽었다. '높은 자들을'(excelsos)로 되
　　어 있는 사본도 있다.

리뷔아의 쉬르티스 바다조차도 그토록
파도를 연이어 굴리며 광란하진 않는다네.   65
흑해의 물결이 깊은 바닥으로부터
휘감겨 솟구칠 때조차도 그토록은 아니라네,
눈 덮인 북극에 인접한 그 물결조차도.
— 그곳은 짙푸른 파도에 닿지 않은 채
소몰이꾼이 빛나는 마차를16 돌리는 곳이라네. —   70
왕들의 추락을 그만큼이나 급박하게
행운의 여신은 돌린다네.
그들은 남 겁주기를 갈망하며, 또 겁주는 자 되는 걸 걱정하네.
자애로운 밤도 저들에겐 마음 편한 휴식을
제공하지 않는다네.
걱정을 길들이는 수면조차도   75
그들 가슴을 풀어주지 않는다네.
    그 어떤 성채인들 응보의 악행이
거꾸러뜨리지 않은 게 있으랴? 혈족을 침해하는 무구가
흔들지 않은 그 어떤 성채가? 법도와 부끄러움과
결혼의 성스러운 서약이   80
궁정을 피해 달아나는구나. 음울한 전쟁의 여신17이
피 묻은 손으로 그 뒤를 따르는구나.

---

16 북극성과 북두칠성 주변 별들을 아우르는 별자리.
17 벨로나(Bellona).

그리고 오만한 자들을 불사르는 에리뉘스가,

언제나 너무 높은 집들에 동행하는 이가,

아무 때건 그것들을 절정에서   85

바닥으로 처박고자.

무기가 떠나고 음모가 그친다 해도,

거대한 행운은 제 무게에 주저앉고,

스스로 짐이 되어 무너진다네.

순조로운 남풍에 부풀어 오른 돛은   90

지나치게 도와주는 바람을 두려워하네.

구름까지 닿게 머리를 치켜세운

탑은 비 머금은 남풍에 채찍질 당하고,

짙은 그늘 펼친 숲은

나이 먹은 둥치가 꺾이는 걸 보게 된다네.   95

벼락은 높직한 언덕들을 때리고,

남다른 체구는 질병에 더 노출되는 법.

평범한 가축은 초장을

어정대고 내달리지만,

가장 높은 목덜미는 도끼질 당하기에 적합하다네.   100

무엇이건 행운이 높이 올린 것은

파멸시키기 위해 치켜세운 것이지.

적당한 재산으로 수명이 더 길어지는 법.

누구든 평균적인 대중의 몫에

만족하는 사람이 행복하다네.

그는 확실한 바람을 타고 해안을 스쳐가며,　　　　　　　　　105

바다에 배 맡기길 두려워하여

육지 가까이서 노를 저어간다네.

클뤼타임네스트라　(자신에게) 게으른 영혼이여, 너는 왜

안전한 계획을 찾느냐?

왜 흔들리느냐? 더 나은 길은 이미 막혔다.

예전엔 남편의 침상을 조신하게,　　　　　　　　　　　　110

그리고 주인 떠난 왕홀을 정결한 신의로써 지킬 수 있었지.

하지만 가버렸지, 도덕도, 법도, 명예와 의무감, 신의,

그리고 일단 떠난 후로는 돌아올 줄 모르는 부끄럼도.

그러니 고삐를 늦추어라, 온갖 사악함을 내달리게 몰아가라!

범죄를 향해서는. 범죄를 통해 가는 길이 가장 안전하다.　　115

이제 스스로 자신과 함께 여자다운 계략을 짜내라,

뭔가, 어떤 불충실한 아내가, 그리고 자기 눈먼 사랑을

통제하지 못한 여자가 감행할 만한 것, 계모의

손이 감행할 것을, 뭔가 저 처녀18가 불경스런 횃불19에 타오르며

텟살리아의 배로써 파시스 왕국을 피해 달아날 때 했던 것을.　　120

칼로? 독으로? — 아니면 뮈케나이의 집을 떠나 달아나라,

연인과 함께 몰래 배를 타고서.

18　메데이아. 그녀는 텟살리아에서 파시스 강변으로 황금양털을 구하러 온 이아손에게 도
움을 주고, 그와 함께 도망쳤다. 그 와중에 추격자들을 따돌리기 위해 자기 동생을 토막
내어 바다에 던졌다.

19　조국과 부모님께 해가 되는 사랑.

한데 왜 너는 소심하게 숨는 것을, 망명과 도주를 언급하느냐?

네 자매20는 그 정도 짓을 저질렀어. 네겐 그보다 더한 악행이 어울려.

유모 다나오스인들의 왕비시여, 레다21의 이름 높은 자손이여,　　　　125

무엇을 조용히 궁리하시나요? 이성을 잃고서 어떤

사나운 충동을, 부풀어 오른 마음에 품고 있나요?

당신은 침묵한다 해도, 모든 고뇌가 얼굴에 드러나 있어요.

그게 무엇이든 간에, 자신에게 시간과 여유를 주세요.

일을 미루면 이성이 고칠 수 없는 것도 자주 치유되니까요.　　　　130

클뤼타임네스트라 내 괴로움은, 내가 계속 견딜 수 있는 것 이상으로 커요.

불길이 내 골수와 심장을 태우고 있어요.

괴로움과 뒤섞인 두려움이 나를 찔러대고 있어요.

질시가 가슴을 쑤시고, 한쪽에선 거친 욕망이

이성을 멍에 지우며, 굴복하기를 거부하고 있어요.　　　　135

그리고 마음을 압박하는 그러한 불길 가운데서

지치고 억눌리고 바닥에 깔리긴 했지만,

부끄러움이 저항하고 있어요. 나는 변덕스런 물결에 휩쓸리고 있어요,

마치 이쪽에선 바람이, 저쪽에선 조류가 바다를 잡아챌 때,

파도가 어느 쪽 해악에 굴복할지 결정 못하고 흔들리는 것처럼.　　　　140

그래서 나는 손에서 키를 놓아버렸어요.

---

20 클뤼타임네스트라의 자매인 헬레네가 파리스와 사랑에 빠져 남편을 버리고 도주한 일을
가리킨다.

21 클뤼타임네스트라의 어머니. 백조로 변한 제우스와 결합하여 알을 낳았고 거기서 헬레
네와 클뤼타임네스트라가 나왔다.

어디로든 분노가 나를, 어디든 고통이, 어디든 희망이 데려가는 곳으로,

그리로 나는 갈 거예요. 나는 물결에 배를 맡겼어요.

이성이 길을 잃은 곳에서는 우연을 따르는 게 최선이니까요.

유모 우연을 안내자로 삼는 것은 무모하고 눈먼 짓이어요.   145

클뤼타임네스트라 악운이 극에 달한 사람이 불확실성을 두려워할 이유가

대체 뭔가요?

유모 당신이 조용히 견딘다면, 당신 잘못은 은폐되어 안전하지요.

클뤼타임네스트라 왕가의 온갖 악덕이 훤히 드러나 있어요.

유모 그대는 이전 것들을 역겨워하면서도 새로운 죄를 계획하시나요?

클뤼타임네스트라 범죄 중에 절제한다는 건 참으로 어리석은 짓이죠.   150

유모 악행을 악행으로 덮는 것은 두려워하는 것을 오히려 키우는 거예요.

클뤼타임네스트라 칼과 불은 자주 치료제 역할을 하죠.

유모 누구도 처음부터 극한 요법을 시도하진 않아요.

클뤼타임네스트라 상황이 어려우면 가파른 길을 택해야 하는 법이죠.

유모 하지만 부부라는 신성한 어휘가 그댈 돌려세워야 할 거예요.   155

클뤼타임네스트라 십 년 동안 과부였던 내가 남편을 존중해야 하나요?

유모 그에게서 낳은 자녀를 기억하셔야지요.

클뤼타임네스트라 물론 내 딸의 결혼식 횃불을 기억해요,

그리고 사위인 아킬레스도요. 한데 그자는 어미에게 신의를

잘도 보여줬죠. 22

---

22 여기서 '그자'는 아가멤논을 가리킨다. 아가멤논은 자기 딸 이피게네이아를 아킬레우스
와 결혼시킨다는 명목으로 불러서는, 트로이아로 가기 위해 좋은 바람을 얻고자 아르테

유모   그녀는 발 묶인 함대의 지체를 풀어주고,   160

   굼뜬 무기력에 굳어졌던 바다를 일깨웠어요.

클뤼타임네스트라   부끄럽고, 괴롭구나! 튄다레오스의 딸이자

  하늘의 자손인 내가

     도리스인들의 함대를 위해 제물이 될 머리를 낳았다니!

     기억이 내 처녀 딸의 결혼의식을 되살려내는군요,

     그자가 펠롭스의 가문에 걸맞게 만들어 버린 그 의식이.   165

     그자가 희생 기도를 입에 올리며 제단 앞에 섰을 때였죠.

     정말 결혼과 잘 어울리기도 하지! 칼카스**23**는 소스라쳤죠,

     제 목소리의 응답에, 그리고 움츠러드는 불길에.

     오, 죄악으로써 이전 죄악을 능가하는 가문이여!

     우리는 피로써 바람을 사고, 살인으로 전쟁을 샀어요.   170

     하지만 그 덕에 천 척의 배가 일제히 돛을 올렸다고요?

     그 함대는 호의적인 신에 의해 풀려난 게 아니어요,

     아울리스가 불경스런 배들을 항구로부터 내친 것이지.

        이런 조짐으로 시작한 그는 전쟁을 그리 잘 수행한 것도 아니었죠.

     포로여인을 향한 사랑에 포로가 되어, 그는 포이부스의 노사제의   175

     간청에도 동요되지 않고, 스민테우스에게서 빼앗은

  전리품**24**을 간직했어요,

  미스에게 제물로 바쳤다.

23   희랍군의 예언자.

24   '스민테우스'는 아폴론의 질병을 일으키는 기능과 연관된 별칭. 아가멤논은 아폴론의 사제
   크뤼세스의 딸을 포로로 잡아 자기 애인으로 삼았고, 크뤼세스가 아폴론의 이름으로 탄원

그때 벌써 성스러운 처녀25를 향한 광적 사랑에 빠져 있었으면서도.

위협에 굴복하지 않는 아킬레스도 그를 굽힐 수 없었고,

세계의 운명을 홀로 보고 있던 그 사람도,

(그는 우리들에 대해선 진실하고, 포로여인들에 대해선 하찮은

예언자26였죠.)   180

역병에 시달리던 대중도, 거듭 불타던 화장 장작더미도 그랬죠.

무너져 가는 희랍의 마지막 안간힘 속에

그는 적 없이도 패배하여 쇠약해 가고, 베누스를 위해서는

시간이 남아돌아

거듭 새로운 사랑을 찾아내죠. 혹시라도 자기 침상이

이방 첩실을 잃고 외로이 남겨질세라,   185

그는 아킬레스에게서 뤼르네소스 출신 여인을 빼앗아 즐겼고,

남편 품에서 빼앗아 끌어가기를 부끄러워하지 않았죠.

파리스의 적이라는 자27가! 이번엔 새로운 상처를 입고서

프뤼기아 예언녀를 향한 사랑에 타올라 광란하고 있어요.

그래서 트로이아에 승전비가 세워지고 일리움이 넘어진 다음에   190

포로여인의 남편이자 프리아모스의 사위가 되어 돌아왔죠.

하는데도 그녀를 풀어주지 않다가, 대역병을 만나 수많은 병사를 잃는다.

25 캇산드라.

26 칼카스. 그가 클뤼타임네스트라에게 불리하게 했던 예언은 아가멤논이 받아들였으면서,
그가 트로이아 포로여인들에 대해 했던 예언은 하찮게 여기고, 듣지 않았다는 뜻이다.

27 아가멤논은 결국 크뤼세스의 딸을 고향으로 돌려보내고, 대신 아킬레우스의 애인인 뤼
르네소스 출신 브리세이스를 빼앗았다. 파리스가 남의 아내를 납치했다고 그를 응징하
러 왔으면서 오히려 남의 아내를 빼앗은 것이다.

허리띠를 졸라매라, 나의 영혼아! 너는 쉽지 않은 전쟁을
준비 중이다.

악행은 선제적으로 이뤄져야 한다. 게으른 여인아, 어떤 날을
기다리는가?

프뤼기아 출신 며느리들이 펠롭스의 왕홀을 쥘 때까지?

집안의 처녀 딸들이 너를 지체시키는가,   195

그리고 아비를 닮은 오레스테스가? 이들에게 닥칠 고난이

너를 추동하게 하라, 이들에게 폭풍이 닥쳐오고 있다.

불행한 여인아, 왜 머뭇거리는가? 〔보라, 너의 자식들에게

미치광이 계모가 다가오고 있다. 〕**28** 달리 어쩔 길이 없다면,

너의 옆구리를 칼로 관통하고, 둘을 함께 죽여라.   200

서로의 피를 섞어라, 죽어 없어지며 네 남편을 없애라!

네가 원하는 자와 함께 죽는 것은 결코 비참한 죽음이 아니다.

유모 왕비시여, 자신을 억제하고 충동을 가라앉히십시오.

그리고 본인이 얼마나 큰일을 시도하는지 헤아려 보세요.

광포한 아시아의

정복자께서 다가오십니다, 유럽을 위한 복수자가, 사로잡힌   205

페르가마**29**를 끌고서, 그리고 정복된 지 오래인 프뤼기아인들을.

이런 이를 지금 그대가 계략으로 은밀하게 공격하겠다고요?

그분은 아킬레스조차 사나운 칼로 해치질 못했어요,

---

28 악스와 츠비어라인은 이 구절을 삭제할 것을 주장한다.

29 트로이아의 내부 성채.

자신의 오만한 손을 격하게 무장시키긴 했었지만서도.

더 나은 아이아스30가 죽기로 결심하고 광란했을 때31도요.   210

다나오스인들과의 전쟁에서 유일한 방해물이었던 헥토르도,

파리스의 정확한 창도, 검은 피부의 멤논32도,

무구와 시신을 함께 섞어 쓸어가는 크산투스33도,

유혈로 검붉어진 물결을 나르던 시모에이스도,

바다 신의 자손, 눈과 같이 하얀 퀴크노스34도,   215

호전적인 레소스35와 함께했던 트라케의 밀집대형도,

화살통에 여러 색을 칠하고, 손에는 도끼를 든,

초승달 방패 지닌 아마존도 그랬죠. 그런 그가, 집에 돌아온 것을

그대가 살해하고, 제단을 불경스런 피로 물들이려 한단 말인가요?

복수자36인 희랍이 이 범행을 복수하지 않고 참아 견딜까요?   220

말들과 무구와 함대 그득 돋아난 바다를

---

30 melior Ajax. 텔라몬의 아들 '큰 아이아스'를 가리킨다. 동명이인인 오일레우스의 아들
    아이아스('작은 아이아스')는 못된 짓을 많이 했기 때문에 '못된 아이아스'다.
31 큰 아이아스는 아킬레우스가 죽으면서 남겨놓은 무장을 두고 오뒷세우스와 겨루다가 패
    배한 다음, 희랍 지휘관들을 전부 죽이려다 정신이 나가서 가축들을 살육하고 나중에 정
    신이 들어 자결한다.
32 트로이아 전쟁 말기에 트로이아를 돕기 위해서 참전했던 에티오피아 왕.
33 시모에이스와 더불어 트로이아 앞으로 흘러가던 큰 강.
34 아킬레우스와 싸우다가 백조로 변했다는 전사. 오케아노스의 후손이다.
35 트로이아를 돕기 위해 참전했다가 죽은 트라키아 왕. 그의 말이 트로이아 강물을 마시면
    트로이아가 함락되지 않는다는 예언이 있었지만, 도착 첫날 야영 중에 오뒷세우스와 디
    오메데스의 야습을 받아 죽고 만다.
36 츠비어라인을 따라 ultrix로 읽었다. '승리자'(victrix)로 적은 사본도 있다.

떠올리세요, 그리고 깊게 흐르는 피로 홍수 진 대지와,

다나오스인들에게 대항했다가 정복된 다르다노스 집안의

전체 운명도요. ─ 격한 감정을 억누르세요,

그리고 스스로 그대 마음을 자신과 화평하게 하세요.   225

(유모 퇴장, 이어서 아이기스토스 등장)

아이기스토스 (혼잣말로) 내가 마음과 영혼 속에 늘 두려워하던 것이 이제

정말로 다가왔구나, 내 삶의 고비가.

왜 등을 돌리느냐, 내 영혼아? 왜 첫 번째 공격에

무기를 내려놓느냐? 분명히 알아라, 너를 위해 잔인한 신들이

파멸과 끔찍한 운명을 마련하고 있음을.   230

천한 태생의 네 머리를 모든 징벌을 향해 맞세워라.

칼과 불들을 정면으로 가슴에 받아들여라,

아이기스토스여! 그렇게 태어난 자에게 죽음은 징벌이 아니다.

   (클뤼타임네스트라를 향해) 그대, 내 위험의 동반자, 그대,

레다에게서 난 이여,

그대는 그저 나와 동행하시라. 그러면 저자는 그대에게

피를 되갚으리라,   235

지휘관으로서는 비겁하고, 아비로서는 용감했던 저자는.

한데 왜 창백함이 떨리는 뺨에 떠돌고,

맥 풀린 표정에 그대 눈길은 아래로 향하고 굳어지는가?

클뤼타임네스트라 부부간의 애정이 승리하여 나를 돌아서게 하네요.

나는 그리고 돌아가고 있어요, **37** 예전에 거기서 떠나는 게   240

옳지 않았던 그 자리로. 이제라도 순결한 신의가 지켜져야 옳겠죠.

좋은 행실로 가는 길은 언제든 결코 늦은 게 아니니까요.

잘못 저지른 걸 후회하는 사람은 거의 무죄라 할 수 있어요.

아이기스토스 그대 정신 나간 채 어디로 휩쓸려 가는 것이오?

그대는 믿거나 희망하는 거요,

아가멤논이 당신에게 충실한 배우자가 되리라고? 설사 그대의 가슴에 245

큰 두려움을 일으킬 게 전혀 없다 하더라도,

그렇더라도 오만하고, 감당할 길 없이 지나친 그의 행운이

거대한 헛바람으로 그의 자부심을 부풀릴 것이오.

그자는 아직 트로이아가 멀쩡히 서 있을 때조차 동료들에게 가혹했소.

그대는, 애초에 거칠게 타고난 성품에다 무너진 트로이아가 무엇을 250

덧붙였으리라고 생각하시오? 그는 전에도 뮈케나이의 왕이었소,

이젠 폭군으로서 돌아올 것이오. 번영은 사람 마음을 한계 밖으로

데려가는 법이오.

그를 에워싸고 첩실들의 무리가 얼마나 대단한 복색으로

몰려오는가! 한데 군중 가운데 한 여인이 우뚝하여,

왕 가까이 따르는구려, 진실을 전하는 신의 여종**38**이.   255

한데 그대는 굴복하여 그대 침실의 동료를 받아 견디려오?

---

37 뮐러와 츠비어라인의 제안에 따라 *referimur*로 읽었다. *referamur*로 읽자는 제안도 있는
데, 그렇게 되면 클뤼타임네스트라가 아이기스토스에게 '제자리로 돌아가자'고 제안하는
게 된다.

38 '진실을 전하는 신'은 아폴론. 그의 여종은 캇산드라.

하지만 그녀는 그러려 하지 않을 거요. 결혼한 여인에게 최악의 사건은

첩실이 그 남편 집을 공개적으로 차지하는 것이오.

왕좌도 결혼햇불도 나눔을 전혀 모른다오.

클뤼타임네스트라 아이기스토스여, 그대는 왜 나를 다시

곤두박질치게 만들며,   260

이미 잦아들고 있던 분노를 불길로써 자극하나요?

승자는 이미 포로여인에게 스스로 뭔가를 허락했어요.

그것을 배우자든 가정의 주도자든 신경 쓰는 건 옳지 않아요.

왕좌에 대한 법과 개인 침상에 대한 법은 서로 다르답니다.

이상한가요, 자신의 수치스런 죄를 기억하고 있는 내 마음이   265

남편에게 엄격한 법을 적용하는 걸 참고 견디지 못한다는 게?

그 마음으로 하여금 용서가 필요한 누구든 쉽게 용서를 베풀게 하세요.

아이기스토스 그게 그렇소? 서로 간의 용서가 합의될 수 있단 말이오?

왕들의 권리에 대한 법을 그대는 모른단 말이오,

아니면 그게 낯선가요?

우리에겐 악의적이고, 자신들에게만 공정한 그들은   270

이게 왕권의 가장 큰 보증이라고 생각한다오,

즉 무엇이건 타인들에겐 허용되지 않는 게 자신들에게만

허용된다는 것 말이오.

클뤼타임네스트라 그는 헬레네를 용서했죠.39 그녀는 메넬라오스와 함께

---

39 츠비어라인은 타런트(Tarrant)을 좇아, 이 문장 앞에 메넬라오스에 대한 언급이 있었다
가 사라졌다고 추정한다. 지금 이 문장의 '그는'이 누구인지 특정되지 않아서다.

돌아오고 있어요,

유럽과 아시아를 같은 해악으로써 망가뜨린 여자이지만.

아이기스토스 하지만 어떤 여인도 은밀한 사랑으로 아트레우스의

그 아들40을 꾀어내지 않았고, 275

자기 아내를 위해 잠가놓은 그 마음을 차지하지 않았소. 41

반면에 그자는 벌써 당신 죄를 탐색하고, 벌을 줄 이유들을

준비하고 있소.

그대가 아무 수치스런 짓도 저지르지 않았다고 가정해 보시오,

하지만 대체 무슨 이득이 된단 말이오, 정직하고

부끄러울 것이 없는 삶이?

주인이 미워하는 사람은 심문 없이도 유죄가 되는 법이오. 280

쫓겨난 채로 그대는 스파르타로 돌아갈 거요?

당신 고향 에우로타스강으로?

망명자가 되어 아버지 집으로? 왕들 사이의 결별엔

탈출구가 없다오. 그대는 거짓된 희망으로 두려움을 가볍게

만드는 중이오.

클뤼타임네스트라 나의 잘못은 충실한 이들 말고는 누구도 알지 못해요.

아이기스토스 신의는 결코 왕들의 문턱 안으로 들어서지 않는 법이오. 285

클뤼타임네스트라 부로써 사들이죠, 내가 신의를 돈으로 잡아 묶을 수 있게끔.

아이기스토스 돈에서 생겨난 신의는 돈에 굴복하는 법이오.

---

40 메넬라오스.

41 '그 마음을 차지하여, 자기 아내에겐 마음 문을 잠그게끔 만들진 않았다'로 옮길 수도 있다.

클뤼타임네스트라 내 이전 마음에 남아 있던 부끄러움이 일어나고 있어요.

그대는 왜 그것에 맞서 고함을 지르나요? 왜 꼬드기는 목소리로

나쁜 계획을 조언하나요? 당연히 내가 당신과 결혼해야겠죠?   290

왕 중의 왕을 저버리고, 신분 높은 여인이 망명자와?

아이기스토스 한데 내가 왜 당신 눈엔 아트레우스의 아들보다

못해 보이는 거요,

뤼에스테스의 아들인 내가?

클뤼타임네스트라   그래도 엇비슷해 보인다면,

그의 손자이기도 하다고 덧붙이세요.

아이기스토스 나는 포이부스의 지시에 따라 태어났소.

내 출생이 전혀 부끄럽지 않소.

클뤼타임네스트라 당신은 포이부스를 끔찍한 혈통의 주창자라고

부르는 건가요?   295

당신들이, 그로 하여금 갑작스러운 밤 속에 자기 마차를 불러들이게 하여

하늘에서 쫓아냈으면서?**42** 우리가 왜 신들을 오명으로 끌어들이고 있죠?

기혼녀의 침상을 속임수로써 차지하는 데 능통한 자여,

그저 불법적인 사랑으로써만 남자라는 걸 우리가 확인하는 이여,

즉시 떠나시오! 내 집의 수치를   300

눈앞에서 치워 내가시오! 이 집은 왕과 남편을 위해서 열린 것이오.

아이기스토스 추방은 내게 낯선 것이 아니오. 나는 고난에 익숙해 있소.

---

42 뤼에스테스가 자기 자식으로 만든 고기를 먹는 걸 보고서 태양신이 얼굴을 가렸고, 그래서 갑자기 낮이 밤으로 변했었다.

당신이 명한다면, 왕비시여, 그저 이 집과 아르고스를

떠나는 것에 그치지 않겠소. 당신의 명이라면 전혀 지체하지 않을 거요,

칼로 가슴을 열어젖히는 것까지도, 고통에 무거운 이 가슴을!　　　　　305

클뤼타임네스트라　나 튄다레오스의 딸이 잔인하게 그 짓까지도

　허용할 수 있었더라면!

　　하지만 함께 죄를 지은 여자라면 비난받는 일에도 신의를 보여야겠죠.

　　그러지 말고 나와 함께 들어가요, 함께 의논해서

　　이 불안정하고 위험스런 상황을 풀어갈 수 있도록.

합창단　찬미하라, 오 이름 높은 처녀들이여, 포이부스를!　　　　　310

　　당신을 위해 축제의 군중이 머리를 화관으로 두릅니다.

　　당신을 위해 월계수를 흔들며

　　관행에 맞춰 처녀의 머리카락을,

　　이나코스 강가의, 결혼하지 않은 어린 가지가 흘러내리게 합니다.

　　그대도, 테스피아이에서 온 나그네**43**여,　　　　　315

　　우리 무리에 동참하시라.

　　또 에라시노스**44**의 차가운 물을 마시는 그대도,

　　또 그대 에우로타스**45** 강물을,

43　리히터와 츠비어라인을 좇아 *Thespias hospes*로 읽었다. 사본들에 전해지는 구절은 '테바
　　이에서 온 손님'(*Thebais hospes*)이지만, 그것을 따르면 뒤에 나오는 구절('이스메노스
　　강물을 마시는')과 내용이 중복된다. 이스메노스는 테바이 곁을 흐르는 강이다. 물론 단
　　어를 고치지 않고, 행을 옮겨서 '테바이'와 '이스메노스'가 나란히 나오게 하는 방법도 있
　　다. 한편 피치는 '아르카디아에서 온 손님'(*Parrhasis hospes*)으로 고치자고 제안한다.
44　아르고스 지역 남부의 강.
45　스파르타 곁으로 흐르는 강.

그리고 푸르른 강둑을 따라 고요히 흐르는
이스메노스 강물을 마시는 그대도.
그대에겐 운명을 미리 아는 만토46가,
테이레시아스의 따님이   320
레토에게서 태어난 신들을 성스러운 의례로
축하하라 충고했었죠.

　　승리자 포이부스여, 평화를 되찾았으니,
활시위를 풀어놓으시라,
가벼운 화살들로 묵직한 화살통을
어깨에서 내려놓으시라.   325
날렵한 손길로 소리 고운 뤼라를
튕겨, 울림 퍼지게 하시라.
내 전혀 원치 않노라, 그것이 높은 음률로
날카롭고 크게 울리는 것은.
그저 그대가 늘 하던 대로 더 가벼운 뤼라로
단순한 노래에   330
맞추시기를, 해박한 무사 여신이 그대 유희를
주시하고 있을 때 그러하듯이.
또한 그대 할 수 있도다, 더 묵직한 현으로 소리 내는 것도,
티탄들이 벼락에 제압되는 걸

46　테바이의 여자 예언자.

234

신들이 보았을 때

그대가 노래했던 방식으로,

혹은 높은 산들 위에   335

산들이 놓여

야만적 괴물47들에게 계단을 만들어 주었을 때,

펠리온이 밑에 눌린 옷사 위에 올라서고,

그 둘을 소나무 우거진 올륌포스가 짓눌렀을 때 그랬던 것처럼.

　　그대도 함께하시라, 오 강력한 왕홀의 배우자,   340

누이이자 아내인 존귀하신 유노여!

그대의 백성인 우리는 뮈케나이에서 그대를 섬기노라.

그대는, 고통당하며 그대의 신격께

탄원하는 아르고스를 홀로 지키시도다.

그대 손안에 전쟁과 평화를 쥐고 계시도다. 48   345

그대, 이제 아가멤논의 월계수들을

받으시라, 승리의 여신이여.

그대를 위해 구멍 많은 회양목 피리가

장중하게 노래하도다.

그대를 위해 명민한 소녀들이 부드러운 노래로

47　거인들이 산 위에 산을 쌓아 신들이 사는 하늘로 올라가려 했던 사건을 가리킨다. 희랍반도
　　중동부 해안에 북쪽부터 남쪽으로 가며 차례로 올륌포스, 옷사, 펠리온 산이 있다.
48　사본들엔 '손으로 다스리시도다(*regis*)'로 되어 있으나, 츠비어라인을 좇아 *geris*로 읽었다.

현을 울리도다.　　　　　　　　　　　　　　　　350
그대를 위해 희랍의 어머니들이 봉헌의
횃불을 뒤흔들도다.
그대의 성역에서 황소의 새하얀
배필이 쓰러지도다, 쟁기를 알지 못한 채,
그 목에 멍에 눌린 자국도 없이.　　　　　　355

　　그대 또한 오소서, 오 위대한 천둥 신의 따님,
이름 높은 팔라스여,
여러 번 다르다니아의 성탑을 날카로운 창으로써
공격하셨던 이여!
당신을, 뒤섞인 무리로서 젊은 엄마,
나이 든 어미들이　　　　　　　　　　　　360
찬양하도다, 그대 다가오심에 여사제가
신전을 열어젖히도다.
그대를 위해 꼬아 엮은 화관을 쓰고서
무리가 밀려오도다,
그대를 위해, 오랜 세월에 지친 노인들이,
성취된 기도에 감사를 바치도다,　　　　　365
떨리는 손으로 술을 부어 바치도다.

　　또한 당신을, 트리비아49여, 기억하여
익숙한 목소리로 우리 기원하도다.

그대는 어머니 섬인 델로스50에게 멈춰 서라

명하시도다, 루키나51여,

전에는 이리저리 바람 따라   370

방황하던 퀴클라데스52의 섬에게.

이제 그것은 든든히 뿌리내려 안정된

땅을 붙들고 있도다,

바람들을 밀쳐내도다, 배들을 묶어주도다,

이전엔 그것들을 따라가곤 하였지만.

그대 승자로서, 탄탈루스의 딸인 어미53의   375

시신을 헤아리시도다.

이제 그녀는 시퓔로스54의 높직한 등성이에 서 있도다,

눈물 흘리는 바위가 되어.

그리하여 지금까지 새로운 눈물이 적시도다,

옛적의 대리석을.

남자고 여자고 다투어 섬기도다,   380

---

49 삼거리의 여신 아르테미스.
50 델로스는 원래 떠다니는 섬이었는데, 거기서 아폴론과 아르테미스가 태어난 다음에 멈
    춰 섰다고 한다.
51 출산의 여신으로서 아르테미스의 별칭.
52 델로스가 속해 있는 에게해의 군도.
53 탄탈로스(탄탈루스)의 딸 니오베. 자신이 레토보다 많은 자식을 낳고, 그들이 하나같이
    뛰어난 것을 자랑하다가 아들들은 모두 아폴론의 화살에, 딸들은 모두 아르테미스의 화
    살에 잃고, 슬피 울다가 바위로 변했다고 한다.
54 소아시아 서북부에 있는 산. 니오베가 변한 바위가 그곳에 있다고 한다.

쌍둥이 신들을.

　　그대도 오소서, 모두에 앞서, 벼락을 강력히 휘두르시는
지배자, 아버지여,
그의 고갯짓에 양쪽의 극이
동시에 떨리는 그분,
우리 종족의 창시자, 읍피테르여,　　　　　　　　　　　　　385
호의로써 선물을 받아주소서,
조상으로서 당신 후손들을 돌아보소서,
선조께 부끄럽지 않은 자들을.

　　한데 보라, 다급한 병사 하나가 성큼한 보폭으로
서둘러 오는구나, 좋은 소식의 뚜렷한 표식을 들고서.
（그의 창이 강철 날 끝에 월계수를 묶어 지녔으니.）　　　390
국왕께 언제나 충실한 에우뤼바테스가 돌아왔구나.
에우뤼바테스　성역들과, 하늘 신들의 제단과, 내 아버지 집의
　조상신들이여,
　　긴 여행 끝에 지친 채로, 자신도 스스로를 거의 믿지 못하는 채로
　　저는 기원과 찬양을 바치나이다. （시민들에게） 하늘 신들께
　서원한 것을 바치시오.
　　아르골리스 땅의 높은 영광이 돌아오는 중이오,　　　　　395
　　마침내 아가멤논께서 승자가 되어, 자신의 가문 신들께로.

(클뤼타임네스트라 등장)

클뤼타임네스트라　내 귀에 행복한 소식이 왔군요.

　　한데 십 년 동안 바라왔던 내 남편은 어디서

　　지체하고 있나요? 그는 바다를 누르고 있나요, 아니면 땅인가요?

에우뤼바테스　그분은 안전하게, 영광이 한껏 자라난 채,

　　찬양과 명성을 누리며　　　　　　　　　　　　　　　　　400

　　고대하던 해안에 귀향의 발길을 얹으셨습니다.

클뤼타임네스트라　마침내 우리는 제의로 번영의 날을 축하하게 되었군요,

　　그리고 좀 뒤늦긴 하지만 호의적인 신들께 말이죠.

　　　한데 말해주세요, 내 남편의 아우55는 살아 있는지,

　　그리고 말해주세요, 내 자매56는 어디에 머물러 있는지도.　　405

에우뤼바테스　우리 예측보단 상황이 더 낫기를 저는 기도로 구하고

　신들께 빕니다.

　　왜냐하면 불확실한 바다의 운수는 확실하게 말하는 것을 금하니까요.

　　흩어진 함대가 부풀어 오른 바다를 만났을 때,

　　어떤 배가 동행하던 다른 배를 보는 건 불가능했습니다.

　　심지어 아트레우스의 아드님조차도 광막한 대양을 표류하다가　　410

　　전쟁에서 겪은 것보다 더 큰 재난을 바다에서 겪고서,

　　승리자이면서도 흡사 패배자인 양 돌아오고 있습니다.

55　메넬라오스.
56　클뤼타임네스트라의 자매이자, 메넬라오스의 아내인 헬레네.

그 큰 함대에서 몇 안 되는, 찢겨버린 배들 이끌고서 말입니다.

클뤼타임네스트라 말해주시오, 어떤 불운이 우리의 배들57을 삼켜버렸는지,

혹은 바다에서 어떤 운명이 지도자들을 갈라놓았는지.   415

에우뤼바테스 말하기 고통스러운 것을 청하시는군요. 그대는 기쁜 소식에

상서롭지 못한 걸 섞으라 명하시는 중입니다. 저의 쇠약한 마음은

그토록 큰 재앙을 전하길 회피하고, 그것에 몸서리칩니다.

클뤼타임네스트라 털어놓으세요. 자신의 재난 알기를 거부하는 사람은

두려움을 더 키울 뿐이어요. 분명치 않은 재앙은 더 심한

고문이 되는 법이죠.   420

에우뤼바테스 온 페르가뭄이 도리스의 횃불에 쓰러졌을 때,

전리품을 배분하고, 저들은 서둘러 바다로 나아갔습니다.

이제 병사들은 지친 허리에서 칼을 풀어놓았고,

높직한 고물에는 방패들이 무신경하게 널브러져 있었죠.

전사들의 손에는 노가 쥐어지고,   425

서두르는 그들에게 그 어떤 지체도 너무 긴 것으로 여겨졌습니다.

귀향의 신호가 왕의 배에서 번쩍이고,

소리 높은 나팔이 행복한 노꾼을 재촉한 다음,

왕의 황금빛 이물이 첫 바닷길을 표시하며

항로를 열자, 그 길을 천 척의 배들이 가르며 나아갔죠.   430

거기서 처음에 바람은 부드럽게 배들을 밀어주었습니다,

---

57 어떤 사본에는 '나의 배들을'로 되어 있다. 그렇게 읽으면 클뤼타임네스트라가 좀 더 권
력지향적인 성격으로 그려진 게 된다.

돛폭을 스쳐 가면서. 바다는 파도 하나 없이

잔잔하여, 온화한 서풍의 숨결에 떨리고 있었죠.

대양이 함선들로 온통 가려진 채 반짝이고 있었고요.

트로이아의 황막한 해변을 바라보는 것은 즐거웠고,   435

버려져 쓸쓸한 시게움 땅을 보는 것도 즐거웠습니다.

젊은이들 모두가 서두르며 동시에 노를 당겨

휘어지게 만들고, 손의 힘으로 바람을 도와가며

튼튼한 팔을 박자에 맞춰 움직였죠.

수면은 쟁기에 갈린 듯 꿈틀대고, 배 옆구리는 삐꺽대며,   440

검푸른 바다 위에 회색 거품이 흩어졌고요.

　더 강한 바람이 돛폭을 가득 채워 당겼을 때,

노들은 거두어들이고, 배를 바람에 맡겼죠.

병사들은 긴 의자에 드러눕거나, 돛배가 물러서는 만큼

멀찍이 달아나는 육지를 주시하고 있었죠.   445

아니면 전쟁에 대해 이야기를 나눴죠, 강력한 헥토르의 위협과

마차58와, 값을 치르고59 화장 장작으로 되돌아간 그의 시신과,

왕의 피로 흩뿌려진 '궁정을 보호하는 제우스'60에 대해서.

---

58 아킬레우스는 헥토르를 죽인 후 그의 발목을 꿰뚫어 자기 마차에 묶어 끌고서 진영으로
　돌아왔다.

59 헥토르의 아버지 프리아모스는 많은 선물을 가지고 아킬레우스를 찾아와서 아들의 시신
　을 찾아갔다.

60 트로이아가 함락되었을 때, 프리아모스는 제우스 제단 앞에서 살해되었다. 제우스에게는
　여러 기능이 있는데, 특히 이 제우스는 '궁정을 보호하는(herkeios) 제우스'였다.

그때 튀르레니아의 물고기[61]는 평탄한 수면을 드나들며

장난치고, 등을 굽혀 물마루를 뛰어넘으며,   450

온 바다에서 뛰어놀았죠,

원을 그리며 빙빙 돌고, 동행인 양 배 옆에 붙어 헤엄치고,

즐겁게 배를 앞질러 달리고, 그러다가 뒤쫓기도 하고요.

어떤 때는 무리 지어 선두의 배 이물을 스치며 희롱하고,

어떤 때는 천 척의 함선들을 맴돌아 순회하기도 했죠.   455

이제 온 해안이 시야에서 사라지고, 들판이 숨어버렸으며,

이데산[62]의 등성이가 희미해졌습니다.

일리움의 연기조차도 (이것은 아주 유심히 보는 자만이 볼 수 있었는데)

겨우 거무스레한 흔적으로 보일 정도였죠.

　　이제 티탄[63]이 지친 목덜미를 멍에에서 풀어주고 있었습니다.   460

이제 빛은 별들을 향해[64] 가라앉고, 이제 낮은 곤두박질치는 참이었죠.

그때 작은 구름이 어두운 덩어리로 자라나면서,

가라앉는 포이부스의 빛나는 햇살을 얼룩지게 했습니다.

여러 색깔 띤 채로 넘어가는 해는 바다를 의심스러운 것으로 만들었죠.

초저녁이 하늘을 별들로 흩뿌렸습니다.   465

돛은 바람에게 버림받고 늘어졌습니다. 그때 묵직한 으르렁거림이

61　돌고래. 이들은 원래 튀르레니아의 뱃사람이었는데, 디오뉘소스를 납치하려다가 벌을
　　받아서 모두 돌고래로 변했다고 한다.

62　트로이아 뒤의 거대한 산.

63　태양신. 해가 져서 태양 마차에서 말들을 풀어주었단 뜻이다.

64　*in astra*. 조금 이상한 표현이라 '깊은 바다를 향해'(*in alta*)로 고치자는 제안도 있다.

더 나쁜 것을 예고하며 산봉우리들로부터 떨어졌습니다.

길게 펼쳐진 해안과 바위 벼랑이 울부짖었습니다.

파도는 닥쳐오는 바람에 일깨워져 부풀어 올랐습니다.

그때 달은 갑자기 모습을 감추고, 별들은 숨어버렸습니다.　　　470

밤은 한 겹이 아니었죠. 빽빽한 안개가 어둠을65　　　　　　472

덮어버렸고, 모든 빛을 빼앗아 바다와

하늘을 섞었습니다. 바람이 사방에서 동시에 몰려들어,

깊은 바닥부터 뒤집어진 바다를 쓸어갔습니다.　　　　　　475

동풍에 서풍이 맞서고, 남풍은 북풍에 맞섰죠.

각각의 바람은 자신의 무기를 던져댔고, 바다를 휘저어

솟구치게 했습니다. 바다는 소용돌이쳐 휘돌았고요.

스트뤼몬강의 아퀼로66는 짙은 눈발을 휘몰아 보냈고,

리뷔아에서 오는 아우스테르67는 모래 많은 쉬르티스를 뒤엎었죠.　480

〔그것은 아우스테르의 힘을 버텨내지 못했고, 구름으로 무거운

남풍이 생겨났죠.〕68

　그것은 비를 뿌려 바닷물을 더했습니다. 동풍은 해 뜨는 땅을 들썩이고

나바타이아 왕국과 새벽의 여신의 만들을 뒤흔들었죠.

65　타런트와 츠비어라인의 제안에 따라 471행을 489행 다음으로 옮겼다. 471행의 내용이
　　너무 갑작스러워서 사실 이 자리에 바로 나오는 건 좀 어색하다. 점차적으로 날씨가 나빠
　　지는 걸 표현하자면 471행을 뒤로 옮기는 게 나아 보인다.
66　북풍. 스트뤼몬은 희랍 북부 트라케 지역에서 에게해로 흘러드는 강.
67　남풍. 쉬르티스는 북아프리카 해안의 얕은 여울.
68　리히터와 츠비어라인의 제안에 따라 삭제했다.

맹렬한 북서풍은 오케아누스로부터 얼굴을 내밀고서 무엇을 했던가요!

온 세상이 제자리로부터 뜯겨 나간다고   485

당신을 믿었을 것입니다, 신들 자신조차도 뒤흔들린 하늘로부터

떨어져 내린다고, 그리고 세상 속으로 검은 카오스가 밀려든다고.

조수가 바람에 저항했지만, 바람이 조수를 거꾸로

말아 보냈죠. 바다도 자신을 주체할 수가 없었습니다.

대양은 별들에게로 치솟고, 하늘이 사라져 버렸습니다. 69   471

비와 파도가 자신들의 물을 서로 섞었습니다.   490

이 재난에는, 대체 어떤 재앙에 자기들이 파멸하는지

보고서 안다는 저 최소한의 위안조차 주어지지 않았습니다.

어둠이 그들의 눈을 짓누르고, 끔찍한 스튁스의

지옥 같은 밤이 닥쳤습니다. 하지만 불이 떨어지긴 했죠,

구름을 찢고 무시무시한 번개가 번쩍인 겁니다.   495

그리고 불행한 이들에게는 그 사악한 빛이 주는 즐거움이

너무나도 컸습니다. 70

그들은 이 빛을 갈망했죠. 함대는 스스로 자신을 해쳤습니다.

이물이 이물을 망가뜨리고, 옆구리가 다른 옆구리를 망쳤죠.

---

69 사본들에는 '하늘이 사라지다(*perit*)'로 되어 있지만, 츠비어라인은 *ferit*으로 고쳐서 '하늘을 때리다'로 하는 게 어떨까 제안하고 있다.

70 츠비어라인은 사본들에 전해지는 대로 *lucis tanta dulcedo est malae*로 읽었다. 피치는 *est malae*를 *ut male*로 고치고 그다음 행 동사를 접속법으로 고쳐서(*optant* 대신 *optent*로) '간절히 바랄 정도로 즐거움이 컸다'로 읽자고 제안한다. 전체적인 문맥으로는 그게 더 잘 어울리긴 한다.

어떤 배는 바다가 입을 열어 곤두박질시키며 채어갔고,

삼켰다가 다시 심해로부터 토해 돌려주었죠.   500

이 배는 무게 때문에 가라앉고, 저 배는 벌어진 옆구리를

파도에 내어주고, 다른 배는 열 번째 파도71가 덮어버렸습니다.

어떤 배는 부서져 모든 장식을 앗기고서 정처 없이

떠돌았죠. 그 배엔 돛도 노도 남지 않았고,

곧게 선 돛대에 가로대조차 지니지 못한 채,   505

성치 않은 고물로 온 이오니아의 바다를 떠돈 겁니다.

　　이성도 경험도 용기를 주지 못했죠. 재난에는 기술도

굴복하는 법이니까요.

　　공포가 관절을 붙들었고, 모두가 굳어져 제 할 바를 잊었으며,

배는 방기되고, 노는 손에서 빠져나가 버렸습니다.

　　극단적 공포가 이 불쌍한 자들을 기도로 내몰았고,   510

트로이아인들이나 다나오스인들이나 신들께 같은 것을 빌었죠.

　　운명은 어떤 일을 해낼 수 있는지요! 퓌르로스는 자기 아버지72를

부러워했습니다.

　　울릭세스는 아이아스를,73 아트레우스의 작은아들74은 헥토르를,

아가멤논은 프리아모스를 부러워했고요. 트로이아 곁에 누워 있는

71　열 번째 파도는 특히 강한 것으로 알려져 있다.

72　아킬레우스. 전장에서 죽는 것이 바다에서 죽는 것보다 낫다는 뜻이다.

73　텔라몬의 아들 '큰 아이아스'는 아킬레우스가 남긴 무장은 놓고 오뒷세우스와 겨루다가
　　패해서 자결했다.

74　메넬라오스.

누구든

　행복한 자로 불리었습니다, 자기 위치에서**75** 가치 있게 쓰러진 이들,　515

　명성이 보호해 주는 이들, 정복된 땅이 덮고 있는 그들은.

　"바다와 파도가 지금 아무 고귀한 일도 감행치 못한 자들을

나르고 있습니까?

　겁쟁이들이나 당할 운명이 용감한 자들을 파멸시킨단 말입니까?

　우리 죽음이 허비되어야 합니까? 그토록 큰 재난에도 아직

만족치 못한 이여,

　하늘 신들 가운데 그대가 누구시든, 이제는 그대 신성을　　　　　520

　진정시키소서. 우리의 재난에는 트로이아조차도

　눈물을 흘릴 지경입니다. 만일 그대 미움이 계속된다면,

　그리고 도리스 족속이 파멸에 처하는 것이 그대 바람이라면,

　이들이 우리와 함께 파멸하는 게 즐거울 이유는 무엇입니까?

　그들 때문에 우리가 죽게 된 바로 그 사람들**76**이?

날뛰는 바다를 진정시키소서.　　　　　　　　　　　　　　525

　이 함대가 다나오스인들을 나른다고요? 트로이아인들도

나르고 있습니다."

　그 이상은 말할 수 없었죠. 바다가 소리를 먹어버렸으니까요.

　　한데 보십시오, 다른 재난이 닥칩니다! 분노한 윱피테르의 벼락으로

---

75 *gradu*로 읽었다. 다른 사본 전통에는 *manu*로 되어 있는데, 그쪽을 따르면 '자기 손의 힘
　에 걸맞게 죽은'이 된다.
76 트로이아 포로들.

무장한 팔라스가 창으로든 방패로든, 77 그리고 고르곤의 분노78로

이룰 수 있는 무엇이건 하겠노라 위협하며,　　　　　　　　　　　530

아버지의 불로써 이것을 시도한 것입니다. 그러자 하늘에서 새로운

폭풍이 불어닥쳤죠. 아이아스79 혼자만이 재난에 굴하지 않고

애를 쓰고 있었습니다. 밧줄을 당겨 자기 배의 돛폭을

줄이고 있던 그를, 떨어지는 불길이 스쳐 지나갔습니다.

또 다른 번개가 겨누어졌습니다. 이것을, 온 힘을 다해　　　　　535

팔라스가 한껏 젖힌 팔로써 정확히 던졌습니다,

자기 아버지를 모방하면서요. 그것은 아이아스와 그의 함선을 꿰뚫고,

배의 일부와 아이아스를 자신과 함께 쓸어갔습니다.

그는 불붙었으면서도, 마치 가파른 바위 벼랑인 양, 전혀 동요 없이

바다 위로 솟아나 있었고, 미쳐 날뛰는 바다를 가르며　　　　　540

가슴으로 파도를 부수어 나갔죠. 배를 팔로 끌어안고 있는

그에게 불이 옮겨붙었고, 맹목의 바다에서

아이아스는 온통 빛났습니다. 전 해역이 밝아졌습니다.

마침내 그는 바위를 차지하고서 광란하듯 고함을 질렀습니다.

77　이 부근 연결사들이 사본들에는 *aut*와 *haut*가 섞여 있어서, 학자들 사이에 달리 고치자
　　는 여러 제안이 있다. 주된 쟁점은 *haut*(또는 *haud*)를 넣을 것인지의 문제인데, 이 단어
　　를 넣으면 '창이나 방패로 할 수 없는 어떤 일이라도'가 된다. 아테네가 결국 벼락을 이용
　　한 것을 보면 부정어를 살리는 게 낫겠다 싶지만, 이 번역에서는 츠비어라인을 좇아
　　*aut-aut-et*로 읽었다.

78　아테네의 방패, 또는 아이기스에는 페르세우스가 바친 고르곤의 머리가 부착되어 있다.

79　오일레우스의 아들 '작은 아이아스'. 그가 캇산드라를 신전에서 끌어내어 겁탈했기 때문
　　에 아테네 여신이 노하여 풍랑을 보낸 것이다.

"잔인한80 대양과 불길을 넘어선 것이 즐겁구나,   545

　하늘과 팔라스와 번개와 바다를 이긴 것이!

　전쟁 신의 공포도 나를 도망치게 하지 못했노라.

　〔나는 혼자서 헥토르와 마르스를 동시에 버텨냈노라.〕

　포이부스의 창도 나를 내 위치에서 몰아내지 못했노라.

　나는 프뤼기아인들과 함께한 저자들도 이겼노라.

— 내가 그대 앞에 움츠리랴,   550

　연약한 손으로 남의 무기를 던져대는 그대 앞에?

　어떤가, 그분이 직접 던지는 것이?" 그가 감히 계속 광란하며

더 내뱉으려 할 때,

　삼지창으로 쳐서 바위를 부쉈습니다, 아버지

　넵투누스께서, 깊은 파도로부터 머리를 내밀고서.

　그리고 벼랑을 무너뜨렸습니다. 아이아스는 떨어지며

이것을 함께 끌고 갔죠.   555

　그래서 그는 누워 있습니다, 땅과 불과 바다에 제압된 채로.

　　한데 파선 당한 우리를 다른, 더 큰 재앙이 불렀죠.

　거기 물 얕은 곳이 있었습니다. 바위투성이 여울을 숨기고서,

　기만적인 카페레우스가 빠른 소용돌이로 암초를 덮어

　감춘 곳이었죠. 바닷물이 바위 위에서 끓어 넘치고,   560

80　델츠(Delz)와 츠비어라인을 좇아 *saevum*으로 읽었다. 사본들에는 *nunc*, 또는 *nunc se*
　로 되어 있는데, 앞의 것은 운율이 맞지 않고, 뒤의 것은 문장이 좀 어색하다. '이제 내
　가'(*me nunc*), 또는 '바다 전체를'(*cuncta*)로 고치자는 제안도 있다.

언제나 파도들이 번갈아들며 끓어올랐죠.

그 위로 가파른 곳이 솟아 있었습니다, 양쪽으로 두 바다를

내다보면서. 이쪽으로는 당신이 계신 펠롭스의 해안과

이스트모스를, — 그것은 가느다란 땅으로 휘어져 돌아가며,

이오니오스해가 프릭소스의 바다와 합쳐지는 걸 막고 있죠. —   565

다른 쪽으로는 범죄로 유명한[81] 렘노스를, 또 다른 쪽으로는 안테돈[82]과

배들을 지체시켰던 아울리스를 보면서였죠. 이 봉우리를 차지했습니다,

팔라메데스의 저 아비[83]가. 그리고 사악한 손으로

눈부신 빛을 산꼭대기로부터 비춰 보내어,

배신적인 횃불로써 함대를 암초로 유인했죠.   570

함선들은 날카로운 바위에 처박혀 좌초했습니다.

어떤 배들은 물 얕은 여울이 산산조각 냈고요,

어떤 배는 앞부분 일부가 쓸려가 버리고, 일부는 바위에 얹혔습니다.

어떤 배는 뒤로 물러서는 것을 다른 배가 들이박아,

자신도 부서지며 상대 쪽을 부쉈죠. 이제 배들은 육지를 두려워하고, 575

---

81 렘노스 여인들이 일제히 궐기하여 남자들을 다 죽였다는 사건을 암시한다.

82 사본들에는 '칼케돈'(Calchedona)으로 되어 있으나, 그 도시는 뷔잔티온 맞은편이어서
     너무 멀리 떨어져 있으므로, 학자들은 달리 고치자고 제안한다. 여기서는 그로노비우스
     와 츠비어라인을 좇아 Anthedona로 읽었다. 달리 '칼키스'(Chalcida)로 고치자는 제안
     도 있다. 칼키스는 좁은 해협을 사이에 두고 아울리스와 마주 보고 있으므로, 다음 행 내
     용과 잘 맞는다.

83 나우플리오스. 팔라메데스는 오뒷세우스가 전쟁에 가기 싫어서 미친 척하는 것을 적발
     하여 상대의 미움을 샀고, 오뒷세우스가 조작한 가짜 증거물 때문에 적과 내통했다는 누
     명을 쓰고 처형되었다. 나우플리오스는 그 소식을 듣고서 아들에 대한 복수를 위해 희랍
     군이 귀국할 때 함대를 암초 지대로 유인해서 침몰케 했다.

차라리 바다를 선호했습니다. 날이 밝을 무렵 광란이 가라앉았습니다.

이렇게 일리움을 위한 보속이 이뤄진 후, 포이부스는 되돌아왔고,

음울한 날빛이 밤의 손실을 드러내 주었죠.

클뤼타임네스트라 남편이 돌아온 것을 슬퍼해야 하나,

아니면 기뻐해야 하나?

그가 돌아온 것은 기쁘나, 국가의 큰 상처에 대해서는　　　　　　580

애통할 수밖에 없구나. 소리 높여 하늘을 뒤흔드는 아버지시여!

이제 희랍인들을 향해 신들이 노여움을 거두게 해주소서.

이제 사람들 머리마다 축제의 나뭇잎으로 덮이게 하소서,

희생제의 피리가 달콤한 곡조를 쏟아내게 하소서,

그리고 거대한 제단 앞에 눈처럼 흰 희생 제물이 쓰러지게 하소서.　　585

한데 보라, 슬픈 무리가, 트로이아 여인들이 헝클어진 머리로

도착했도다. 그들 위로 높이 겅중거리는 걸음으로

광기에 빠진 포이부스의 여사제가 신들린 월계수를 흔드는구나.

(트로이아 여자들의 무리가 들어온다.)

합창단(트로이아 여인들) 아, 필멸의 인간들에게 주어진 얼마나 달콤한 악인가,

삶에 대한 끔찍한 애착은! 재난으로부터의 도피처가　　　　　　590

활짝 열려 있고, 너그러운 죽음이, 영원한 안식의

평온한 항구가 비참한 자들을 부르는데도!

그것은 그 어떤 공포도, 맞설 수 없는

불운의 폭풍도, 부당하게 천둥 치는 분의

불길조차도 건드리지 못하는데.   595

그 깊은 평화는 시민들의 어떤 집회도,

승자의 위협적인 분노도 겁내지 않네.

거센 북서풍에 미쳐버린 바다도,

광포한 전열도, 야만스런 기병 무리로부터

먼지 가득 솟구친 구름도,   600

적대적인 불길이 성벽을 무너뜨릴 때

온 도시와 함께 쓰러지는 백성들도,

길들일 수 없는 전쟁조차도 겁내지 않네.

그것은 모든 노예 상태를 깨부수도다,

변덕스런 신들을 경멸하는 유일한 자로서.   605

그것은 아케론의 컴컴한 얼굴을,

그것은 서글픈 스튁스를 서글프지 않게 마주 보도다.

삶에 종말을 부여할 정도로 대담하도다.

그것은 왕과도 맞서며, 하늘 신들과도 맞서게 되리라.

아, 얼마나 비참한 일인가, 죽음을 알지 못한다는 것은?   610

　우리는 조국이 무너지는 것을 보았노라,

그 운명의 밤에, 도리스의 불길이여,

다르다니아의 집들을 너희가 약탈할 때.

그것은 전쟁에 의해 정복되지 않았도다, 무기에 의해서도,

옛적 헤라클레스의 화살에 쓰러졌을 때처럼.

그것을 펠레우스와 테티스의 아들84도,   615

지나치게 광포한 펠레우스의 아들에게 소중했던 자85도

정복하지 못했도다, 빌려 입은 무장으로 빛나며,

거짓된 아킬레스로서 트로이아인들을 도주하게 했을 때도.

또한 펠레우스의 아들 자신이, 슬픔으로 인해

광포한 기백을 품고, 그가 날래게 달리는 것을   620

트로이아 여인들이 성벽 꼭대기에서 두려워하던 때조차도,

그것은 용감하게 패배하여 재난 속에 마지막 영광을

잃게 되지 않았도다. 트로이아는 5년의 두 배 동안

버텼도다, 하룻밤의 속임수에

멸망하기 위하여!

　　우리는 보았네, 거짓된 선물을,   625

거대한 덩치 지닌 것을. 그리고 다나오스인들의

치명적인 기증품을 끌어들였네, 남 믿기 좋아하는

우리의 오른손으로. 그것은 여러 차례 흔들렸네,

첫 번째 문지방에서, 발굽 소리 높이 내는 짐승은, 뱃속에

숨겨진 왕들과 전쟁을 품고서.   630

그리고 그 계략을 뒤집어서, 펠라스기인들이

자신들의 속임수에 스스로 추락하게 만들 수도 있었었지.

방패가 여러 차례 함께 흔들려 소음을 냈고,

나직한 중얼거림이 우리 귀를 때렸었네,

---

84 아킬레우스.

85 아킬레우스의 친우 파트로클로스. 그는 아킬레우스의 갑옷을 입고 출전하여 트로이아
　　성벽 바로 아래까지 갔었다.

계략을 꾸미는 울릭세스에게 퓌르로스가   635

마지못해 복종하며 투덜거릴 때.

　　트로이아 젊은이는 두려움 전혀 없이

저주받은 밧줄에 손대는 걸 즐거워했네.

이쪽에선 아스튀아낙스86가 동년배 무리를,

저쪽에선 하이모니아의 장작더미에 혼약된 그녀87가   640

대열을 이끌었네. 이 처녀는 여인들을,

저 소년은 사내들을.

축하하는 어미들은 서원했던 헌물을

신들께 바쳐 올리고,

축하하는 아비들은 제단으로 나아갔네.   645

온 도시에 표정은 한 가지뿐이었네.

그리고 헥토르의 장례 불길 이후

우리가 볼 수 없었던 것, 헤카베88가 행복해했네.

　　한데 이제 무엇을 제일 먼저, 불행한 슬픔이여,

무엇을 맨 끝에 애곡하려 준비하는가?   650

신들의 손에 지어졌다가, 89

우리 손에 무너진 성벽을?

---

86 헥토르의 아들.

87 폴뤽세나. 그녀는 아킬레우스 혼령의 요구에 따라 그의 무덤에 제물로 바쳐진다. 하이모
　니아는 아킬레우스의 고향인 텟살리아의 별칭.

88 헥토르의 어머니.

89 트로이아 성벽은 아폴론과 포세이돈이 쌓은 것으로 알려져 있다.

아니면 자신이 모시던 신들 위에서 불타버린 신전을?

우리에겐 그런 재난에 눈물 흘릴 여유가 없도다.

당신을, 크신 아버지여, 일리움의 여인들은 애곡하노라.　　　　655

나는 보았노라, 보았노라, 그 노인90의 목에서

퓌르로스의 칼이, 빈약한 혈액에

거의 젖지도 않는 것을.

캇산드라　눈물을 거두세요, 그대들은 온 시간 내내 그걸 찾게 될 터이니,

트로이아 여인들이여. 그리고 스스로 자신들의 죽음을　　　　660

눈물의 애곡으로 슬퍼하세요. 나의 재난은

동료를 거부하니까요. 나의 손실에 대한 애도는

미뤄두세요. 내 집안의 고통에 대해서는 나 하나로 충분할 거예요.

합창단(트로이아 여인들)　눈물에 눈물을 섞는 것은 달콤하답니다.

외떨어진 슬픔이 할퀴는 사람은　　　　665

더 크게 고통당하고,

여럿 가운데서 제 일을 애곡하는 건 달콤한 법이니까요.

그대도, 그대가 강인하고 사내 같고

재난에 잘 견디긴 하지만서도,

그토록 큰 파멸을 애도하긴 어려울 거예요.

하지 못해요, 봄날의 가지 위에서　　　　670

변화 많은 가락을 노래하는 슬픈 밤꾀꼬리도,

90　트로이아 왕 프리아모스. 그는 제우스 제단 앞에서 아킬레우스의 아들인 퓌르로스(네옵톨레모스)에게 죽었다.

254

다양한 음조로 이튀스91를 기리는 그 새도.

하지 못해요, 비스토니아92의 지붕 꼭대기에

앉아서, 잔인한 남편의 숨겨진 불경스러움93을

거듭 지껄여 전하는 그 새조차도,   675

그대 집안을 적절하게 애도하며

슬퍼하는 일은.

물론 눈처럼 하얀 백조들 사이에서 빛나는

퀴크누스94 자신이라면, 이스테르와

타나이스에 살면서 마지막 노래를 부를 수 있었지만.   680

물론 물총새들은 자신들의 케윅스95를

---

91 프로크네는 남편에게 복수하기 위해 자기 아들 이튀스를 죽인 다음에, 밤꾀꼬리가 되어 제 자식을 애도한다고 알려져 있다.

92 트라키아.

93 프로크네의 남편 테레우스는 처제 필로멜라를 겁탈하고, 그것을 발설하지 못하도록 혀를 끊어 숲속 오두막에 가두었다. 필로멜라는 죽지 않고, 자신이 당한 일을 직물에 그림으로 짜 넣어서 언니에게 전달한다. 언니 프로크네는 사실을 알고, 디오뉘소스 축제 때 여인들을 이끌고 숲속으로 가서 동생을 구한다. 이어 남편에게 복수하기 위해 남편을 꼭 닮은 아들 이튀스를 잡아서 아비에게 요리해 먹인다. 남편은 사실을 알게 되자 두 여인을 죽이려 칼을 빼들고 추격한다. 여인들은 도망치다가 각기 제비와 밤꾀꼬리로 변하고, 남편은 후투티로 변한다. 여기서 '남편의 숨겨진 불경죄'는 처제를 겁탈하고 혀를 끊은 일을 가리킨다.

94 파에톤의 친구. 파에톤이 태양마차를 잘못 몰다 온 세상에 불을 내고서 제우스의 벼락에 죽은 다음에, 슬픔과 두려움에 강물을 떠나지 않다가 백조로 변했다고 한다.

95 바다 건너로 신탁을 물어보러 떠났다가 풍랑에 죽은 보이오티아 왕. 그의 아내 알퀴오네는 남편의 시신을 발견하고 바다에 몸을 던져 죽었는데, 신들이 이 둘을 물총새로 만들어 주었다고 한다. 그래서 물총새가 번식하는 시기에는 풍랑이 멎고 물결이 잔잔해진다는 것이다.

가볍게 때리는 물결에 맞춰 이름 부를 수 있었지만,

신뢰하긴 어렵지만, 다시금 용감하게

고요한 바다를 믿고서,

자신들의 새끼들을 불안정한 둥지 속에   685

걱정스레 품을 때.

할 수 없어요, 부드러운 남자들96을 흉내 내며

슬퍼하는 무리가 그대와 함께 팔을 때린다 해도,

탑 모양 장식을 쓴 어머니97를 위해

거친 피리 소리에 흥분하여, 프뤼기아의 앗티스를

애도하며 가슴을 때리는 저 무리도.   690

눈물에는, 캇산드라여, 한도가 없답니다,

왜냐하면 우리가 당한 일은 한도를 넘어선 것이니까요.

　　한데 그대는 왜 머리에서 신성한 머리장식을 뜯어내나요?

　　제 생각엔 비참한 자들이야말로 높은 신들을 가장 잘 섬겨야 하는데요.

캇산드라　우리의 불행은 이미 모든 두려움을 넘어섰어요.   695

　　이제 나는 어떤 기도로도 하늘 존재들을 달래지 않아요.

　　혹시 그들이 잔인한 짓을 하고 싶어 해도, 그들은 해를 끼칠 수단이

없어요.

　　불운 자신이 자기 힘을 다 써버린 것이죠.

---

96 퀴벨레 숭배자들은 스스로 거세했다고 한다. 그래서 여성화되고 '부드러운' 남자들이다.
97 퀴벨레.

이제 어떤 조국이 남아 있나요, 어떤 아버지, 어떤 자매가?

나의 피는 제단과 무덤이 다 마셔버렸어요. 98   700

그 많던 오라비들의 저 행복한 무리는 어떻게 되었나요?

스러져 버렸어요, 완전히! 텅 빈 왕궁에 불쌍한

노인들만 남아, 그 많은 결혼 침실들에서 과부가 되어버린

며느리들만 보고 있어요, 라코니아 출신99은 빼고서.

그 많던 왕들의 어머니, 프뤼기아인들의 저 왕비, 100   705

장례 불길을 위해 자식들을 많이도 낳았던 그분은, 운명의 새로운

법을 실현하여, 야수의 얼굴을 얻었지요.

그녀는 자기 도시의 폐허를 맴돌며 미친 듯 짖어댔어요,

트로이아의 잔재로서, 헥토르와 프리아모스와 자신을 위해.

합창단(트로이아 여인들) 포이부스의 여사제가 갑자기 침묵하는구나.

창백함이 두 뺨을,   710

잦은 떨림이 그녀 온몸을 차지하고 있구나.

신성한 리본이 일어서고, 부드러운 머리칼이 곤두서는구나,

헐떡이는 가슴이 자주 끊기는 중얼거림을 쏟아내는구나.

그녀 눈길은 지향 없이 흔들리는구나. 눈알이 뒤집혀

---

98 캇산드라의 아버지 프리아모스는 제우스 제단 앞에서 살해되었고, 캇산드라의 자매 폴뤽세네는 아킬레우스 무덤에 제물로 바쳐졌다.

99 스파르타(라코니아) 출신의 헬레네.

100 헤카베는 나중에 개로 변했다고 한다. '불길을 위해 자식을 낳았다'는 말은 자식들이 모두 죽어 화장되었다는 뜻과 더불어, 그녀가 파리스를 낳을 때 꿨던 꿈을 암시한다. 그녀는 횃불을 낳았고, 그것이 온 도시를 불타게 했다는 얘기다.

뒤로 돌아가는구나. 다시금 굳어져 움직이지 않는구나. 715

이제는 평소보다 높이 하늘을 향해 머리를 쳐드는구나.

성큼성큼 걷는구나. 이제 달갑지 않은 입을 열려고

하는구나. 이제 입을 닫아 억지로

단어를 가두는구나, 신의 뜻을 참지 못하는 마이나스101로서.

캇산드라 왜 나를 새로운 광기의 꼬챙이로 뒤흔들어 몰아가느냐, 720

왜 내가 이성을 잃도록 채어 가느냐, 파르나소스102의

신성한 등성이여? 물러서시오, 포이부스여, 나는 이제 그대 것이 아니오.

나의 가슴에 들어와 박힌 불길을 꺼버리시오.

지금 나는 뭘 위해 정신 잃고 방황하는가? 뭘 위해 광란하여 날뛰는가?

이미 트로이아는 무너졌도다. 내가 무엇을 행하랴, 거짓된 예언자가? 725

    나는 지금 어디 있는가? 자비로운 빛은 사라지고, 깊은 밤이

내 눈을 어둡게 하는구나. 밝은 하늘은 어둠에 묻혀 숨었구나.

한데 보라, 낮은 두 개의 태양으로 훤히 빛나고,

두 아르고스가 두 개의 왕궁을 높이 솟구는구나.

나는 이데산의 숲을 보노라. 저 운명의 목자103가 730

강력한 여신들 가운데 심판자로 앉아 있구나.

---

101 대개는 디오뉘소스, 또는 퀴벨레 숭배자들을 가리키는 말이지만 여기서는 조금 넓은 뜻
     으로 썼다. '신적 광기에 휩싸인 여사제'란 뜻이다.

102 캇산드라가 도착해 있는 아르고스는 델포이 뒤에 있는 파르나소스산으로부터는 상당히
     멀지만, 지금 그녀에게 닥친 광기가 아폴론에게서 온 것이기 때문에 이렇게 표현한 것이
     다.

103 파리스가 양을 치다가 헤라, 아테네, 아프로디테를 만나 그중 누가 가장 아름다운지 판
     정하게 된다.

두려워하라 왕들이여, 내 경고하노라, 은밀하게 태어난 자104를.

시골에서 자라난 저자가 집안을 뒤엎으리라.

저 여인은 왜 정신이 나가서 여성의 손으로 칼집 벗어난

칼을 쥐고 있는 것일까? 그 오른손으로 어떤 남자를 노리는 것일까,   735

복색은 라코니아 식이되, 아마존의 강철 날을 지니고서?

이제 또 다른 어떤 장면이 내 눈을 돌아가게 하는 것이냐?

야수 중의 승자가 높직한 목덜미를 눕히고 있구나,

비열한 이빨 아래, 마르마로스의 사자가,

대담한 암사자의 유혈의 턱에 악물림 당하고서.   740

　　왜 그대들은 나를 부르는가, 우리 가문에서 유일하게 살아남은 나를,

내 가족의 혼령들이여? 아버지, 저는 당신을 따라갑니다, 온 트로이아가

다 매장된 뒤에. 오라비105여, 프뤼기아인들의 구원자,

다나오스인들의 공포여, 이제 나는 그대 옛적 광채를

보지 못합니다, 그리고 불타는 배들 때문에 뜨거워진 손도.   745

단지 망가진 사지와 단단한 결박에 상처 입은

저 팔들만 볼 뿐. 너를 따라가노라, 너무 일찍

아킬레스와 마주쳤던 트로일로스여.106 그대는 분명치 않은 얼굴을

하고 있구려, 데이포보스여, 새로운 아내의 선물로서.107

104　아이기스토스.

105　헥토르.

106　트로일로스가 스무 살까지 살아 있으면 트로이아가 멸망하지 않는다는 예언이 있었지
　　만, 그는 아직 어린 나이에 아킬레우스와 마주쳐 살해되었다.

107　데이포보스는 파리스가 죽은 후 헬레네를 차지했다. 그는 트로이아 함락 과정에서 희랍

즐겁구나, 바로 스튁스 호수를 따라 걷는 것은.　　　　　　　　750

즐겁구나, 타르타로스의 사나운 개108를, 그리고 탐욕스런 디스109의

왕국을 구경하는 것은! 오늘 이 컴컴한 플레게톤110의

배는 왕족들의 영혼을 실어 나르는구나,

정복된 자도, 정복한 자도. 영혼들이여, 그대들께 기원하노라,

하늘 신들이 거기 맹세하는 물111이여, 네게도 똑같이 기원하노라,　　750

검은 세계의 덮개를 조금만 열어달라고,

프뤼기아인들의 가벼운 무리가 뮈케나이를 바라볼 수 있도록.

보시라, 불행한 자들이여! 운명이 반대 방향으로 돌아서고 있도다.

　　끔찍한 자매들이 다가서도다,

뱀으로 꼬인 채찍을 휘두르도다,　　　　　　　　　　　　　　760

왼손에는 반쯤 타버린 횃불을 지녔도다,

창백한 뺨은 부풀어 올랐고,

장례의 검은 옷이

여윈 허리를 감싸고 있도다. 112

한밤의 공포가 비명 지르고,　　　　　　　　　　　　　　　765

거대한 신체의 뼈들이

군에게 보복을 당해 얼굴이 망가졌다.

108　머리 셋 달린 저승의 개 케르베로스.

109　저승 왕 하데스.

110　'불의 강'. 여러 저승 강 중 하나.

111　스튁스.

112　파이퍼와 츠비어라인은 이 행 다음에 적어도 한 행 이상이 사라진 것으로 보고 있다. 그
　　　내용은 레르나 숲에 대한 언급이었던 것으로 보인다.

오래 버려져 썩어서

진흙 뻘밭에 누워 있구나.

　한데 보라, 지쳐버린 노인[113]이

갈증을 잊어버리고, 입가에서　　　　　　　　　　　　　770

조롱하는 물을 더는 잡으려 하지 않는구나,

곧 있게 될 죽음을 슬퍼하며.

기뻐하며 우아한 걸음을

떼어놓는구나, 아버지 다르다노스[114]는.

합창단장 이제 방황하던 광기가 스스로 잦아들었군요,　　　775

마치 황소가 제단 앞에 무릎을 꿇고서 넘어지듯이,

목덜미엔 빗나간 타격을 받은 채로.

그녀의 몸을 일으킵시다. 한데 보시오, 마침내 자신의 신들에게로

승리의 월계관을 두르고서 아가멤논이 다가오고 있네요.

그리고 축하하는 아내가 마중하는 발길을 그에게로　　　　780

옮기고, 발걸음 맞춰 함께 돌아오고 있군요.

아가멤논 마침내 내가 돌아왔구나, 안전하게, 내 아버지의

가문 신들에게로.

　오, 반가운 땅이여, 평안하소서! 그대에게 그토록 많은 이방 족속들이

전리품을 바쳤도다, 그대에게, 오랫동안 번영하던

113　탄탈로스. 그는 아가멤논의 조상인데, 이제 아가멤논이 막 죽을 참이므로 슬퍼하는 것
　　이다.

114　트로이아인들의 조상.

강력한 아시아의 여왕이 굴복했도다.   785

  한데 왜 이 여사제는 쓰러져서 몸을 떨며

고개를 숙이고 이리저리 흔드는가? 하녀들아, 그녀를 일으켜라.

차가운 물로 힘을 되얻게 하라. 이제 약한 눈이지만

날빛을 받아들이는구나. (캇산드라에게) 정신을 차리시오.

재난 속에 갈망하던 항구가 여기 있소.   790

  오늘은 축제의 날이오.

캇산드라   트로이아에게도 그날은 축제일이었죠.

아가멤논 제단에 경배를 드립시다.

캇산드라   내 아버지는 제단 앞에서 쓰러졌죠.

아가멤논 함께 읍피테르께 기원합시다.

캇산드라   궁정을 보호하는 읍피테르께요?

아가멤논 그대는 일리움을 보고 있다고 생각하오?

캇산드라   그리고 프리아모스도요. 794

아가멤논 여기는 트로이아가 아니오.

캇산드라   헬레네가 있는 곳이라면

  트로이아라고 생각하세요. **115**

아가멤논 여주인을 두려워하지 마시오, 그대가 노예이긴 하지만.

캇산드라   자유가

  가까이 있어요.

---

115 사본들에는 '나는 트로이아라고 생각해요(*puto*)'로 되어 있지만, 츠비어라인의 제안에
  따라 *puta*로 읽었다.

아가멤논 걱정 말고 사시오.

캇산드라   내게는 죽음이 바로 걱정 없음이어요.

아가멤논 그대에겐 어떤 위험도 없소.

캇산드라   하지만 당신껜 큰 위험이 있죠.

아가멤논 승자가 무엇을 두려워할 수 있단 말이오?

캇산드라   그가 전혀

    두려워하지 않는 그것이요.

아가멤논 충실한 하녀들의 무리여, 이 여인이 신을 떨쳐낼 때까지   800

    붙들고 있으시오, 어찌할 바 없는 그녀의 광기가 무슨 해악을

끼치지 않도록.

      한데, 아버지여, 사나운 벼락을 던지시는 분,

구름들을 몰아가고, 별들과 땅을 다스리시는 이여,

개선하는 승리자들이 전리품을 바쳐 드리는 분이여, 당신을,

그리고 모든 것을 지배하는 남편의 누이이신,   805

아르고스 유노여, 기쁘게 당신께 경배하렵니다, 봉헌의

가축 떼로, 그리고 아라비아의 선물과 은혜를 구하는 내장제물로써.

    (아가멤논이 궁 안으로 들어간다.)

합창단(아르고스 여인들) 이름 높은 시민들로 인해 이름 높은 아르고스여,

    분노한 계모116에게 소중한 아르고스여,

---

116   헤라. 제우스가 다른 여자들에게서 낳은 자식들을 미워했기 때문에 그녀는 '분노한 계

너는 언제나 강력한 자식들을 길러내는구나.   810

신들의 숫자가 짝맞지 않는 것을 짝맞게 했구나. 117

너의 자녀인 저 사람은 여섯 번의 두 배인 노역으로써

하늘을 위해 뽑힐 자격을 얻었도다, 위대한 알케우스118의 자손은.

그를 위해 읍피테르가 세계의 법칙을 무너뜨려, 119

이슬 젖은 밤의 시간을 두 배로 만들었고,   815

포이부스에게 명하기를

그의 서두르는 말들을 평소보다 천천히 몰라 하였도다,

그리고 그대의 쌍두마차는 천천히 돌아가라고,

새하얀 포이베120여.

발길을 돌렸도다, 121

다른 것으로 이름을 바꾸는 별은,   820

그리고 놀랐도다, 자신이 헤스페루스라고 불리는 것에. 122

모'다.

117 조금 이상한 표현인데, 어떤 학자는 올륌포스 열두 신에 덧붙여 작은 신들 셋(마르스,
    벨로나, 빅토리아)이 있어서 홀수인 것을 헤라클레스가 가담하여 16신이 되어서 다시
    짝수가 되었다는 뜻으로 해석한다.

118 헤라클레스의 할아버지.

119 제우스(읍피테르)는 알크메네의 남편 암피트뤼온 모습으로 나타나서 그녀와 결합하였
    다. 그때 대개는 밤의 길이를 세 배로 만들었기 때문에 헤라클레스가 보통 사람의 세 배
    의 힘을 지닌 것으로 알려져 있는데, 여기서는 두 배로 만든 것으로 나왔다.

120 달의 여신.

121 운율상 이 행의 앞부분에 몇 단어가 사라진 것으로 보인다.

122 샛별은 새벽에 보이면 루키페르('빛을 가져오는 것'), 초저녁에 보이면 헤스페루스('저
    녁별')로 불리는데, 지금 새벽에 떠오르는 중이고 루키페르라는 이름을 받을 참이지만,
    갑자기 시간이 저녁이라고 해서 자기 이름까지 바뀐 걸 보고 별 자신도 놀랐다는 뜻이다.

아우로라는 익숙한

교대 시간에 맞춰 머리를 들었다가, 다시 누워

자기 목을 늙은 남편123에게 얹었도다.

해 뜨는 동쪽도 느꼈도다, 해 지는 서쪽도 느꼈도다,

헤라클레스가 태어나는 것을. 그 강력한 인간이   825

단 하룻밤에 만들어질 수는 없었도다.

그대를 위해, 바삐 돌던 하늘도 멈춰 섰도다,

오, 천구를 떠받치게 될124 소년이여.

   그대 힘을 느꼈도다, 네메아의 벼락같은

사자도, 조여드는 팔에 짓눌렸을 때.   830

또 파르라시아의 사슴도,

아르카디아 들판의 파괴자125도 느꼈도다.

신음했도다, 무시무시한 황소도 딕테산126

벌판을 떠나며.

그는, 죽음 풍성히 낳는 뱀127을 제압하고   835

---

123 티토노스. 새벽의 여신 에오스(아우로라)는 티토노스를 발견한 후, 신들께 가서 그에게 영원한 생명을 달라고 청하여 허락받았으나, 깜빡 잊고 영원한 젊음을 함께 구하지 않았다. 그래서 티토노스는 오래 살긴 하지만 계속 늙어간 것으로 알려졌다.

124 헤라클레스가 헤라의 황금사과를 구하러 갔을 때, 그는 아틀라스 대신 하늘을 떠받쳤고 아틀라스가 자기 딸들인 헤스페리데스에게 가서 황금사과를 얻어 왔다.

125 에뤼만토스의 멧돼지.

126 크레테 동쪽의 높은 산. 헤라클레스가 세상의 남쪽인 크레테로 가서 황소를 끌고 온 사건을 가리킨다.

127 레르나의 휘드라. 여러 개의 머리를 지니고 있으며, 머리 하나를 베면 거기서 두 개가 돋아났다고 한다.

죽어가던 목에서 다시 생겨나는 걸 막았도다.

또 세쌍둥이 형제128를,

하나의 가슴에서 세 괴물이 돋아난 것을

달려들어 박살 냈도다, 곤봉으로 내리쳐서.

그리고는 서쪽의 소 떼를 동쪽으로 끌어왔도다,　　　　　840

세 가지 형태를 지닌 게뤼온의 전리품으로서.

트라키아의 짐승 무리129를 몰아왔도다,

저 폭군이 스트뤼몬 강가의 초원에서 풀 뜯기지도,

헤브로스 강둑에서 먹이지도 않은 것들을.

잔혹한 그자는 손님의 핏덩이를 그 사나운　　　　　845

말들에게 먹였고, 마지막엔 말 주인의

피가 그 유혈의 턱들을 적셨도다.

보았도다, 호전적인 힙폴뤼테는,

바로 자기 가슴에서 전리품130이

앗기는 것을. 또 구름을 뚫고 날아온 화살에　　　　　850

128　삼중인간 게뤼온. 보통 하체는 하나고 상체가 셋인 것으로, 또는 하체까지 셋이지만 허
　　리 부분이 붙은 것으로 그려진다.

129　트라키아 왕 디오메데스의 말들. 디오메데스는 이 말들에게 사람을 먹이로 주었는데,
　　헤라클레스가 주인을 잡아서 말들에게 먹이로 준 후, 아르고스로 끌고 왔다. 스트뤼몬
　　과 헤브로스는 트라키아의 강.

130　보통 헤라클레스는 세상의 동쪽으로 가서 아마존 여왕의 허리띠를 빼앗아 온 것으로 알
　　려져 있다. 허리띠에는 성적인 의미가 있기 때문에 이 사건은 남성적인 여자들을 성적
　　으로 제압했다는 뜻일 수도 있는데, 여기서는 가슴띠로 되어 있어서 성적인 의미가 강
　　조되었다.

스튐팔로스의 새들은 하늘에서 떨어졌도다.

황금 사과 그득 열린 나무는

그 손길에 떨었도다, 그렇게 뜯기는 것에 익숙하지 않아서.

가지가 가벼워지자 허공으로 튕겨 올랐도다.

들었도다, 황금잎 짤랑이는 소리를,　　　　　　　　　　855

잠들 줄 모르던 차가운 지킴이131는,

이미 광채를 모두 앗겨버린 수풀을

알케우스 후손이 귀금속 가득 품고 떠나는 참에야.

세 줄 사슬에 묶이어 하늘 쪽으로 끌려온

저승 신들의 개132는 침묵했도다, 그 어떤 입으로도　　　860

짖어대지 못했도다,

알지 못하던 색깔의 빛을 두려워하면서.

그대가 지도자 되었을 때, 주저앉았도다,

거짓말쟁이인 다르다노스 후손133의 집안은,

그리고 느꼈도다, 훗날 다시 무서워하게 될134 활의 힘을.

그대가 지도자 되었을 때, 트로이아는 무너졌도다,　　　865

훗날 소요될 햇수만큼135의 날수 사이에.

131　헤라의 황금 사과나무를 지키던 머리 둘 달린 뱀 라돈.
132　머리 셋 달린 저승의 개 케르베로스.
133　트로이아 왕 라오메돈. 그는 자기 딸 헤시오네가 바다괴물의 먹이가 되려는 참에 헤라
　　클레스가 구해주었는데도 약속된 상을 주지 않았고, 결국 헤라클레스 일행의 공격에 트
　　로이아가 함락되었다.
134　트로이아 전쟁 말기에 헤라클레스의 활을 물려받은 필록테테스가 그것으로 파리스를
　　죽이게 된다.

캇산드라 안에서 엄청난 일이 벌어지고 있구나, 십 년 전쟁에 맞먹는 일이.

아, 이것은 무엇인가? 영혼이여, 일어나라, 광기의 대가를

붙잡아라. 이제 패배한 우리 프뤼기아인들이 승리하는구나.

잘됐구나, 트로이아야, 너 다시 일어섰구나. 쓰러지면서 잡아당겼구나, 870

맞수인 뮈케나이를. 너를 이긴 자가 등을 돌렸구나.

앞을 내다보는 마음의 눈에 광기가 그토록 분명한 걸

보여준 적 없도다. 나는 보노라, 그 안에 들어가 있노라,

그리고 즐기노라.

불분명한 영상이 내 눈길을 속이지도 않도다.

실컷 구경하자꾸나! 왕의 궁전에 베풀어진 잔치가,   875

프뤼기아인들에게 마지막 만찬이 그러했던 것같이.

손님으로 북적이는구나. 긴 의자는 일리움의 자줏빛으로 번쩍이며

옛적 앗사라코스136의 황금 술잔으로 술들을 들이키는구나.

그리고 그 자신137이 수놓은 의상을 갖추고 높직이 기대어 앉았구나,

몸에는 프리아모스에게서 빼앗은 것을 자랑스레 걸치고서.   880

그의 아내는 그에게 원수의 의상을 벗으라고 권하는구나,

그 대신 충실한 아내의 손으로 짠

의복을 걸치라고. ─ 소름이 돋고, 마음이 떨리는구나.

추방자가 왕을 죽일 것인가, 간통자가 남편을?

---

135 트로이아 전쟁 때 도시가 함락되는 데 10년 걸렸는데, 헤라클레스의 침공 때는 열흘 걸
    렸다는 뜻이다.

136 트로이아 왕자.

137 아가멤논.

운명이 다가왔도다. 만찬의 마지막은 주인의 피를   885
보게 될 것이다. 박쿠스의 포도주엔 핏덩이가 떨어져 들 것이다.
그가 입은 치명적인 의복이 그를 묶어 배신적 죽음으로
끌고 가는구나. 느슨하고 빠져나갈 길 없는 품이
두 손에게 출구를 거절하고, 머리를 가두는구나.
절반 남자138의 떨리는 오른손이 옆구리에서 피를 들이마시는구나.   890
하지만 깊이 박지도 못했구나. 부상을 입히던 중에 몸이 굳었구나.
한데 아가멤논은, 마치 깊은 숲속에서 털 부스스한 멧돼지가
사냥 그물에 갇혔음에도 탈출을 시도하여,
그 움직임으로써 결박을 더 단단히 만들고, 헛되이 날뛰듯이,
사방에서 흘러내리며 눈멀게 하는 천을 찢어버리고자   895
애쓰며, 뒤엉킨 채로 자기 원수를 찾는구나.
튄다레오스의 딸은 광란하며 양날도끼로 오른손을 무장하는구나,
마치 제단 앞에서 황소의 목을 미리 눈길로
표시하는 것처럼,139 강철 날로 가격하기 전에.
꼭 그처럼 그녀는 이리저리 불경스런 손을 겨누어 보는구나.   900
그가 당했구나, 일이 실행되었구나. 제대로 끊어지지 않은 머리가

---

138 아이기스토스. 남자다움이 부족한 사람이라고 이렇게 표현했다.
139 898행과 그다음 행 문장의 주어가 없기 때문에, 로스바흐(Rossbach)는 898행 다음에
  한 행이 사라진 게 아닐까 의심한 바 있으며, 츠비어라인은 899행 중간부터 다음 행 앞
  부분 사이에 '그리고 사제가 손을 위해 확실한 가격을 준비하는 것처럼'(*et parat certum
  manu / vulnus sacerdos*) 정도의 문장을 보충하자고 제안한다. 한편 벤틀리(Bentley)
  는 898행의 '미리'(*prius*)를 '보조 사제가'(*popa*)로 고치자고 제안한다.

가느다란 부분으로 매달려 있구나. 한쪽에선 몸통에서 선혈이

쏟아져 나오고, 다른 쪽엔 중얼거리는 입이 처져 있구나.

하지만 저들은 물러서지 않는구나. 그자는 이미

숨 끊어진 이를 공격하고,

몸을 난자하는구나. 그녀는 그가 구멍 내는 걸 돕는구나.   905

양자가 그러한 악행으로써 자기 가족에게 호응하는구나.

이 남자는 튀에스테스의 아들이고, 이 여인은 헬레네의 자매로다.

　　보라, 하루 일을 끝낸 티탄이 멈춰 섰도다,

자신의 길로 달려갈지, 아니면 튀에스테스의 길**140**로 가야 할지 몰라서.

(엘렉트라가 오레스테스를 데리고 등장한다.)

엘렉트라 (동생에게) 도망쳐라, 아버지 죽음의 유일한 복수자여,   910

도망쳐라, 원수들의 사악한 손길을 피해라.

집안은 바닥부터 뒤집어졌고, 왕국은 무너져 버렸다.

　　한데 날랜 마차를 다급히 몰아오는 저 사람은 누구인가?

아우야, 내 옷 속에 네 얼굴을 숨겨주마.

(자신에게) 왜 움츠려드느냐, 정신 나간 영혼아? 외부인이

두렵단 말이냐?   915

　　두려워할 것은 내 집이다. 이제 떨리는 두려움을 내려놓아라,

오레스테스야. 친구의 신의 깊은 보호를 나는 보고 있노라.

---

140 튀에스테스가 자기 자식 고기를 먹었을 때, 태양이 동쪽으로 물러갔었다.

270

(스트로피오스가 필라데스와 함께 마차를 타고 등장한다.)

스트로피오스 나 스트로피오스는 포키스를 떠났다가 엘리스의 종려가지로

명성을 얻고서141 돌아가는 길이다. 여기 찾아온 이유는

친구를 축하하기 위해서지, 십 년의 전쟁 끝에 그의 손으로   920

일리움을 쳐서 때리고 쓰러뜨린 그분을.

　한데 애통하는 얼굴을 눈물로 적시며, 슬퍼하고 두려워하는

이 여인은 누구인가? 왕가의 자손을 내 알아보겠구나.

엘렉트라여, 행복한 집에서 눈물을 흘리는 이유는 무엇이오?

엘렉트라 어머니의 범행에 아버지가 살해되어 쓰러져 있어요.   925

저들은 아들이 아버지 죽음의 동행이 되도록 찾고 있어요.

도시는 아이기스토스가 베누스 덕에 얻어 차지하고 있고요.

스트로피오스 아, 그 어떤 행복도 오랜 시간 지속되지 않는구나!

엘렉트라 제 아버지의 기억에 의지하여 당신께 탄원합니다,

온 땅에 널리 알려진 그의 왕홀에 걸고서, 변덕스런 신들에게 걸고서, 930

이 오레스테스를 받으시고, 경건하게 훔쳐낸 이 아이를 숨겨주시길.

스트로피오스 피살된 아가멤논이 나도 조심하라 경고하긴 하지만,

나는 용감히 나아가, 그대를, 오레스테스여, 기꺼이 빼돌리리라.

〔순조로운 상황은 충직함을 불러들이지만, 역경은 그것이 간절히 필요하다오〕142

받으시오, 운동경기에서 얻은 이 장식을,   935

141　올림피아 경기에 우승했다는 뜻이다. 엘리스는 올림피아 서쪽의 도시국가이다.
142　파이퍼와 츠비어라인을 좇아 한 행을 삭제했다.

이마에서 빛나도록. 왼손엔 승자의 가지를
들고서 푸른 줄기로 얼굴을 가리게 하시오.
그리고 피사[143]의 제우스의 선물인 이 종려가지가
당신을 가려주고 동시에 그대를 위한 전조가 되게 하시오.
그리고 너, 아비의 고삐 곁에 동료로 앉아 있는   940
퓔라데스여, 아비를 모범으로 삼아서 신의를 배워라.
　　너희들, 온 희랍이 그 빠르기를 목격한바 나의 말들아,
이제 곤두박질쳐 달려서 이 신의 없는 장소를 피하라.

(스트로피오스 퇴장)

엘렉트라　떠났구나, 가버렸구나, 그 마차는 고삐 풀린 질주로써
내 시야를 벗어났구나. 이제 나는 걱정 없이 내 적들을   945
기다리리라, 자진해서 머리를 다치도록 내주리라.

(클뤼타임네스트라 등장)

　　여기 유혈로써 제 남편을 정복한 여인이 나타났구나.
얼룩진 옷에 살인의 표지를 지니고 있구나.
손은 아직도 신선한 피에 젖어 있구나.
살벌한 표정이 범죄를 제 앞에 드러내고 있구나.   950

143　올륌피아가 속한 도시.

제단으로 피해 가리라. ― 나에게 그대 리본을 공유하도록144 허락하세요,

캇산드라여, 그대와 같은 것을 두려워하는 내게.

클뤼타임네스트라 어미의 원수, 불경스럽고 대담한 머리여,

대체 어떤 관습에 따라 처녀인 네가 공적인 모임을 찾아가느냐?

엘렉트라 저는 처녀이기 때문에 간통자들의 집을 떠나버린 거예요.　　　　955

클뤼타임네스트라 네가 처녀라는 걸 누가 믿겠느냐?

엘렉트라　　　　　　　　　　　　　　　당신의 딸이라서 그런가요?

클뤼타임네스트라 어미를 절제 있게 대해라.

엘렉트라　　　　　　　　　　　경건함을 가르치는 중인가요?

클뤼타임네스트라 너는 가슴이 부풀어서 남자 같은 기세를 지녔구나.

하지만 불행에 꺾이고 나면 너도 여자답게 행동하는 걸 배우게 될 거다.

엘렉트라 혹시 제가 잘못 안 게 아니라면, 칼이 여자에게 잘 어울리죠.　　960

클뤼타임네스트라 그러면 너는 정신이 나가서 힘이 우리만큼 된다고

생각하는 거냐?

엘렉트라 우리라고요? 당신의 저 또 하나의 아가멤논은 누구인가요?

과부로서 얘기하세요. 당신 남편은 생명을 잃어버렸어요.

클뤼타임네스트라 이제부턴 불경스런 처녀의 무절제한 언사를

내가 여왕으로서 꺾어놓으리라. 그러기 전에 우선 내게　　　　　　965

털어놔라, 내 아들이 어디에, 네 아우가 어디 있는지.

엘렉트라 뮈케나이 바깥이죠.

클뤼타임네스트라　　　　　　당장 아들을 내게 다시 데려와라.

―――――

144 캇산드라가 신성한 리본을 묶고 있으므로 그 신성한 힘의 보호를 함께 나누자는 뜻이다.

엘렉트라 그러면 당신은 내 아버지를 돌려주세요.

클뤼타임네스트라   그 애가 어디에 숨어 있니?

엘렉트라 아주 평온하게, 새로운 권력을 두려워하지 않고서죠.

　　정당한 어머니에겐 만족스런 일이죠. 145

클뤼타임네스트라   하지만 분노한 어미에겐

　　부족한 일이지.   970

　　너는 오늘 죽게 되리라.

엘렉트라   그렇다면 당신의 그 손에 죽을래요.

　　제단을 떠날게요. 만일 제 목구멍에 칼을 박는 게

　　즐거우시다면, 제 목구멍을 당신께 내밀게요.

　　아니면 가축처럼 목을 베는 게 마음에 든다면,

　　목을 길게 늘이고서 당신의 타격을 기다릴게요.   975

　　악행은 다 준비되었어요. 남편의 핏덩이로 흩뿌려지고

　　더러워진 오른손을 저의 이 핏물로 씻어내세요.

(아이기스토스 등장)

클뤼타임네스트라 나의 위험과 또한 내 권력의 동반자,

　　아이기스토스여, 어서 오세요. 내 딸이 어미를 불경스레

---

145 이 행의 첫 단어가 어떤 사본 전통에는 *iuste*로, 다른 사본 전통에는 *dixi*로 되어 있다.
　　이 번역에서는 츠비어라인을 좇아 *iustae*로 고쳐 읽었다. *dixi*를 택하면 '나는 어머니께
　　충분히 얘기했어요'가 되는데, '더는 말하고 싶지 않다'는 의미가 되겠다.

모욕으로 도발하고, 제 동생은 숨겨 감췄답니다.   980

아이기스토스 미치광이 처녀여, 불경스런 목소리와

어머니 귀에 어울리지 않는 말들을 삼가라.

엘렉트라 말할 수 없는 범죄를 저지른 자가 충고까지 하려 한단 말인가,

죄악에 의해 태어나고, 자기 가족의 호칭마저 불분명한 자가?

같은 인물이 누이의 아들이자, 아비의 손자이면서?   985

클뤼타임네스트라 아이기스토스여, 그대는 왜 저 불경스런 머리를

칼로 베기를 주저하나요? 동생이든 목숨이든 즉시 내놓도록 만드세요.

아이기스토스 그녀는 캄캄한 돌 감옥에 갇혀서 목숨을

이어가게 될 거요. 온갖 종류의 고문에 괴롭힘을 당하고서,

아마도 지금은 숨기는 그 아이를 되돌려 주길 원하게 될 거요.   990

결핍과 굶주림 속에 갇혀서, 오물에 파묻힌 채로,

결혼하기도 전에 과부 되어, 추방자로서, 모두에게 멸시를 받으며,

하늘 보는 것도 거부당하면, 뒤늦게나마 불행에 굴복하게 될 것이오.

엘렉트라 내게 죽음을 허락해 주세요.

아이기스토스   네가 죽음을 거부했더라면,

내가 허락했을 텐데.

죽음으로써 벌을 주는 자는 서툰 폭군이지.   995

엘렉트라 죽음보다 더한 게 무엇이죠?

아이기스토스   삶이지, 네가 죽기를 원한다면 말이야.

— 끌고 가라, 하녀들아, 이 괴물을, 그리고 뮈케나이 밖으로

멀리 데려다가, 왕국의 끄트머리 구석진 곳에

밤처럼 컴컴한 동굴 속에 가둬 묶어라,

가만히 있지 못하는 처녀를 감옥이 순치하도록.　　　　　　　　1000

(엘렉트라가 끌려 나간다.)

클뤼타임네스트라　(캇산드라를 가리키며) 하지만 이 여자는 자기 머리로
　죗값을 갚을 것이오,

　　이 포로 신부, 왕의 침상의 첩실은.

　　끌어내라, 그녀가 내게서 **빼앗았던** 남편을 따라가도록.

캇산드라　끌고 가지 마세요, 나 스스로 당신들의 발걸음을 앞서가겠어요.

　　내가 제일 먼저 나의 프뤼기아인들에게 소식을 전하고 싶어　　1005

　　마음 급해요. 뒤집힌 배들로 가득한 바다에 대해,

　　정복된 뮈케나이에 대해, 천 명의 지휘관들의 지휘관에 대해,

　　그가 트로이아인들의 고통과 대등한 운명을 치러 갚았다고,

　　여자의 선물에 의해서, 간통과 계략에 의해서 그랬다고 말이죠.

　　나는 전혀 머뭇거리지 않아요. 데려가세요, 오히려 감사를 드려요.　1010

　　이제, 이제는 트로이아보다 오래 살아남은 것이 즐겁구나, 즐겁구나.

클뤼타임네스트라　미친것아, 너는 이제 죽으리라.

캇산드라　　　　　　　　　　　　　당신들에게도

　　광기146가 찾아올 거예요.

————

146　오레스테스가 돌아와 클뤼타임네스트라와 아이기스토스를 죽일 것을 암시한다.

지은이 · 옮긴이 소개

지은이_세네카(Lucius Annaeus Seneca, 기원전 4년 또는 서기 1~65년)

스페인 코르도바 출신으로, 로마의 철학자, 연설가, 정치인, 작가이다. 폭군 네로의 어린 시절 스승으로 널리 알려졌다. 어려서 로마로 이주해 그곳에서 교육을 받았다. 칼리굴라와 클라우디우스 황제 시대에 원로원 의원을 지냈다. 서기 41년 칼리굴라의 누이인 율리아 리빌라와 간통했다는 혐의로 코르시카로 유배되었다가 아그립피나의 초청을 받아 서기 49년 네로의 스승이 되어 복권한다. 훗날 피소의 네로 암살 음모에 가담했다고 고발되어 목숨을 잃는다.

주요 저작은 스토아 윤리학을 담은 철학적 에세이 14편과 편지 124편이다. 그 밖에도 자연과학 저작인 〈자연의 문제들〉(*Naturales Quaestiones*)과 〈클라우디우스 황제 호박 만들기〉(*Apocolocyntosis divi Claudii*)가 있다. 비극작가이기도 한 세네카가 남긴 비극 작품 10편은 현재까지 온전히 전해지는 유일한 로마 비극이다.

옮긴이_강대진

서울대 철학과를 졸업하고, 동 대학원 서양고전학 협동과정에서 플라톤의 《향연》연구로 석사학위를, 호메로스의 《일리아스》연구로 박사학위를 취득하였다. 현재 경남대 연구교수이다.

지은 책으로 《그리스 로마 신화》, 《그랜드투어 그리스》, 《비극의 비밀》, 《호메로스의 〈일리아스〉읽기》 등이 있다. 옮긴 책으로 소포클레스의 《오이디푸스 왕》, 에우리피데스의 《메데이아》, 루크레티우스의 《사물의 본성에 관하여》, 키케로의 《신들의 본성에 관하여》 등이 있다.